JN007151

どうも魔法少女（おじさん）です。

～異世界で運命の王子に溺愛されてます～

Domo maho shojo "ojisan" desu.
CH ACTERS
「残っていたのが可愛い魔法少女じゃなくて、こんなおじさんで悪かったな」
コウジ
異世界に「魔法少女」として召喚された、
冴えない元コンビニバイト。
王子と強制でバディを組むことになった。
時折、ジークに不思議な既視感があり——？
ジーク
王国の第九王子。残り物だったはずのコウジを『運命のパートナー』と呼び、信頼している。それにはとある理由があるようで——
「いや、よくぞ女神の召喚に応え異世界よりやってきてくれた。我が運命のパートナーよ」

マイア
ピートのパートナー。
明るく元気で素直。
シオン
第二王子のパートナー。
弓を武器に使う魔法少女。
ピート
王国の第四十五王子。
素朴な顔立ちだが、時折したたか。
アンドル
王国の第一王子。
顔は整っているが、腹黒い。
ユイ
アンドルのパートナー。
控えめで争いごとを厭う。

目次

どうも魔法少女（おじさん）です。
異世界で運命の王子に溺愛されてます

プロローグ　四十四人の魔法少女＋おじさん

列柱が並ぶ白亜の大神殿。

ピンクにブルー、イエローなどパステルカラーのミニスカドレスをひらひらさせた少女達が、楽しくおしゃべりしている。

その中で一人、異質な雰囲気を放つ人間が部屋の隅にある石のベンチにもたれかかり、蜘蛛みたいに細くてひょろ長い足を組んで座っていた。

喪服のような黒のスーツ、うっすら無精髭に寝癖のついたぼさぼさ頭。

死んだ魚の目のような三白眼に目の下にクマ。くわえ煙草。

ようするにおじさんだ。

――とりあえず、腹の出たおっさんにならなくてよかった。

男はとりあえず息を吐いた。

自分の名前はコウジ……だったような気がする。

日本人だったはずだが、姓も名前の漢字も思い出せない。

そもそもこれが、自分の本当の名前とは思えない。

なぜなら、コウジは『魔法少女』としてこの異世界に召喚されたからだ。

——なにを言っているか、わからない？　俺だってわかんねぇよ！


あれはコンビニのバイト帰りのことだ。

地面に穴が開くこともトラックにはねられることもなく、気がつくとコウジは灰色の事務机の前にいた。

そこで事務服を着たひっつめ髪の女が必死に書類整理をしていて、机の前に立つ自分に気がついて目を剥いた。

「へ？　あ？　なんであなた？　少女じゃなくて男？」

そんなことを言われても、と目を瞬く。

「でも召喚された者は送るのが規定だし——」

さらにその女はコウジの返事を待つこともなくぶつぶつつぶやくと、「資格あり、行って！」と言い放った。そして、次の瞬間にはこの白亜の神殿にいた。

おじさんの姿で。

そう、コンビニのバイト帰りのコウジは気がつけば異世界召喚されていたのだった。なんということでしょう！

それも漫画家を目指していた中二の自分が、当時考えていた最高にカッコいいキャラの姿で。

ちなみに絵がヘタクソすぎて、漫画家にはなれなかった。というか、頭の中の妄想のみで一ページも描いたことはない。

その頃の自分が考えていたことといえば。

――目立たないけどよく見ると美形とか、実は隠れたチートありありの逆ハー主人公なんて古い！　これからはおっさんだおっさん！

くたびれてるけど、腹が出ているのは論外。あのとき憬れていたロックバンドのボーカルのような、蜘蛛みたいな長い手足のシルエット。無精髭にくわえ煙草。本人は普通の顔しているつもりなのに、不機嫌そうに見える表情。

どうだ、カッコいいだろう！

そう心の中で叫んでいた自分に、今、説教したい。

カッコいいけど違う！　これがせめて、ぴちぴちに若くて、ちょっと見冴えないけど磨けば実は光るタイプならよかったのか？　いや、よくない。そもそも男という時点でよくない。

白亜の神殿、四十四人の『魔法少女』とともに呼ばれたおじさんの姿に、神官達は戸惑っているようだった。

「なぜこのような男が交じっている？」

「しかし、人数は四十五人。ぴったり合っているぞ」

「女神アルタナ様のご神託に間違いはない」

そんなわけで、コウジは神殿の祭壇前の召喚の場から、この大神殿の大広間へと連れてこられたのだ。

パステルカラーのひらひらドレスをまとった魔法少女達は、遠巻きにコウジを見ている。

そこにコツ……とパンプスのヒールの音を響かせて近寄ってきたのは、パステルカラーのミニドレスのなか珍しい、白に濃紫の配色の魔法少女だった。

そのまっすぐな腰丈までの長い髪も、黒に近い濃い紫をしている。

よくよく見れば、いずれの魔法少女も顔立ちはザ・ジャパニーズなのに、髪や瞳の色はドレスに合わせたようなピンクにブルー、イエローと色とりどりだ。

正直人種云々より、アニメや漫画、ラノベの世界の色合いのように見える。

対して、神殿にある装飾の金属に反射させて見たコウジの外見は黒髪に黒目。いや、おっさんがピンクなんてあり得ないから助かったけど。

そして、その紫魔法少女は……あとでわかったが名はシオンという。

コウジと同じく、すべての魔法少女は名のみで、元の姓を思い出せないらしい。

そんな彼女は身体の前で腕を組んで、椅子にうずくまる『おじさん』を見下ろして、口を開いた。

「わたし達女神アルタナに選ばれた少女達の中に、どうしてあなたのような男がいるのかしら？」

おお、こりゃ配色といいその尊大な態度といい、いわゆるツンデレ孤高枠ってヤツか？　なんて思いつつ、コウジは肩をすくめる。

「紫の嬢ちゃん。文句なら女神様に言ってくれ。おじさんだって好きでここに座っているわけじゃないんだよ」

自分の口からさらりと出た言葉に内心驚いた。

コンビニバイトをやっていた自分なら「いらっしゃいませ」と「温めますか？」は言えても、こんな美少女を前にしては、テンパって口も開けなかったはずだ。

……どうせ二十二年童貞だったよ。

そういえば、このおっさんの身体も童貞か？　と思ったところで辺りが騒がしくなった。

同時に王子達の入場が伝えられる。なにか言いたげだった紫少女も、コウジの前から去った。

――王子？

コウジは周囲を見回した。すると、神官達に連れられて、幾人もの煌《きら》びやかな服を纏《まと》った男達が神殿の中に入ってくる。

そう、たしかに王子様だ。やってきた彼らは白に赤に青の軍服風の正装に身を包んでいた。

いずれも肩には金モールの飾りのあるマントを身につけたブラスバンドのパレードのような格好だ。

この王子様達が魔法少女のパートナーとなるのだ。

世界に降り注いだ【災厄】と戦うために。

そう、神官達にコウジは説明された。

さて、この国、フォートリオンの王というのはずいぶんな恥知らず……もとい精力家でいらっしゃるらしく、その息子は四十五人いるという。

そして、この国には伝説があった。【災厄】が降り注いだときに、異世界から女神に召喚された選ばれし魔法少女が『運命の王子様』とパートナーとなって、【災厄】をうち払うという。

神官達曰く、百年に一度単位で空から降ってくるものだそうだ。

隕石みたいなもんか？　と思ったが、その災厄は様々な魔物の形をしていて、放置していれば災いをもたらすというから厄介だ。

王子様と魔法少女は、天から降り注いだ各地の魔物達を倒し、最後には災厄の親玉である南の忌《い》み地《ち》の果てにある卵を破壊しなければならないという。

それなら最初からその卵とその中身をぶっ壊せばいいじゃないか？

そう訊ねると、各地の災厄の力を断ってからでないと、災厄の卵は壊せないと返された。

まあ、回り道はロールプレイングゲームのお約束みたいなもんだな。

そして、今回は四十五人いる王子様に合わせて、魔法少女がその数だけ呼ばれた――というのが経緯だ。

一人おじさんがいるけど。

そもそも王子の人数分、魔法少女まで揃えましたって、ずいぶんな大盤振る舞いだな。女神様。

そう思った時、ふとコウジの脳裏に、あの事務机にしがみついていた事務服にひっつめ髪の女が浮かんだ。慌ててその像を振り払う。

あれが女神様って、ないだろう。

次に、四十五人の魔法少女に四十五人の王子が当たるにしても、誰が誰のパートナーになるのか揉めそうだ、と思った。

が、これはあっさりと決まった。

理由は序列と呼ばれる王位継承順位だ。

四十五人も王子がいるだらしなさのわりに、王子の序列は、第一位から第四十五位まできっちりと決まっているという。

もしかしたら、過去にそんな破廉恥……じゃない、ご立派な王様が同じようにいて、揉めた経験があるのかもしれない。

そんなわけで、早速ペア作りがコウジの目の前で始まっていった。

一位の王子様から順番に自分のパートナーを選んでいく。

最初に呼ばれたアンドル王子は、金髪碧眼の整った容貌に、白に金の飾りの軍服に白い毛皮の縁取りのマントを纏《まと》った絵に描いたような王子様だった。

彼は爽やかな笑顔で魔法少女達の間を歩き回り、とびきり可愛らしいピンクの髪にピンクの衣装をまとった少女の手をとった。彼女の名はユイというらしい。

次に呼ばれたのは第二王子コンラッド。黒に近い紺色の髪に紺色の瞳の厳しい顔つきの美形だった。もっとも並んでいる王子様の中で不細工なのは一人もいないのだが。

これは魔法少女達も同じで、そこらへんのアイドルの平均値より、上ばかりを集めたような感じだ。

よくぞこれだけそろえたと女神様の審美眼を褒めてやりたいが、それで、どうしておっさんを一人混ぜた？　とも言いたい。

コンラッドは、コウジにさきほど生意気に声をかけてきた紫の魔法少女シオンの手を取った。彼女は誇らしげな顔だ。

王子様の濃紺に彼女の紫と色合いもよく合っている。

順番に王子達の名が呼ばれて、少女達が選ばれる中、コウジは隅にあった石のベンチに腰掛けたまま、煙草をくゆらせていた。

途中、第九王子の名が何度も呼ばれていたのが、少し気になったが。

自分など選ばれるはずがない。しかし、王子の数は四十五人、魔法少女は四十四人で＋おじさん一人。

——気の毒なのは、王位継承四十五番目の王子か？

呼ばれていく中で視線を上げる。

最後に四十五番目の王子が呼ばれる。すると膝丈の半ズボンの赤い軍服を着て、赤い髪に赤い瞳そばかすの素朴な顔をした少年が出てきた。

こいつがパートナーか……なんて思っていると、彼は回廊の壁際に向かっていった。そして、泣きそうな顔で縮こまっていた、イエローのミニドレスの少女の前に立った。

少女の髪はタンポポのような黄色で、瞳も黄色。そして、背が高く胸が豊満で少し色黒だった。

コウジの目には十分可愛らしく映ったが、王子様達は自分よりも小柄で可愛らしい少女がよかったようだ。まあ、男なんてそんなもんだ。

赤毛の少年、ピート王子はそんな彼女を見上げて、笑顔で言った。

「君が僕のパートナーでよかった。よろしくね！」

差し出されたピートの手にイエローの魔法少女、マイアは身をかがめて手をのせて「はい」と笑った。

ふむ、良いコンビになりそうだ。

しかし、四十五番目まで王子が呼ばれて、自分がここに残っているということは？

まあ、こんなおじさん誰も選ばないよなあ～、俺が王子様だってゴメンだし……とくわえ煙草のまま苦笑する。同時に苦い思いが胸に広がる。

そもそも元は冴えないコンビニのバイトだったのだ。将来に希望はなく、ただ食い扶持を稼ぐ日々。そのうえ自分の黒歴史のキャラに変身なんて、どんな冗談だ？

『あの人、なんのために生きているのかしらね？』

ふいに脳裏に蘇った言葉。誰に言われたのか……さえ覚えていない。

ただ、それだけが深く胸に刻まれている。

『なんのために生きる？　そんなもの格好悪くても生きていたいからに決まっているだろう』

中二病な設定の自分を手に入れた今ならそう反論できて、コウジは目を見開く。

こうなると最強のおじさんになるのも悪くない。

【災厄】とやらと戦うのに、魔法少女には王子様が必要なのかもしれないが、おじさんにまで必要とは限らないだろう。

――俺は独りだって生きていけるさ。

……なんて心の中でつぶやいて、ニヒルに格好をつけてみる。

そのとき、回廊の入り口がざわめき、コウジは伏せていた顔を上げた。

「遅参、失礼」

低く、よく通る美声が響く。

現れた男の姿に回廊にいた誰もが一瞬、その目を囚われた。

美形ぞろいの王子達の中で、彼の美貌は抜きんでていた。

鏡のように光を反射する銀の短い前髪をあげている。一筋だけ白皙《はくせき》のひたいに垂れたそれがなんともいえない陰りある色気を醸し出す。

切れ長の剃刀《かみそり》色の瞳。通った鼻梁に酷薄そうな薄く形のよい唇。その場の誰よりも高い背が、彼をさらに目立たせる要因だった。肩幅も胸板もあり、黒に銀の差し色の軍服が良く似合う。

こんな美丈夫。たとえひと夜の恋人だって構わない。夜が明ければ手酷く捨てられようとも……なんて美女が裸ですがり出しそうだな……とコウジは次の煙草に火をつけながら思う。

ちなみに胸の内ポケットに入れられた煙草は、いくら吸っても消える気配がない。

これも魔法少女？　の能力か。いや、少女じゃなくておじさんだが。

「たしかにたいそうごゆっくりだな。第九王子ジーク・ロゥよ」

そう不機嫌そうに呼びかけたのは、第一王子のアンドルだった。

あ、こいつ、自分より格下の王子が注目を浴びているのが気に入らないな……と、なんとなくわかった。いかにも第一王子らしい傲慢な虚栄心だ。

まあ、実際、この規格外の王子が現れてから、すでにパートナーを得たはずの魔法少女達の目の色が違う。誰だってイケメンは好きだ。自分よりイイ男なんて男は嫌いだけどな……とコウジは付け加える。

「ジーク・ロゥ殿下。魔法少女選びはすでに終わっていまして、何度も名をお呼びしたのですが……その」

九番目から選び直しか？　とコウジは胸の中で独り言つ。

隣にはすでにパートナーの王子様がいるというのに、九番目以降の魔法少女達に一瞬喜色が広がる。

ただ、四十五番目のピートとマイアはそんな中、回廊の隅で仲良くお話ししていた。誰も彼もがよりよいパートナーを得ようと目の色を変えるなかで、あそこはまったく癒やしの空間だ。

「かまわない。我がパートナーは神託によりすでに選ばれている」

ジーク・ロゥはそう答える。

彼は初めからこちらを、自分だけを見ていたことにコウジはようやく気がついた。

——おいおい嘘だろう？

目を見開くコウジに対して、銀の王子様は長い足を動かしてまっすぐに歩み寄ってきた。そして、石のベンチに座るコウジの前に、これ以上なく美しい所作で、片膝をつく。

ふわりと彼が片方の肩にかけたマントがひるがえる様さえ、演出のようだった。

「よくぞ女神の召喚に応え異世界よりやってきてくれた。我が運命のパートナーよ」

そして、コウジの手をとり、その手の平に口づける。手の甲ではなく、手の平へする口づけは騎士がその相手に対して心を捧げる誓いだと、あとで聞くことになる。

コウジの心臓がトクンと一つ鳴った。

――――生きていたの……か。

なぜ、そう思ったのかわからない。そんなあぶくのような想いは、突き刺さる周囲の視線を感じて霧散した。

いやいや、おじさんが男に手にキスされて、胸を高鳴らせるなんて、気持ち悪いだろう！

即座に自分で自分にツッコミを入れる。

『誰にも選ばれない』と先ほどまで腐っていた気持ちが、このとんでも超絶美形の王子様に『選ばれて』浮上したとはいえだ。

いやいや、それより。

俺が、この王子様のパートナー？

嘘だろう!?　女神様！

第一章　その合体は必要なのか⁉

「母は恨まれていた。息子の私も第一王子の母である正妃や、第二王子の準妃から疎《うと》まれている」

「はあ……」

ごとごと揺れる馬車の中、ジークの言葉にコウジは生返事をしていた。

神殿に召喚された魔法少女達は、それぞれパートナーとなる王子の屋敷に引き取られることになったのだ。

白亜の神殿の背後に見える八つの巨大な尖塔。その尖塔に囲まれた中央のドームが王宮だという。

明日には王子四十五人分もの子胤《こだね》をまき散らした節操無し……もとい、王様との謁見があると説明された。

王子達は王宮内に居室を持っていたり、王宮の外に邸宅があったりするという。

石造りの神殿の正門をジークとコウジを乗せた、黒塗りの豪奢な馬車は通り過ぎる。

衛兵達が最敬礼をするのをコウジは馬車の窓から見た。

そして、奇特にも自分を拾ってくれた王子様の身の上話が始まると、コウジは改めてジークに視線を向けた。

「私の母は貴族身分ではない。裕福なブルジョアの娘だ。彼女の父が、金で貧乏伯爵の息子と婚姻させて、爵位を得た。結婚後、一月もたたずに、母は陛下……私の父である現王フィルナンドの愛妾となったのだ」

そこまで聞いて、軽く目を見開く。

「え？　人妻なのに王様の愛人になったのか？」

「むしろ人妻でなければ、王の愛妾となる資格はない。純潔の乙女であることを求められるのは、正妃と第二王妃たる準妃のみだ」

「妙な習慣だな……」

「すでに子供が産める身体であることを証明した女のほうが、愛妾には最適だという因習の名残だ。中興の祖と言われるカーク大帝からの習わしと言われている」

そもそもジークの母、エノワールは彼女の『仮の夫』である伯爵子息と結婚したとき、すでにジークを腹の中に宿していたという。

「社交界の華とうたわれた大ブルジョアの娘は、王とすでに通じていたということだ。しかし、未婚で貴族身分でもない娘を愛妾にするのは慣例を破るということで、彼女は『仮の夫』を得て、王宮へとあがったのだ」

実際、その『仮の夫』であるモンペザ伯爵とエノワールは、一度もベッドを共にしたことがないという。お貴族様のお言葉で言うなら、白き結婚って奴だったそうだ。

「彼はいま、仮の夫料である母の莫大な持参金と、王から慰めの年金をもらって、地方の荘園で悠々自適に暮らしている」

「あけすけな内容だな。俺に話すことか？」

「あなたは私のパートナーだ。王宮での私の立場を知るべきだろう」

「隠し事がないのはいいことだけどな」

たしかに、この王子様のパートナーとやらのお役目がある限り、王宮にもこれからたびたび通うことになるだろう。ジークを取り巻く環境は知っておきたい。

コウジはため息をつくと、ジークに続きを促した。

「それで？」

「王の愛妾となった母は、その愛を独占した。他の愛妾を圧倒するのみならず、正妃と準妃を蔑《ないがし》ろにし、王に要求して、ついに公式愛妾の地位までのぼりつめた」

「公式愛妾？　なんだそりゃ？」

愛妾と言えば言葉は良い？　が、ようするに愛人、妾、古い言葉なら日陰の身と言う奴だ。それが公式とはなんともそぐわない。

「母が父王に要求して無理矢理作らせた称号だ。公式愛妾は他の愛妾と違い、王の妃と同等の待遇を受けることができる。つまり正妃や、準妃と同格ということだ」

そうして事実上の第三王妃となった彼女は、ますます横暴にふるまったが、彼女を溺愛する王はそれを許した。

「母は父王の寵愛を失うことなく、好き勝手を尽くしたが、はやりの風邪をこじらせて三十の若さであっけなく亡くなった」

こうして正妃に準妃、他の愛妾達の恨みだけが残ったのだという。

そしてそれはすべて息子のジーク・ロゥに向けられた。

「今日の魔法少女召喚の儀式にしてもそうだ。私には半刻遅く時間が知らされていた」

それがジークのあの大遅刻の理由だったという。

どうして九番目の序列を持ち、誰よりもとびぬけた美形である彼が疎《うと》んじられていたか。

その答えは彼の母にあったのだ。

「王子様にはお気の毒だったな」

コウジはそう言って頭の後ろの髪の毛をグシャグシャとかき回した。それで寝癖だらけの髪がますます乱れるが、どうもこの身体のクセというか、そういえばこのキャラにそんな設定したな……と遠い記憶を思い出す。

「残っていたのが可愛い魔法少女じゃなくて、こんなおじさんだし」

「いや、あなたは私のパートナーだ。あなたが残っていたのは、それが女神アルタナの神託だからだ」

馬車の向かい側から手が伸びてきて、コウジの手をぎゅっと握りしめる。長い指、綺麗に爪は整えられているが、その手の平は硬い。

剣を握る手だとコウジは直感した。あの大神殿で手の平に口づけられたときにも感じたが、一見冷たそうに見えるこの王子様の手は温かい。

まあ、人間だから体温があって当たり前だが。

「――あなたが残っていてくれてよかったと、私は思っている」

抜き身の輝く剣を思わせる厳しい表情が、ふわりと和んだ。微笑を浮かべるその姿に、コウジは思わず目を逸らした。男の自分でもときめくのだから美形の威力はすごい。

社交辞令でもなんでも、こんな美形に『あなたでよかった』と言ってもらえるのは嬉しいもんだ。

しかし、乙女なら頬を染めるところでも、残念ながら自分はおじさんだ。

せいぜい照れくさい気分で、ぽりぽり、ひとさし指で頬を掻くのが精いっぱいだった。

「……そんな嫌がらせが日常茶飯事っていうなら、命まで狙われそうだな」

「よくわかっているな。未然に防がれた暗殺騒ぎも数知れずだ」

さらりととんでもないことを言う。そんな王子様のパートナーとなった自分の日常も、なかなかにハードなことになりそうだ。

そういえば、街の掃除屋なんて、どこかで聞いたようなこの男の日常も、ハードだった……と、コウジはうろ覚えの設定をつらつら浮かべた。

◇◆◇　◆◇◆　◇◆◇

馬車が到着したのは王都郊外にある大きな館だった。王の押しも押されもせぬ愛妾だったジークの母が建てた館だという。

国王の愛妾かつ、他の愛妾や妃達を圧倒した女性の館というから、どれだけキンキラキンのベルサイユ王宮のような建物だろうかと想像していたが、意外にも石造りの重厚ではあるが華美ではない邸宅だった。

落ち着いた風格は感じられるが、地味と言ってよい。

中央に噴水と花壇がある馬車回しをぐるりと回って、館の中に入ってもその印象は変わらない。

内部は木の質感を生かした上質な内装だ。煌《きら》びやかすぎて落ち着かないということはない。

むしろ、よくくつろげそうだ。

周囲を見回していると、ジークがそんなコウジを見て微笑んだ。

「母は上質なものを好んだが、必要以上に華美なものは上品ではないと好まなかった。宝石や毛皮で孔雀のように着飾れば良い訳ではないとな。それは自分のくつろぐ館も同様だった」

館にはいってすぐの正面の壁には、若い夫人の大きな肖像画が飾られていた。

銀の髪と瞳。微笑む雰囲気は柔らかであるが、すぐにこれがジークの母のエノワールだとわかる。

ジークもとんでもない美形だが、母親も、男なら誰もが一目で惹かれるだろう迫力ある美女だ。

淡い青磁色のドレスは、現代日本の感覚が基準のコウジからすれば十分に華やかだ。しかし、ドレスの広がりに対して、小さくまとめられた髪のバランスといい、たしかにゴテゴテとした装飾過多とは感じなかった。どこかすっきりとした、センスのよさが感じられる。

「王宮のみならず王都での婦人の流行の基本は、正妃や準妃が夜会でまとうドレスだ。だが、母が父王の愛妾となってからは、母のドレスの色や髪飾りのリボン一つにいたるまで、みんな彼女の真似をした」

それがまた王妃や準妃に屈辱を与え、同じ立場の愛妾達の妬心を煽ったという。

「格式張った王宮の生活にうんざりしていた父王は、この館での心地よく快適な暮らしを好んだ。母が生きていた頃には、月の半分をこの館で過ごしていた。第二の王宮とここが呼ばれたほどだ」

これがまた古株の名門貴族のうるさがた達をしかめっ面にさせたのだという。王が王宮におらず、愛妾の館に入り浸り。さらにはその愛妾は元は貴族ではない平民の娘となれば当然のことだろう。

いくら金持ちのブルジョアでも、その青い血の歴史に誇りを持つ貴族達からすれば受け入れがたかったのだろう、と想像がついた。

「それで、このお母さんが亡くなったあとも、王様は変わらずこの館に来ているのか？」

「いや、母を失って父王は三日ほど泣き暮らしたが、すぐに若い愛妾を見つけて彼女に夢中になった。それから一度もこの館には来ていない」

さすが、四十五人も王子を作った節操のなさだとコウジは、すんっとした顔になった。


さて、通された淡いペパーミントグリーンの壁の応接間にはいかにも女主人の館らしい軽やかさがあった。そこで出されたお茶はうまかった。

それからさらに通されたチョコレート色の壁の部屋にはいくつもの絵画が飾られていた。正餐室――いわゆるダイニングルームってところだ。

部屋はそんなに馬鹿広くもなく、中央にある楕円の大きなテーブルを取り囲むように十の椅子が置かれていた。この館の全盛時には、ここで王と愛妾、彼女に選ばれたお気に入りの取り巻きが食事をとって、華やいだ雰囲気だったという。

王宮と違って王と食卓を囲む者の身分は問わず、当代の学者に文学者、詩人や絵師などが招かれて、様々な話題で王を楽しませたそうだ。しかし、貴族でない者達が王と食事をするということも、貴族のうるさがた達の眉間に、さらに深いしわを刻んだという。

今はその食卓にジークと向かいあって、コウジは食事をとっている。

「ここでいつも食事をとるのか？」

「晩餐はここだ。朝と昼は別の食堂がある」

少し気になって聞いたら、そう返事が来た。

朝昼晩で違うのか。すごいな豪邸と思ったが、返すべき言葉はそうではないとコウジは顔を上げた。

フォークを動かす手を止めて、ジークを見つめる。

「お前、いつも一人で食事とるのか？」

「母が死んでからはそうだな。晩餐会などに招かれたときはもちろん、他者とテーブルを囲むが」

それを聞いて、コウジは黙った。

一人の食事は味気ないものだとコウジは知っている。

大学受験に失敗して、上京した予備校にもなじめずいつの間にか通わなくなった。バイト先のコンビニとアパートを往復する日々。予備校でもバイト先でも友人なんて出来ずに、いつも一人でアパートで食事をとるか、ファストフードのお一人様用の席で窓の外を眺めていた。

晩餐のメインのこっくりと煮込まれた肉を口に運びながら思う。こんな風に手間暇かけられた料理を口にするのも久々だ。予備校にも通わずフラフラしているのが後ろめたくて、実家の両親のところにも上京してから一度も戻ってなかったから。

「俺も誰かと食事するのは久しぶりだな」

出された赤ワインを一口。正直に美味い。これもとんでもなく良い酒なんだろうなと思いながら、つぶやいた。

◇◆◇　◆◇◆　◇◆◇

コウジに用意されたのは、花柄の壁紙が可愛らしい部屋だった。ここが女主人の館だったからだろうと思ったが、部屋の片隅にある祭壇みたいなデカいドレッサーが少し気になる。

その反対側にはクラシカルな……とコウジの少ない語彙ではそう表現するしかない文机《ふづくえ》と、どこかのお偉いさんの書斎で見るようなガラス扉のデカい本棚がある。

その扉を開いて、革張りの本を開いて少し驚いた。文字が読める。日本語じゃないのに読める。英語は試験問題だって半分わかるかどうか。会話なんてとんでもないのに。

そういえば、この世界に来てからジークとも普通に会話していることを思い出した。

これも魔法少女？　としての女神様の加護ならば、まったく便利なことだ。

そのまま本をめくっていると、ノックの音が響いた。

世話係のメイドがやってきて、お着替えを……と言う。ヨレヨレのスーツの上着に手をかけられ、脱ぐのを手伝われそうになって慌てた。

「俺はこの世界に来たばっかだからな。君みたいな可愛い嬢ちゃんにおじさんの裸をさらすのは恥ずかしいんだ。ちょっと部屋を出てくれるかな？」

そう伝えた自分に、またコウジは驚いた。

昼間の紫魔法少女シオンに返したときもそうだが、女友達なんておらず、若い女性を見ればしどろもどろだったはずが、口から出る言葉は社会の裏も表も噛み分けたすすけたおじさんの口調となっている。

コウジの言葉に若いメイドはちょっと不満そうな顔をしたが「かしこまりました」と一礼し、着替え終わったら呼んでくれと出て行ってくれた。

置いていかれた着替えはパジャマだった。複雑な紐を結ぶような衣装ではなくてよかったと、洗い立ての黒いそれに袖を通し、袖やズボンの裾がちょっとあまって折り返す。

着替え終わったとメイドを呼べば「こちらが寝室になります」と奥の扉を開けられた。

中に入ると、彼女はついてこなかった。

「すげえな」

思わず声が出たのは、それが初めて見る天蓋付きのベッドだったたからだ。

濃いワイン色のカーテンに、金色の飾り紐、飴色に光る柱。

大の男が一方方向に五回転も寝返り出来そうなそれが、部屋の中央にでーんと置かれている。

すると、自分の入ってきた反対側からカチャリと音がした。

そちらにも扉があるのだと、初めて気づく。

そして入ってきた姿に軽く目を見開いた。

ジークだ。彼が着ているのも、昼間の黒い軍服と同じく、黒いパジャマだ。コウジが着ている袖や裾のあまるそれも、彼のもののようだ。彼氏パジャマ……という言葉が浮かんだが、慌てて打ち消した。おっさんの萌え袖とか気持ち悪いだろうが！

「もう、寝るのか？」

聞いて、妙な聞き方だったな……と思う。

いや、お互いパジャマ姿でベッドは一つということは、え？

「ああ、寝よう」

「わっ！」

まるで当然のようにジークはコウジの身体を軽々と横抱きにしてベッドに横たえた。そして、ぎしりと音を響かせて、自分もベッドに上がってくる。

——う、嘘だろう⁉　女神様⁉

今日二度目、同じ言葉をコウジは心中で叫んだ。

「ちょ、ちょ、ちょっと待て！　落ち着け！　落ち着け！　落ち着け！」

自分にのしかかってくる厚い胸板に手を突っぱねながら、コウジは叫んだ。

目の前には銀色の王子様の端整な顔がある。コウジが暴れるので、ひとすじ白皙《はくせき》のひたいに垂れていた前髪が乱れて、さらに数本増えて明かりの落とされた室内で男の色気マシマシである。

……っと！　見惚れている場合ではない！

「私は落ち着いている。あなたのほうこそ動揺しているようだが？」

「こ、これが動揺せずにいられるか！　俺は男で、おっさんだぞ！　しょ、正気に戻れ！」

「私は正気だ。これから魔力接続の儀式を行う」

「せ、接続？」

なんだ、その用語は、と思う。

が、唐突に理解した。

これも先の言語同様、女神様がインプットしてくれた、魔法少女としての知識らしい。

――魔力接続とは、魔法少女とそのパートナーとなった王子が魔力を共有することで、互いに補いその力を増幅させることができる――ということのようだ。

そして接続には相性というものがあり、運命のパートナー以外は不可である。

そのやり方は手を繋ぐ。抱き合う。口づける。王子がそれぞれに持つ紋章を互いの身体に刺青《いれずみ》のように彫り込むなど様々あるが、一番深く濃厚に繋がる方法はセックス……って。

「なんじゃそりゃ！」

頭の中に流れ込んできた情報に、コウジは思わず叫んだ。

よりにもよってこのおじさんに一番、選んじゃいけないやり方をするつもりか！

「ま、ま、待てぇ！　落ち着けえ！」

「だから私は十分に落ち着いている」

「ひゃあ！」

おじさんらしくない甲高い声が上がったのは、この美丈夫王子様の胸板に突っ張っていた手を取られて、その手の平をぺろりと舐められたからだ。

魔法少女達の白くて愛らしい手ならともかく、おっさんの細長いけど節くれ立った指をしゃぶるな噛むな。そのひとさし指に出来たタコを舌先でちろちろ確認するな！

「剣を握る手とは違うな」

「俺の武器は銃だからな」

そう銃だ。コウジは目を見開いた。

現代日本で銃なんて所持していいのか？

だが、このキャラのメイン武器はリボルバーだ。某有名、街の掃除屋御用達《ごようたし》モデルだ。

現代日本でどうして銃の所持が許されているのか？　って、そういうことは考えていない中二病が作ったキャラ。中目黒《なかめぐろ》でいくら銃をぶっ放したって、許されるんだ！　中目黒は修羅の街だ！

あのときの自分にどうして中目黒？　と聞きたくもない。新宿《しんじゅく》なんて使い古されているが、中目黒。せめて架空の海辺の街とかにしておけばよかったんじゃないか？

いや、それはともかく。

いまは、目の前の危機だ。

「落ち着け……な、ジーク・ロゥ王子よ」

初めて目の前の王子様の名を呼んだ。

彼は、その男らしくくっきりした銀色の形の良い眉を、くいと片方だけ上げる。そんなキザすぎる仕草も、超絶美形がやると、映画のようにかっこいい。

「ジークだ。コウジ」

「へ？」

「王子はいらない。ジークと呼んでくれればいい。私達は運命を共にするパートナーなのだからな」

そう言いながら、ジークはが突っぱねる両手をやんわり外して、そのパジャマのシャツに手をかける。

片手でボタンを一つ二つと外される。器用だな……って見ている場合ではない！

「ちょ、ちょい待て！　ジーク！」

さっそく名を叫ぶ。「なんだ？」と言われたがシャツのボタンを外す手は止まらない。前が全開になって、胸を撫であげられて「うっひ」と色気もなんにもない声があがる。

目の前のジークの眉間にしわがよる。すると不思議なもので、若干気が引けてしまった。

やっぱりこんなおじさんの真っ平らな胸も、声も気持ち悪いよな？　いやだよな？

いや、そうであるべきだ、と希望を見出したが――

「あばらが浮いている。こんなに痩せて。夕餉の席でも思ったが、あなたはもう少し食べたほうがいい」

ジークは嫌悪感を前面に出すどころか、硝子《がらす》で出来た小物に触れるようにそっと、そのおうとつを長い指が往復する。

「いや、おじさん歳だし、もう若い頃みたいに食べられないし、胃もたれもするし……」

ことさら、おじさんなのをアピールしてみたが、男の大きな手は離れることなくみぞおちのあたりをいたわるように、撫でていた。「ひぁ」だの「ふひ」だの妙な声が出る。

「ジ、ジーク、ジーク！　俺は男だぞ！」

「知っている」

淡々と返されて、まさかと思う。

「ま、まさか、お前、男が好きなわけ？」

「いや、私の性的指向は一応、女性に向いていたはずだ」

「な、なら、こんな、お・じ・さ・ん相手に役に立つはずないよな？」

「いや、あなたは特別だ」

いつのまにやら、開かされた足の間にジークの身体が入り込んでいた。

ぐいとパジャマの布越しとはいえ、太ももに固いものが押し当てられる。

同じ男だ。見なくたってわかる。

こんな綺麗な顔した王子様でも固くするもんは、固くするのか……いや、そうじゃなくて！

「う、嘘だろう！　ジーク！」

「私はあなたに嘘は言わない」

「この場合は嘘だと言ってくれぇぇぇ！」

断末魔の悲鳴みたいになったのは、いきなりズボンに入り込んだ手に、急所を握られたからだ。

ここを押さえられると男は弱い。というか、絶妙な加減で握りしめられて、やわやわと指を動かされ、しゅるしゅると扱かれれば、たちまち萎えていたはずのおじさんのおじさんは、元気になってしまう。

男なのだ。触れられればコンニャクだって起《た》つ。いや、もうこんな状況で反応してしまう自分が恨めしいやら、気持ちイイやら。

「……っふ」

そう、気持ちイイ。王子様は上手かった。いや、上手いのかどうか、童貞歴二十年ちょいのコウジにはわからない。それとも、このおっさんの身体は経験してるのか？

ジークの大きな手が触れるたびに、「あ……」だの「そこっダメっ……だ」だの、男なのに妙に甘ったるく甲高い声が飛び出てしまう。

触れられるのが気持ち悪いのか？　いや、やっぱり気持ち良くて……背筋がぞわぞわしてくる。

そして、当時中二病まっさかりだった自分が考えたこの男の設定に男女関係を一切決めていなかったことを思い出した。

二十二年童貞だったせいで、自分の生み出したキャラも童貞って……悲しすぎないか？

無精髭のすすけたおっさんなのにチェリーって、寒い、寒すぎる。

「は、初めての相手が男ってないだろう！」

思わず嘆いたら、目の前の男の剃刀《かみそり》色の瞳が、ギラリと輝いた。

そして、手が止まる。

「あなたは初めてなのか？」

ようやく息をつくことができて、コウジは荒い息のまま答えた。

「そうだよ。……こんなおっさんの初めてなんてもらったって気持ち悪いだろう？」

少しはおじさんらしく、余裕をもって答えたはずだ。しかしジークは目を輝かせて、コウジの手の平にまたキスを落とした。

「いや、私はあなたがこれまで清らかな身体であったことを、女神アルタナに感謝しよう。そして、あらためて生涯あなただけだと誓う」

「なんで、鼻息荒く興奮してるんだよ！　あ……あん……そ、そこ……っ！」

やはり気持ちイイものは気持ちイイ。まして初めての他人の手だ。あっけなくのぼりつめて、果てた。

出すものを出したら、頭がはっきりするというか、いわゆる賢者タイムがおとずれる。

視線を空中に投げてぼんやりしていると、下肢をおおう布をジークの手が取り去った。

べとべと布が張り付いて気持ち悪いと思っていたから、ちょうどいい。そう思っていたが、男がパジャマの黒いシャツを脱ぎ捨てたのを見てコウジは目を見開いた。

予想通りの厚い胸板に割れた腹筋、それから膝立ちになって、ズボンが下ろされ――

その涼しげなお顔にしては大変凶悪な、体格に似合ってご立派なものは、すでに腹に付くぐらい臨戦態勢だった。

「む、無理だ。無理、そんなもの入るか！」

反射的にベッドから逃げ出そうとしたが、足首を捕らえられてずるりと引きずり戻された。

気がつくと、男の膝に抱っこされていた。コウジの尻に固いものが当たる。

「落ち着け、落ち着け。な、ジーク」

「また、その言葉か？　私はとても落ち着いている」

ふうふうと肩口にかかる息は荒い。いままであれほど涼しげな顔をしていたのに、やっぱりこの王子様、若いな……としみじみなんて出来ない。

「ぶ、物理的に、俺の尻にお前のそれが入るかどうか考えてみろ？　無理だろう!?　無理!!」

「大丈夫、私とあなたは運命のパートナーなのだから、一つになれないわけがない」

「い、いきなりの精神論かよ！　いやいや、どう考えたって無理ぃ……ひぃっ！」

声が上がったのは、尻のはざまをぬるぬると男の指がなぞったからだ。そして、周りをほぐすようにくるくるとされたあとに、つぷりと入ってくる。

意外にも指一本は抵抗なく入ってしまった。

甘ったるい花の香りがする油のおかげだろう。

そのうえ、中で動く指にある一点を見つけられたら、もうダメだった。

びくびくと自然に身体は跳ねるし、「イヤだ」と言ったそばから、指でそこに触れられるととんでもない声がもれる。

指は二本、三本と増え、そのうち、三本の指を抜き差しするようにされて腰を揺らしていたのは無意識だ。

それからどれほど身体の内側を掻き回されていたことだろう。

指が抜き取られて、ぼんやりと何かが足りないと思っていたら、三本の指なんかより、もっと熱くてデカいものが入り込んできた。

「お、あ、ぁ……！」

声をあげてのけぞり、その圧迫感にぱくぱくと酸欠の金魚みたいに口を開閉してしまう。

「苦しぃ……馬鹿……野郎っ……！」

本当に挿れやがった、コイツ！　とにらみつけて、せめてもの抵抗とばかり、肩にギリリと爪を立てる。目の前の端整な顔の眉間に深い皺が寄ったのを見て、ザマアミロと口の片端をつり上げてやるが、それに返されたのは。

「やっとあなたと一つになれた」

そんなひどく嬉しそうな微笑で、コウジの指から思わず力が抜ける。

コウジが抵抗をやめたのが伝わったのか、ジークはさらにあどけない微笑みを浮かべた。

「ゆっくりする」

「ん……」

こうなったら、仕方ない。

なるべく身体から力を抜く。するとジークがコウジの身体をぐるりと反転させた。痛みはないが「あ！」と声があがる。

「こちらのほうが初めてのあなたには負担が少ない」

だったら初めからそうしろよ！　と思ったが、後ろからずっずっと入りこんでくる熱に言葉にならない。指とは比べものにならない。奥の奥まで侵食される。恐怖とかすかな疼痛もあった。

背中にジークの熱い吐息を感じたのを最後に、動きが止まる。

「ぜんぶ……はいっ……た……？」

「ああ」

その返事に、ホッと息をついたのは、これで終わりと考えた童貞だった愚かしさだ。

「うあっ！」

ずるりと動かれてそんな考えが霧散する。

ずん、とゆっくりだが奥まで突き上げられると、衝撃が脊髄から上ってきて脳天までしびれるようだった。

「馬鹿っ！　動くなっ！」

「動かないと終わらない！」

「ふぁっ！　あっ！　あっ！」

揺さぶられるたびに、腹から押し出されるように妙な声が出る。

最後には後ろから片脚を抱え上げられて激しく、突き上げられた。のけぞって、その反動で下を見たら、信じられないことに自分の足の間のモノが立ち上がって、たらたらと白濁をこぼしていた。

目を見開く。

まさかそんな、嘘だろう？　と思う暇なく、男の大きな手がコウジの熱を包み込んだ。

「よせっ！　あ……」

「あなたも感じている。うれしい」

うれしいってなんだよ？　うれしいって……しかも、そこにはからかう響きも、嬲《なぶ》る意味もなく、ただ歓喜だけが伝わってきた。

「ち、違う……！」

「違わない。ここはこうなっているだろう」

「このっ！」

快楽を散らそうと首を振ったって、揺さぶられるたびに背筋に走る快感は消えない。前も刺激されて、どちらで快楽を拾っているのか、わからなくなる。

ひときわ強く突き上げられて、中になにか温かい感覚がした。

中に出された？　女じゃないから、孕むことはないが、なかなか複雑な心境にコウジは目を閉じた。

同時に後ろから自分を抱きしめる王子様と、なにか繋がる感覚がして、ああ、これが魔力接続か？　……と思う。

「これであなたと一つになれた」

またもや王子様の嬉しそうな声がコウジを現実に引き戻し、そこでようやく頭が冷めた。

そうだ。これは、魔力を繋ぐための義務的なセックスだった。

運命のパートナー、なんて言葉におじさんが踊らされてしまった。

思い知り、なんとも言えない切なさがコウジの胸に広がる。

「も……抜けよ……」

これで義務は終わっただろう？

勘違いをする気はない、と告げる。

「どうして、これで終われる？　ようやくあなたとひとつになれたのに」

しかし、なぜか少し怒ったような低い声で囁かれて、戸惑いの声をあげる間もなかった。

身体をひっくりかえされて、また仰向けに、男の身体が再び足の間に割り込んできた。

一度開かれた身体は、放出しても収まらない王子様の大きなそれを、すんなりと受け入れてしまう。

「ああっ！　くそ」

思わず目の前の男をののしる。

「立て続け……かよっ！」

「今度は顔を見て、したい」

「っ……！」

そう言われて、息を呑んだ。上げていた前髪はほとんど下りていて、改めて見たジークの顔は意外に若く青臭い。そこに受け入れた胎でなく、胸がずくりとうずいた。

義務ではなくて自分から二回目をしたい……なんて顔をするな！

胸の内でののしりながら、手を伸ばす。

乱れた前髪をさらにぐしゃぐしゃにかき回して、ジークの首に腕を回して引き寄せて「好きにしろ」と告げれば、再び激しい律動が開始される。その際に触れる手はやはり熱かった。

のけぞるコウジの喉から己のものとは思えない声が上がる。さらにはその喉仏を甘噛みする若い男の唇。

おじさんの明日の腰が心配だった。

第二章　不毛な魔法少女学級会とおじさん危機一髪！

結論から言えば、おじさんの腰は無事だった。

いや、半壊、全壊しかけたのだが、コトが終わったあと王子様が治癒魔法の呪文を良いお声で唱えながら、腰をなでなでしてくれていたのだ。それで、そのままうとうとと眠ってしまったが。

朝、目覚めたら超絶美形の顔のどアップが目の前にあってコウジは悲鳴をあげかけた。ちなみに腕枕されていた。おじさんに腕枕して楽しいか？

ヤッてしまったものは仕方ないと、むくりと起き上がってベッドであぐらを掻いていたら、痛みの一つもないことに気がついた。

どうやら腰を撫でていたそれが、治癒魔法の一種だったらしいとそこで知る。

そこまでしなくても……と思っていたら、目の前に高そうな白磁のカップが差し出された。ジーク王子様自ら茶を運んでくださった。

散々好き勝手やってくれたのだ。ありがたいなんて思わないぞ。

それを無言で受け取り、こくりと呑む。

うーん、お上品なミルクティだ。甘さの加減もちょうどいい。

「おはよう」

「……ん、はよう」

挨拶されたなら、挨拶を返す。これは人としての礼儀だ。

しかし、その挨拶でさりげなく、おじさんのデコにチューってないんじゃね？

なんだよ、この新婚初夜明けみたいな甘さ。

いや、おじさん相手に初夜って、やっぱりないわな。

そう思って、わずかにベッドのヘッドボードに身体を寄せたのだが、その分さらにジークが近付いてきて耳元で囁く。

「昨夜のあなたは素敵だった」

「……そりゃどうも」

それ以外どう返せというのだ。こちらも王子様の王子様による魔力接続はワンダフルでした……

とでも？

そうだ魔力接続、あれは魔力接続の儀式だったのだ。おじさんのケツになにをツッコまれたって、大切なモノを失ったわけじゃない。

いや、やっぱり失ったのか？　と目の前の無表情なのに、なぜか上機嫌なのがわかる若い男の顔をじろりと見る。

昨日散々好き勝手されたのに、嫌悪感が微塵もない自分の心境もなかなかに複雑だった。

◇◆◇　◆◇◆　◇◆◇

「おはようございます」

目の前のカラフルコスの魔法少女達を眺めながら、部屋の片隅の椅子に腰掛けて煙草をくゆらせていたら挨拶された。

ここは王宮の玉座の間の近くにある控えの間。

これから王との謁見のために、四十四人の魔法少女達＋おじさんが集められているのだ。

「おはよう」と返す。挨拶は基本だ。

目の前に立つのは、イエローのミニドレスの魔法少女。四十五番目のショタ王子に選ばれた、大柄巨乳の美少女だ。名前はたしか。

「マイアちゃん、でよかったかな」

「はい。コウジさんですよね？　……あのとき、わたし、ずっと残っていて泣きそうだったんですけど、コウジさんが余裕で、今みたいに煙草を吸っていたから泣かずにいられたんです」

なるほど、残り物同士と仲間意識を持ってくれたらしい。コウジは口の片端をあげてマイアを見る。昨日同様おじさんを遠巻きに眺める魔法少女のなか、笑顔で声をかけてくれた女の子には好感をもって当たり前だ。

それに気になっていたことを聞きたい。

「マイアちゃん、そのな……」

「はい」

「王子様と一緒にお家に帰ったんだろう？」

「はい！　ピート君……あ、名前で呼んでくれって言われました。彼は王宮で暮らしていて、彼の部屋のお隣にわたしの可愛らしいお部屋を用意してくれていたんです」

黄色いミニドレスの少女が嬉しそうに語る様は、まるでこびとさんが、自分のためにお家を用意してくれたんです！　という感じだ。めるひぇんだな。

「それでなあ、魔力接続の儀式なんだが……」

コウジはそこはかとない罪悪感を抱きながら聞いた。

この明るい巨乳の魔法少女お姉さんと、あの半ズボンショタの王子様が……とかないよな？　と思いながら。

しかし、予想に反してマイアは笑顔で答えた。

「はい、早速、練習しました！」

「れ、練習⁉」

思わず声をあげたのは、まさかベッドの上で……と邪《よこしま》な考えが浮かんだからだ。

しかし、マイアは不思議そうな顔をして頷くだけだった。

「ええ、手を繋いで魔力を循環？　させてみたんですけど、わたし達相性がいいみたいで。ピート君もうまく出来たって喜んでました」

「ああ、手、手を繋いでね、そりゃよかったな」

そうだよな。そうだよな。お手々繋いで……だよな。

出会ったばかりの初日なら、それから始めるのが普通だ。

いきなりベッドに引きずり込んで合体とかねぇよな……とおじさんは遠い目になる。

そこへ、嫌味な声が割り込んできた。

「可愛らしいお部屋ですって！　たしかにね。四十五番目のみそっかすの王子様には、お城の片隅に物置みたいに小さなあなたの部屋を確保するので、精一杯だったんじゃない？」

マイアとともにそちらを見れば、赤のミニドレスをまとった少女が腕組みして立っていた。

彼女の周りには取り巻きみたいに数人の魔法少女がいる。

「あたしは昨夜、王宮の敷地内にある邸宅で、天蓋付きの大きなベッドで寝たんだけど。第十王子は自分の魔法少女のために、寝室以外にもドレスルームにお友達を招くためのサロンも用意してくれたわ」

なるほど、こいつは第十王子のパートナーか、とコウジは目を眇める。

名前は……まあ覚えなくていいか。赤いの……で。

さて、煙草を吹かしながら『赤いの』を眺めていると、彼女はこちらをキッと睨みつけてきた。

「第九王子の仮のパートナーさん。あなたにお話があるんだけど」

『仮』ってなんだ？

コウジは片眉をぴくりと動かしたが、彼女は目の前の男の反応など、まるで気にせずに続ける。

「第九王子ジーク・ロゥ殿下が召喚の儀式に遅刻されて残っていたあなたをやむをえず選ばれたことに、あたし達は抗議します！」

赤いの……は、ぴしりとコウジの顔を指さして告げる。

……人を指さすなんて失礼な奴だな。

「今一度、第九王子からの選定のやり直しをするべきだわ！　ジーク・ロゥ殿下には、九番目以降の魔法少女達全員の中から一人選ぶ権利があるはずだし。あたし達にも平等にその資格があるはずだもの」

平等と来たか……と、コウジは胸の内でつぶやく。『平等』と叫べば正義の側に立てると現代日本で育った彼女達は思っているのだろう。

赤いドレスの取り巻きだけじゃない。

この一角の騒ぎに気づいた少女達がざわめき出す。

「そうよね」

「たまたま、あの人が残っていたから」

「たしかに不公平よ」

少女達はそう囁きあっている。

おじさんに突き刺さる彼女達の視線が痛い。

同調圧力、それも二十二歳の陰キャ童貞がもっとも苦手とする女子の……なんて、おっさんのガワをまとう前なら、ちびって震えて声も出なかっただろう。

しかし今、コウジの心は不思議に凪《な》いでいた。口の片端に煙草をくわえたまま「ん……」と一瞬考えるフリをして口を開く。

「その自分達に都合のいい提案は却下だな。赤い嬢ちゃんよ」

「都合がいいですって⁉　あなたなんてどの王子にも選ばれずに最後まで残っていただけで、たまたまジーク殿下が遅刻されたから、あの方のパートナーとなっただけでしょ！」

コウジが拒否すると思っていなかったようで、赤いの……は細い眉をつり上げて、尖った声をあげる。そして意地悪く唇の端をつり上げた。

「まあ、あれだけの方ですもの。変えたくなくて当然よね。今回の災厄の討伐でも、一番の成績をあげるだろう最有力候補ですもの」

なるほど、そういうことか……とコウジは思う。あの王子様は外見だけじゃなくて、四十五人いる王子のなかでも飛び抜けて優秀らしい。

あの屋敷だって、現王が通わなくなったとはいえ、少しも落ちぶれた雰囲気はなかったから、そうとうな財力もあると見た。母親の実家はこの国で一、二を争う大ブルジョアだというし。

顔良し、頭良し、さらにありあまる財力を、たしかにあの王子様は備えている。

「だいたいあなたみたいなおじさんなんか、どの王子様だって選びたくなかったはずよ」

そう言ったのは、赤いのの、横にいる緑のだ。赤いのに緑と……好物だったな。この世界にはカップ麺なんてないよなと思いつつ、コウジはくわえた煙草を指で摘まんで、口を開く。

「どの王子だって選びたくなかった――そいつはおじさんも同感だ。だがな、『あなたは選ばれた特別な魔法少女です』と女神様に異世界へ招かれて浮かれる気分はわかるが、おめでたい頭はそろそろ引っ込めて現実を見たほうがいいぜ。嬢ちゃん達よ……」

思ったよりも低い声が出た。

目の前に並ぶ魔法少女達を三白眼でギロリと見れば、彼女達は一瞬ひるんだように沈黙した。が、赤いのは、やはりその色通り気が強いのか「おめでたいってなによ！」と言い返してきた。

「彼氏選びのアプリゲームじゃないんだぜ。そう簡単にほいほい相手を変えられると思っているのか？」

これはゲームの世界ではなく現実だ。

夢ではないと、昨日ケツの痛みで思い知りました……なんて冗談は口にしないが。

コウジはふうっと息を吐き出してから、赤い少女を見つめた。

「王子様と魔法少女は災厄を退ける、魔力も命も預け合うパートナーなんだろう？　互いの背を守り合う相手だっていうのに、顔や財力で『こっちの人がいいです』とところころとチェンジされたんじゃ、信頼関係なんて築けるものか」

そもそも、この時点で騒ぎが十番目以降の王子様達の耳に入ってみろ。いや、必ず入るだろう。その後のお互いの関係がギクシャクするのは必然だ。

このお嬢ちゃん達はそういうことが、まったくわかっていない。

いやコウジだって、二十二歳のコンビニ店員のみのスキルならば、彼女らとどっこいの甘ちゃんだろうし、そもそも若い女子相手というだけで、こんな口は利けなかっただろう。

これは中二病だった自分が考えたおっさんのスキルなのか？　それともそのままそれを現実にしてしまった女神様の祝福とやらか。

いや、こんなおっさんの姿が祝福なんて思えないが。

ともあれ精神の頑丈さは幾度も修羅場をくぐり抜けてきたおっさんだ。

目の前で未だ不満げににらみつけてくる小娘達の視線など、そよ風程度にしか感じず、再びくわえ煙草を吹かす。

「……それにな、選び直しをしたとしても、ジークの奴は俺を選ぶ……かもしれないだろ？」

かもしれない、と言いつつ、コウジには不思議と確信があった。

奴はまた自分をまっすぐに選ぶだろうと。

「な、なによ。ジークなんて呼び捨てにしちゃって。それで親しいアピールのつもり？」

目の前の赤いのが焦った声をあげ、その後ろで緑のが悔しげな顔をする。それに、どこか得意な気分になってしまう。

奴は自分を選んだのだと。

たった一度抱かれただけでそんなことを思うのは不思議だが、ジークの瞳や手から伝わってきた熱が嘘だとは到底思えなかった。

「おじさんが気持ち悪い」だの「ジーク殿下だって、女の子のわたし達がいいはずよ」なんてピーチクパーチクわめく声も、煙草を吹かすおじさんの厚いツラの皮には、微塵もダメージを与えない。

しかし、いい加減うるさい。赤いのは挙句の果てに「ジーク殿下に直接たしかめさせてよ！」とまで言い出した。それに「いいぜ」とコウジはあっさり返した。あきらかに歓喜の色を浮かべた目の前の娘に「ただし」と続ける。

「嬢ちゃんを選んだ王子様にもきっちりお断りを入れるんだな。ジーク王子に選び直しをしてもらいたいから、あなたとはパートナーにはなれませんとな」

「そ、それは……」

コウジの言葉に赤い娘どころか、隣の緑やその背後の娘達の表情もみるみる曇《くも》る。まったく甘い考えだと呆れて眺める。こっちの王子様のほうがいいと言っておいて、キープは残しておきたいという考えありありだ。

「見苦しいわよ、あなた達」

そこに声をあげたのは紫魔法少女、シオンだった。

彼女はカツカツとかかとの高いパンプスの音を鳴らし、こちらにやってくる。それから赤と緑の二人をその紫の瞳で冷ややかに見た。

「あなた達はそれぞれの王子に選ばれた。これは女神アルタナの裁定よ。受け入れなさい」

「だから、それが平等じゃないって、わたし達は……」

「平等？　あなたの通っていた学校の学級会じゃないのよ。神がいて魔法があって、法律も違う。民主主義じゃない、王様や貴族がいる国よ。第二王子のパートナーである私は序列二位で、あなたは十位。序列からして反論は許さないわ」

学級会とはよくぞ言ったとコウジは、シオンに内心で拍手した。ぴしゃりと言われて赤いのが押し黙る。

しかし、シオンはその流れでコウジも睨みつけてきた。

「序列九位のあなたもあなたよ。十位以下の者達のこんな自分勝手なワガママ、黙らせもしないで言いたいことを言わせるなんて」

「おじさんとしては、嬢ちゃん達にわかるように丁寧に説明してやったつもりだけどな」

そもそもなにも答えず、黙って右から左へと聞き流してやってもよかったのだ。

彼女達がどうあがこうが、おそらくこの決定は覆らないだろう。

コウジ自身も、コロコロ相棒が変わるのは正直いただけない。これから災厄退治に向かう、互いに背中と命を預ける相手なのだ。

それならばジークがいい。

昨夜、寝台の中でジークに囁かれた「あなただけだ」「私の運命の人」なんて言葉に絆《ほだ》されたわけではない。

ただ、あの剃刀《かみそり》色の瞳に浮かんだ熱情は嘘ではないだろう、とそう思っているだけだ。こんな、おじさんになにこだわっているのか？　とも思うが。

ま、おそらく魔力連結とやらの相性がよかったんだろうな……とコウジは結論付ける。

まあ乱暴ではなかったし、最後には気持ちよかったし……身体の相性もよかったのか？

ぼんやり考えていると、シオンはつんとした表情を崩さずに告げた。

「じゃあ、文句を言われてでも若い女の子達とお話したかったの？」

紫のツンデレ、いや、ツンツン少女がおじさんの痛い所を突いてきた。

――いや実際、別の意味で不埒なことを考えていたのだが。

コウジは肩をすくめて、首を横に振る。

「俺のタイプは、なかよし学級会を開くようなお嬢ちゃん達じゃない。バーの片隅で酒とタバコの相手をしてくれる、大人のイイ女だけだ」

いまのは決まったかな？　と思ったが、シオンはフンと鼻を鳴らす。

「ヘビースモーカーなんて今どき流行らないわよ。出来る女ほど、禁煙も出来ないこらえ性のない男なんて、ゴメンだわ」

おお、なかなか辛辣だ。もしかして、シオンの母親はそんな出来る女ってところか？　そうなら、らしいねぇと思っていると、シオンの矛先はさらに別のところへ向いた。

「だいたい、序列一位で、第一王子のパートナーたるあなたが、ルール違反をした者達をとがめるべきじゃないの？」

「……え」

振り返ったシオンに訊ねられたのは、ピンクの髪にピンクのミニドレスの甘いお菓子みたいな魔法少女。第一王子アンドルに選ばれたユイだ。

彼女にもすでに取り巻きがいて、穏やかに話していたのだが、急にシオンに話をふられて戸惑った表情を見せている。

それから彼女はおどおどとした様子でシオンに言った。

「みんな、仲良くしてほしいです。これから女神様のお告げで、王子様達と一緒に災厄を倒さないといけないのだし」

優等生だが、幼いともいえる発言に、シオンは苛ついたように顔をしかめた。

「仲良くなんて理想はどうでもいいわ。でも、女神アルタナの神託は絶対。王子に選ばれた魔法少女の序列は変わらない。そこはあなたもわたしと同じ意見と考えていいわね？」

「ええ、すべての王子様は素晴らしい方だし、自分を選んでくださったその方を大切にすべきだと思う」

これもまた、どこぞの夢の国のお姫様かというお言葉だ。そのおっとりした感じといい、いかにも愛されて育った雰囲気といい、ユイは生粋のお嬢様なんだろう。

シオンはユイの当たり障りのない言葉に、不満げではあるが「序列一位の決定よ」と他の魔法少女達に告げて、この騒ぎを収めた。

王様との謁見前だというのに、くたびれたおっさんは、よりいっそうくたびれたような気がした。

◇◆◇　◆◇◆　◇◆◇

その後、コウジと魔法少女達はいよいよ玉座の間に召されることになった。

しかし、黄金の玉座に座る王様は、ずいぶんと覇気がないように見える。美形ばかりの王子様の父親だけあって、五十代という年齢にしては……というよりその枯れ具合の渋みがまたイイ男ではあったが。

実際、このところ体調が優れないとのことで、謁見のあと行われた王都郊外での魔法少女達のお披露目には姿はなかった。

臨時に造られた物見台と天幕内には結界が張られ、貴族に将校クラスだろうピカピカの軍服をまとった軍人、神官達が居並んでいる。軍事モノとファンタジーが融合したような光景だ。

ちなみに『お披露目』というのは、魔法少女達の能力を見るための模擬戦闘だ、と脳内の知識が教えてくれた。

広大な草原に召喚された魔物と戦う。

異世界にやってきて二日目で実戦さながらの模擬戦かよと思うが、女神アルタナによって召喚された魔法少女達は訓練など必要なく、その能力を使うことが出来るという。

実際、序列一位と二位の魔法少女達の戦いは見事なものだった。

ぽわぽわしたお嬢様かと思ったピンクの魔法少女ユイは、戦闘となるときりりとした顔になって、お花の付いたスティックを手に光の花をまき散らし、小型の魔物達の動きを止めた。

紫の魔法少女シオンが、手にした弓で紫の炎をまとった矢を放って魔物達を消滅させていく。

……ふむ、あのお嬢ちゃんの武器は弓か。

この二人の活躍でほとんどの魔物は倒されて三位～五位までの少女達はまったく印象に残らなかった。とはいえ、それぞれ一体ずつ魔物を仕留めたのだから、初戦闘ならばまあ合格点だろう。

一位から五位までの演習が終わると、次は序列六位から十位までの魔法少女とコウジの戦闘だ。

待機の天幕から外に出ようとすれば、係の神官に「コウジ殿」と呼び止められた。

「あなたの序列は九位ですが、昨日は最後に選ばれたということで、その……模擬戦闘は最終組となります」

「ああ、わかった」

ちょっと言いにくそうな口調だった神官に、コウジはあっさりとうなずく。

おそらくこれは嫌がらせの一環だろう。

ジークが昨日のお披露目の時刻を半刻遅く告げられていたように、そのパートナーである自分も早速その洗礼を受けたということらしい。

ただ、コウジとしては序列だの、順番がどうこうだのにはプライドもこだわりもない。

天幕の中に戻り、片隅の椅子に腰掛ける。おじさんは疲れやすいので椅子があればすぐ座るのだ。

立ちっぱなしでおしゃべりする少女達を眺めて、元気でいいねぇと思う。

そして、自分が参加するはずだった序列五位から十位もとい、十一位が繰り上がりで参加した戦闘を、天幕に設けられた魔法の映し鏡で眺める。

新宿にある巨大モニターみたいに鮮明な画像だ。こうなると魔法も科学も区別が付かない。実際このデカい映し鏡は演習場だけでなく、王都の広場にも常設されていて、今回はこの演習の様子も流されているそうだ
そして、見ているうちに気がついた。さて、どうも、この序列というのは魔法少女としての能力に関係してるらしい。

繰り上がり十一位は、十位のあの赤いのの横にいた、緑だ。

十位と十一位で仲良くなったようだ。

しかし、その彼女達の戦闘は無様なものだった。

魔物を見て悲鳴をあげて逃げまどう。あげくスッ転んで衣装を泥まみれにする。

戦闘を見守っていた、魔法騎士達が慌てて救助に向かっていた。王宮の魔法騎士団の彼らは、万が一のために配置されていたものだ。本来戦えるはずだった魔法少女達には必要ないものだ。あれでこの先、実戦で通用するのか不安になる。

あとで聞いたが、あの赤いの……と緑の……は控えの間での自分達の主張が通り、序列九位からの選び直しがされると思い込んでいて、それぞれの王子様と魔力接続の儀式を行っていなかったという。

魔力接続しなければ魔法少女として半ば目覚めていない状態だというから、魔物を見たら恐怖を覚えて逃げ出すのも当たり前だと。

まあ、たしかに現代日本で平和にぬくぬく暮らしていた少女が、いきなり魔物と戦えるのが異常なのだ。ゲームじゃあるまいし。魔力の接続にはそんな意味もあったのか、コウジも感心したほどだ。おじさんも王子様に抱っこされて目覚めました……なんて、うん、これは考えないようにしよう。

そんな多少の騒ぎはあったが、そのあとも模擬戦闘は進んだ。

街頭モニターもとい、巨大な映し鏡の戦闘をコウジはぼんやりと眺めるが、やはり序列があとになるにつれて、戦闘の質が落ちている。

一位のユイと二位のシオンのように鮮やかでない分、戦闘時間も長引いていた。

それでも魔法少女達が怪我一つすることはないのだから、これは女神の加護と言うべきだろう。

その魔法道具も大変多彩だ。剣に槍やボウガンにハンマーなんて武器系に、ベルやタンバリンなんてメルヒェンなものまで。

そうして数時間経った頃だろうか。最終組の名が呼ばれて、コウジは立ち上がった。

天幕の入り口まで行くと、その横にイエローの魔法少女マイアが並んだ。

「コウジさんと一緒なんて心強いです」

「おじさんもマイアちゃんを頼りにしてるよ」

草原へと出ると、召喚された小型の魔物達がこちらに向かってくるのが見えた。

――さて、戦い方は脳内が教えてくれるらしいが。

そう思いつつ、身体が動くままにコウジはくわえ煙草を指で摘まんだ。そして駆けてくる魔物達に向かって煙草を突き出す。

ゴウッ！

魔物達に向かって紫煙が流れると、瞬《また》く間に煙は黄金の炎となって、敵を火だるまにしてしまった。

一瞬にして消えてしまった魔物に、他の魔法少女はあっけにとられている。

マイアが「コウジさん強いんですね」と言う。

「うーん、強すぎたかな？」

煙草が武器になるのは女神さまから与えられた知識のおかげで『わかっていた』が、今のはちと強力すぎる。焦げ臭いにおいとともに、草原が燃えているのを魔法騎士達が消して回っている。もう少し威力を調整出来るようにしないと、立派な放火魔になってしまうと、コウジは後頭部の寝癖だらけの髪をくしゃりとかき回した。

「しかし、まいったな。おじさんが全部倒したんじゃ、君達の活躍の場がないよね？」

マイア以外の魔法少女達をちらりと見る。

魔物の追加ってあるのかねぇ？

そう考えていたのだが。

「ん？」

ゆらりと蜃気楼のごとく、巨大な影が正面に現れた。

コウジが要求する前に追加が来たようだが、どうもおかしい。

天を見上げるほどの大きさなど、いままで呼び出された魔物と違う。

緑の色をした巨大なトカゲ……いや違う。頭には大きな角。乱杭歯が見える大きな口からは、息を吐くだけでちらちらと炎が輝く。手足の黒いかぎ爪に、背にはコウモリの翼。

あれは——

「嘘だろう？」

女神がインプットした頭の中の情報が警鐘を鳴らす。

竜。巨大なその魔物はこの世に降り注いだ【災厄】の一つだ。

緑の巨大な鱗に覆われた巨体。赤く輝く目が、ひたりとコウジを見つめる。

こいつの狙いは自分だと、その視線から判断する。

「嬢ちゃん達は天幕の中へ逃げろ！」

とっさにコウジは叫んだ。天幕の中は結界の張られた安全地帯だ。しかし、コウジがそこに逃げ込んでも、竜は踏み潰す勢いで来るだろう。

「コウジさんはどうするんです⁉」

他の魔法少女が一目散に天幕へ駆けていくなか、マイアがそう叫んだ。

「いいから行け！」

コウジは竜を睨みつけたまま怒鳴る。

「こういう命がけの時はな！　自分のことだけ考えろ！　他人の心配なんかしてるんじゃねぇ！

ピート王子が心配してるだろうが！」

振り返りもせず叫べば、マイアは「はい」と答えた。

足音が遠のいていくから、きちんと逃げたに違いない。

一瞬、大丈夫だろうかと振り向くと、マイアの前にコウジの煙草の炎を逃れたらしいデカい鶏の姿をした凶暴な魔物が現れた——が、「邪魔よ！」と彼女に蹴りを食らってコケーッ！　とすっ飛んでいった。

……そういえばマイアちゃんの手には魔法道具がないと思ったが、なるほど肉弾戦型か。

どうやら大丈夫そうだ。もはや見ている場合じゃないとコウジは駆け出した。

普段座ってばかりのおじさんだが、この細い足は意外と速いのだ。走るときは走る。

天幕からなるべく離れようと思ったが、ドスンドスンと地響きを立てて追いかけて来る竜の足音がなくなった。

ちらりと後ろを振り返ったら、バサリと翼をはためかせて飛んでいる。

一直線にコウジの頭上まで来ると、その口から業火のブレスを放った。

「ちっ！」

広範囲のそれは左右に避けられるものではない。そう判断するやいなや、よれたスーツの懐のポケットから新しい煙草を一本取り出す。ライターもマッチもないが、指を鳴らせば火がついた。

ぶわりと紫煙が噴き出す。

その煙が結界のようになって炎を防ぐ。ブレスの灼熱も感じることはない。

初めてにしては我ながら完璧なんて、思っている暇はない。

ブレスが消えたあとには、くわりと口を開いた竜の牙が見えた。

ぱくりとやられれば一巻の終わりだ。

「まだまだ！」

脇の下のホルスターから相棒の銃を取り出し、引き金を引いた。

ガーンととどろく銃声。出たのは一発の小さな銃弾だが、それは竜の口に吸い込まれた瞬間、閃光を放ち、荒れ狂う嵐となって、その頭のみならず巨体まで吹っ飛ばした。

これで終わったか？　と思ったが――

「おいおい、嘘だろう？」

カタカタと音がして、ぞろりと再び巨躯が天を突く。骨だけとなったそれはしかし、目にぎらついた光を灯している。

ドラゴンゾンビと、また女神様の恩恵か、脳裏にその名が浮かぶ。

「殺しても死なないんじゃ、いい加減しつこいだろう」

そうぼやいたところで「コウジ！」と空から声がした。

ジークだ。

いったいどうやってここに来たんだ、と思ったが、映し鏡でこの戦いの様子が流されているのを思い出した。どうやら騒ぎを見て助けに駆けつけてきてくれたようだ。

その手には漆黒の槍があった。マントをなびかせて、ドラゴンゾンビとコウジの間に降り立つ様は、まさしく姫を救いに来た王子様だ。もっとも自分は姫ではなく、無精髭のおじさんだけど。

骨だけの枯れ枝のような翼をばさりと広げると、ドラゴンゾンビは、その口から巨大なブレスをジークに向けて吐き出した。

さっきは赤だったが、今度は冥府の炎を思わせるような青だ。

「ジーク！」

赤より青の炎は高温だ。思わずジークの名を叫ぶ。

が、彼は避けもせずにその直撃を受けた。

いや、ただ受けてはいない。その長槍を風車《かざぐるま》のように回転させて、炎をせき止めていた。

「問題ない」

そう言って一瞬微笑むと、ジークは瞳をギラリと光らせて、白い骨だけとなったドラゴンゾンビに向かって駆けた。そうかと思うと、空中に飛び上がる。

まるで鬼神のような険しくも凛々しいものだ。

ドラゴンゾンビの長首がカタカタと骨の音を鳴らしながらたわみ、宙へと跳んだ長身を追いかける。青いブレスが再び吐き出されるが、黒い槍がまたその炎を弾く。

そして、ジークはその白い頭蓋に飛び乗ると、勢いそのままに槍を突き刺した。

耳をつんざくような絶叫をあげたドラゴンゾンビの巨体が、どうっと地面に崩れる。

槍はその頭蓋のみならず、その巨躯を地面ごと串刺しにしていた。縫い止められたドラゴンゾンビは骨だけとなった身体をカクカクともがかせている。

……まだ動けるのかよ。

そのしぶとさにコウジが眉をひそめる。ジークが振り向き、コウジを見つめた。

「炎を！　【災厄】は魂まで消滅させなければ、滅びない」

「わかった！」

さっきの結界に使った煙草を骨だけになったドラゴンゾンビへと投げれば、それはたちまち黄金の炎に変わる。それにジークが「グラフマンデよ！」と呼びかけると、ドラゴンゾンビの頭に突き刺さった槍から、雷光が走る。

それが炎と混じり合って、黒い影となって骨から抜け出ようとしていた魂さえ燃やし尽くす。

そこで唐突に理解した。

――【災厄】を倒すためには、パートナーとなった王子と魔法少女、二人の魔力が重なる必要がある。そうすることでようやく災厄は消滅するのだ。

この場合、魔法少女じゃなくて、魔法おじさんだけどな……とコウジは目の前の混じり合う炎と雷光を見つめる。

ジークとコウジの攻撃に、最後の咆哮をあげて竜は消滅した。

からりと地面に転がった槍に向かいジークが手を伸ばすと、それはたちまち剣の形となって彼の手に収まった。

槍にもなるし剣になる、便利な魔法武器だ。

炎で多少すすけたマントを払い、ジークはコウジの元に歩み寄ってくる。その表情は先ほどの鬼神のようなものではなく、コウジをいたわるような柔らかな笑みに変わっていた。

「怪我は？」

「ない。王子様が来てくれたからな」

「すまない。もっと早く駆けつけたかったが、この演習場に張り巡らされた結界を破るのに手間取った」

召喚した魔物が外に出ないように、たしかに草原には強力な結界が神官達によって巡らされていた。

味方のはずの結界が邪魔をするとは……肩をすくめる。

「あの竜は、あきらかに俺を狙っていたな」

「ああ、災厄を召喚するなど邪道もいいところだ。あなたが狙われたのは私のせいだろう」

召喚？　まさか、あれは早すぎた【災厄】の到来ではなく、人為的に起こされたものだったのか？

ジークに目でそう聞くと、無言で肯定された。

思わず「心当たりが？」とジークに訊ねる。すると「ありすぎる」との返答だった。たしかに彼は母親がらみで敵が多すぎる。嫌がらせは日常、暗殺未遂も度々と聞いた。

コウジは『呆れた』とため息を一つ。

「敵は内にいるってか？　世界に【災厄】が降り注いでいるっていうのに、仲間割れしている場合じゃないだろう？」

「嘆かわしいことにな」

その後、天幕の裏で神官の服を纏《まと》った、男の死体が発見された。男は神官ではなく、誰も彼を知らないという。

その顔はコウジに模擬試合の順番があとになったと告げた男だった。

「死人に口なしだな」

男の顔を確認したコウジは淡々と言い、ジークは「ああ」とうなずいた。

◇◆◇　◆◇◆　◇◆◇

「序列九位から七位に格上げ？」

翌日、朝の明るい日差しが差し込むサンルームにて。

あいもかわらずのよれよれの黒のスーツ姿のコウジは、香り高い紅茶をグビリとやって聞いた。

正直少し身体がけだるいような気がするが、気のせいだろう。丸いテーブルを挟んで反対側に座る王子様は、入念に治癒魔法をおじさんの腰にかけてくれたのだから。

いやはや、一日目に続いて二日目も……だ。おじさんの腰を酷使しないでほしい。

戦いすんで日が暮れてでもないが、ジークの屋敷に帰ってから、コウジは風呂場に連れていかれて、傷がないか全身くまなく調べられた。

風呂好きだったジークの母親が作らせた浴室は、数人が入れるゆったりした広さの丸い浴槽が置かれている。白い大理石造りに女神がかかげた瓶からこんこんと温かい湯が常に湧き出す仕様だ。

魔力を溜め込んだ石――魔石を使った装置らしいが、二十四時間風呂とはやはり進んだ魔法と科学はあまり大差はないな……と思う。道具は違えど、進化の仕方は同じってヤツだ。

しかし、おじさんにその風呂をゆったり楽しむ余裕などなかった。

「バカッ、挿れるなぁ！　お湯が入っ……て……」

「……では抜こうか？」

「ここまでっ……進んでおい……て……中途……半端に放り出す……なあっ！」

「わかりました、お姫様」

「さらりと怖いこと真顔で言うな……よっ！　俺はっ！　おっさん……だっ！」

「……姫おじ様？」

「ぶははは！　ひ、姫おじって、おかし……ひゃあっ！　わ、笑わせ……るっ、なあっ！　お前のがっ、俺のなかで……長く……て……太いの……先っぽ……があたっ……て……るぅ……」

「つっ！　あ、あなたは！」

「うわっ！　い、いきなり突き上げるなぁ……あ、ちょっ！　ヤバい……とこ、ぐっぽり入り込ん……で……ねぇ……か！」

自分の言動のどこがいけなかったのか、ジークがいきなり獣の目になって、ガツガツ突き上げてきた。普段はクールビューティな男ががっつくのはなかなか……

いやいや、風呂を出たあともベッドで組んずほぐれつ大変だったんだ。

そして、気がつけば昨日と同じく朝だった。

王子様の腕枕、自分を見つめる端整な顔のどアップが前にあった。

不安な腰は王子様の治癒魔法で異常はなし。

魔法って便利だ、と朝日が輝くサンルームで焼き立てのクロワッサンをかじっている場合ではなくて。

「で、今朝になってなんで序列が七位になったんだ？」

ジークは第九王子だったはずだが、朝食の席に着くなり、やってきた執事が小声でジークに囁いた。そのあとに彼が言ったのだ。

「私とあなたの序列が本日付けで七位になった」と。

「昨日の演習で『事故』とはいえ、災厄を一つ倒しただろう？」

「ああ、それでか」

昨日のことは事故として片付けられた。神官達が綿密に張った結界内に、災厄が呼び込まれたっていうのに……だ。あの身元不明の男の死についても誰も処分されず、追及さえされなかった。

ジークはどこか諦めたようにそれを受け入れて、コウジもなにも言わなかった。確たる証拠もないのに下手な勘ぐりを入れれば、相手は逆にこちらの口を塞ぐのにやっきになるだろう。

今は、降りかかる火の粉を払うしかない。対処法がないのがもどかしいが。

それで単独で災厄の魔物である竜を倒した二人は九位から七位の二階級特進って……軍や警察の殉職扱いか？　不吉な。

「で、七位になっておめでたいのか？」

「通常はめでたいのだろうな。だが、私の場合は風当たりがより強くなる」

「……ですよねぇ」

おじさんは遠い目になった。

そして、本日も二人で王宮へと向かった。

馬車の中、「そういえば……」とコウジは隣に座るジークに訊ねた。

「あんたの序列九位ってずいぶん中途半端じゃないか？　母親は公式愛妾とやらだったんだろう？」

正妃や準妃と同格の称号だったはずだ。ならばジークの序列も三位でなくてはおかしいが……

そう思って聞いたのだが、ジークはあっさりと答えた。

「ああ、たしかに母が生きていた頃は三位だった。しかし、彼女亡きあとに父王は野心家の名門貴族の令嬢を次々に愛妾に迎えたからな」

新しい愛妾達への寵愛は長続きはしなかったが、それが仇《あだ》となった。名門貴族の娘を愛妾に迎える度に、ジークの順位は下がっていったという。

「よく九位に収まったというところだ。今は七位だが」

彼は他人事のように淡々と語った。

父王の女癖の悪さに、その息子は達観しているようだった。

「納得できないわ。あれは強力過ぎない？　チートだわ！」

王宮に着くと、ジークを含む王子達は昨日の模擬戦闘の会議とやらに向かい、魔法少女達はそのあいだ城の広間の一つで待機となった。

壁際にはキラキラ輝くケーキにティーセットが並んでいる。

好きなだけ食べ放題なんて、いたれりつくせりだ。

魔法少女達はさっそくお友達となったグループで固まって、好きなスイーツを取った皿を手に、各テーブルへ。おしゃべりに花を咲かせている。

おじさんは出来るなら酒……と言いたいところが、まあ、甘い物もいける。イチゴパフェが好物だ。

……って、こんな設定も外していてかっこいいと思っていたんだろうな。当時の中二病の俺よ！

「イチゴパフェある？」

お仕着せを着た城の給仕に聞いたら「お待ちを」とコウジが一人座るテーブルに持ってきてくれた。

細長いグラスに、赤く輝くイチゴが積み上げられている。生クリームとアイスクリームとイチゴの断層にはパイも混じっていて、完璧な仕上がりだ。

柄の長い銀のフォークでてっぺんのイチゴをつきさし、口に放り込む。それからコウジは「ん？」と横を見もせずに、食って掛かってきたオレンジ色の魔法少女に問いかけた。

名前はミモリだったか、ミサトだったか。

早口でよくわからなかったが、序列が六位というのは、なんとか聞こえた。

六位が七位になんで食ってかかるのか？　抜かされて一つランクが落ちた八位や九位ではないの

か？

　まあ、おじさんにはわかる。

　落ちた者も悔しいが、追い上げられる者はもっと焦る。

　それで、六位の魔法少女はキィキィと猿のようにコウジに食って掛かっているのだ。

　彼女の言っていることは半分もわからない。『チート』はまあわかる。そこから先がよく分からない。

「いい!?　異世界転生者ってだけで特別なのよ！　そのうえ魔法少女、そのうえ王子様！　なのになんであなたみたいなおじさんが交じって、超絶美形で才能もなにもかもあるのにちょっと不遇……なんていうおいしい王子に、最後の残り物で選ばれたあげく、二人で俺TUEEEなんて、ズルいわよ！　ズルすぎるわよ！」

　なに言ってるのかおじさんさっぱりわからん。

　会話にならないし、好物のいちごパフェを楽しみたいのだが、相手は六位でコウジより序列が一つ上だ。下位の者が黙りなさいと言うことも出来ない。

　が、そこに助け船？　が現れた。

「優雅なティータイムに金切り声なんて、はしたないわよ。序列第六位下がりなさい」

　そこにやってきたのは紫魔法少女だった。いやいや、いい加減シオンと覚えてやろうか。

　ぴしゃりと言われて第六位のオレンジはしぶしぶ引き下がる。そのまま立ち去るかと思ったシオンだが、コウジの腰掛けているテーブルの反対側に座る。

すぐに彼女がいままでいた席から、給仕がアイスティーを運んできた。

それに彼女は「ありがとう」と礼を言う。

しつけがよろしい。というより、最初はツンツン少女かと思ったが、意外にも面倒見がいいらしいと思う。昨日といい今日といい、キツイ態度ではあるが、彼女はコウジに絡んできた少女達を追い払ってくれている。

「ありがとな」

「あなたに感謝されるいわれはないわ」

コウジがこっそりと言うと、シオンはアイスティーを一口飲む。やっぱりこれはツンデレキャラか。

「わたしは秩序を乱されるのが嫌なだけ。そういう意味では、あなたはいるだけで、みんなの心を引っかき回すのよ」

「悪いね。でもおじさんだって望んで女神様に呼ばれたわけではないんでね」

「そうね。でも女神アルタナの裁定は絶対よ。あなたが呼ばれた意味があるのでしょう」

シオンの紫の瞳がコウジの死んだような真っ黒な瞳を見る。……と思いきや、その視線は下のパフェをちらりと見た。

「頼めばいい。うまいぜ」

「イチゴなんて食べ飽きたわ」

ふい……とシオンが視線を逸らす。イチゴは現代日本だってそれなりに高価だ。それを食べ飽きたとは、彼女もユイともどもお嬢様らしいと思う。

あちらがふわふわ正統派お姫様タイプなら、こちらは高飛車令嬢タイプか。まあ、どちらも王道だ。

「わたしも疑問ではあるのよ。どうして、あなたの魔法道具は二つなのか？　とか」

シオンは胸元のポケットと脇の下にあるホルスターを眺めて言う。

さすが序列二位は鋭い。たしかに魔法少女達の道具はそれぞれ一つのようだ。シオンは弓で、序列一位のユイは魔法少女らしいお花のスティック。そして、序列四十五位のマイアはその体格の良い身体って……道具と言えるのか？

対して、コウジには煙草と銃という二つが与えられていた。

「それに、あの二つの道具はどちらも強力すぎるわ」

雑魚の魔物達なら煙草の炎一つで燃えてしまったし、竜のブレスは煙の結界で防ぎ、小さな弾丸一つで身体を吹っ飛ばしていた。コウジもたしかに強力すぎるとは思う。

まあ、思い当たらないこともない。魔法少女の力の強さが本当に魔力接続とやらで決まるとしたら、だが。

「嬢ちゃんは魔力接続の儀式は行ったのか？」

「当然よ、コンラッド王子の離宮に連れて行っていただいてその日のうちにね」

正妃と準妃は王宮の敷地内に離宮をもっていて、一位と二位の王子はそこに住んでいるそうだ。王の妃なのだから、待遇が違うのは当たり前だ。

昨日、シオンが言っていた通り。ここは平等の国ではなく、王様がいて貴族がいる。はっきりとした身分差のある国だ。

魔法少女というのは異世界から招かれた特別な存在だが、それもパートナーとなった王子の序列に準じるというのはこの二日で知った。

「わたしの魔力接続はこれよ」

彼女は自分の左手の甲を見せた。そこには鮮やかな紫に光る紋章が刻まれていた。

そう、女神様に脳内に刷り込まれている知識で分かっていが、接続のやり方は様々だ。

口づけに手をつなぐ、抱き合う、魔石のはまった揃いの装身具を付けるなどだ。

「王子は指輪を用意してくださっていたのだけど、物は壊れたり紛失したりすると、互いの接続が切れるでしょう。だから、わたしは紋章をお互いの身体に打ち込むことを頼んだの」

紋章を打ち込むと簡単に言うが、それは刺青《いれずみ》を刻むように苦痛を伴う行為だ。この世界には治癒魔法があり、痛みは瞬時に散らされるとはいえ、それでもその瞬間にはかなりの痛みを感じるに違いない。

それをあえて選ぶとは、このツンデレお嬢様の強気は口だけではないらしい。

「あなたも儀式を行ったのでしょう？」

どんなやり方をしたのか？　と暗に聞かれて、コウジは焦った。

セックスしましたなんて言えるわけがない。教育上よろしくないし、精神的ダメージが大きいだろう。

シオンもそうだがコウジの……

おじさんがあのクールビューティな王子様に組み敷かれて、あんあん言わされてますなんて。

いや、そこまで話す必要はないか。

「どうなのよ？　まさか言えないようなことをしたの？」

そう言われてドキリとしたが、彼女がらしくもなく小声で「ま、まさか、男同士で……キスとかしてないわよね？」と言ったので、こんなときなのに妙に和んだ。

そこでセックスじゃなくて、キス止まりなんて、このツンデレお嬢様は、意外や意外に純情なのか？

「いや、おじさんも紋章だ。すんごい痛かったぜ」

痛かったのはケツ……と言いたいが、少し痛かったがそれ以上に気持ち良かった。昨日もあの絶倫王子様におじさんは啼《な》かされました。

まあ、言わないのが大人のたしなみってヤツだ。ごまかす訳ではないが。

紋章がどこにあるのか、など細かいところを突っ込まれないよう、長いフォークをパフェに突き刺す。

「にしても、このパフェうまいなぁ。コーンフレークでかさ上げなんてしないし、イチゴに生クリームにアイスクリーム。パイにカスタードまで入ってる。おじさん的には星三つだな」

顎の薄い無精髭をざらりと撫でて唸ってみる。

「わたしにも紫芋のパフェをちょうだい」

するといいものを呼び寄せてシオンはそう告げた。紫つながりか。ツンデレお嬢様はおいものほうが好みらしい。

第三章　魔女の子達と運命と

数日後、コウジとジークがいたのは北の辺境の森だった。

そこに巣くっていたのは、降り注いだ災厄の影響を受けて魔物化した樹齢千年を超えた巨木。

「木だっていうのに、なんで動く！　そのうえ速《はえ》ぇ！」

コウジは叫びながら走っていた。後ろから無数の太い根っこをうごめかして、追いかけてくる巨木だけではない。森の長老だった大樹の影響で、魔に染まったこの森全体が敵だ。

動きはしないが、森の木々の枝がコウジの退路をはばもうと覆い被さり、さらには凶暴になった獣達まで襲い掛かってくる。カラスの急降下、ウサギまでその前歯で噛みつこうとするのはどういうことだ⁉

「ええい！　邪魔だ！」

全速力で走りつつ、くわえ煙草で叫ぶ。

煙草の先が火を噴いて、コウジの退路を塞ごうとする森の木々や動物達を焼き払う。

自然破壊？　考えている場合か！　突進してきたクマの頭をくたびれた革靴で踏んづけて蹴って、

跳んで着地する。よれよれの黒のスーツの裾が、ひらりとはねた。

「っ……とっ！」

そこを狙っていたように、後ろから追いかけてきている邪悪な大樹の木の枝が飛んできた。長く伸びた太い蔦でおじさんの細い足首を捕らえ、つり上げる。

「触手プレイはお好みじゃないっていうの！」

逆さまになって、首にだらしなくぶらさげたネクタイに顔を叩かれながら、コウジは脇のホルスターから銃を引き抜いた。

グワンと銃声がとどろいて、自分をつり上げていた蔦をぶち抜く。小さな弾丸は着弾した瞬間に、コウジに絡みつこうとしていた多数の蔦を爆散させた。

木だというのに、痛みを感じるのだろうか？

人間が十人以上腕を伸ばして囲めるかどうかという巨大な幹に刻まれた、暗黒色の目と口がゆがみ、キェェエエッと黒板をひっかくような耳障りな音が響く。

それに顔をしかめながら、コウジは宙でくるりと猫のように一回転して着地した。

巨木は傷つけられた怒りからか、まだまだ無事な枝をこちらに向けてくる。

今度は絡め取る気などないとばかり、その先を槍のようにするどく尖らせて――

「コウジ！」

そこへ、黒に銀の飾りの軍服姿が駆けつけた。

ジークが、彼自身の武器――黒く長い斧を巧みに振りまわし、コウジを狙う無数の枝を切り払う。

長い柄の先に、今日ついているのは黒光りする刃を持つ斧。いわゆる戦斧というヤツだ。

やっぱり木を切り払うにはこれだよな。

「あのイノシシは？」

「片付けた」

コウジの問いにジークが短く答える。

イノシシとは災厄となった巨木を守ってきた、小山のような魔物だ。

巨木の影響を受けて、真っ黒な魔力に染まっていた。

それの相手をしているジークの代わりに、今までコウジが巨木に追いかけられていたのだ。

イノシシは災厄ではないから、他の魔物と同じく葬られれば、その身体は消滅する。魂まで浄化する必要はないという。

巨木は、守り手だったイノシシを失ったことを察したのか、はたまた自身を傷つけられた怒りか、狂ったように枝どころか、根まで伸ばして攻撃してくる。

コウジは煙草の煙をくゆらせて結界を張り、その攻撃をはねのける。ジークは戦斧の柄をさらに伸ばしてくるくると回転させて、片っ端からその枝や根を刈り取った。

「丸坊主だな」

かくて魔の巨木は太い幹だけを残した無残な姿となった。

しかし、その切り取られた部分から、早くも真っ黒な色をしたちっとも可愛くない若葉が芽吹き出している。このままならば、また再生してこちらを攻撃してくるだろう。

「頼む」

「ああ」

ジークが差し出した斧の刃に、コウジがふうっと煙草の煙を吹きかければ、漆黒の刃先が輝く黄金の色に変わる。

長い柄を横へと大きく振ると、斧の刃が巨木の胴体へと食い込む。

一撃、二撃、三撃で巨木はどうっと中程から倒れた。

身体はたちまち霧のように消えたが、今度は暗黒の巨木の魂のみがゆらりと立ち上がろうとする。

災厄はその身体を失っても、邪悪に染まった魂のみで蘇るから厄介だ。

これを消滅させるには王子とパートナーとなった魔法少女の力が必要だ。

俺はおじさんだけどな……と毎回思いつつ、新しい煙草に火をつけて、放り投げる。ジークもまた黒い戦斧を魂のみとなった巨木に投げつけた。

実体のない魂を斧はすり抜け、地面に突き刺さる。そこから幾本もの雷光が発生した。それがコウジの投げた煙草の黄金の炎と絡み合い、空へと立ち上る。暗黒の巨木の魂を絡め取るように。

一瞬のうちに魂まで燃やし尽くされ、ようやく災厄は消滅する。

終わったと息を吐きだす。自分とジークが燃やし尽くし、伐採したせいで広場のように開けた空間から上を見上げれば、箒に乗った魔法記者達がくるくると旋回していた。

パチパチと瞬《またた》くのは魔道具の写し絵……カメラの光だろう。

高みの見物とはいいご身分だなと言いたいが、これが彼らの仕事だ。いわゆる番記者。災厄退治に活躍する王子達に張り付いて、と王国中の新聞には、序列××番目の王子活躍！　と踊る。

人が命をかけて戦っているのに、関係ない一般人には娯楽かよと言いたいが、この報道に助けられている面もある。

とくにジークとコウジは。

実のところ、あの模擬戦闘の『事故』だって、その日の号外で『初の災厄単独討伐！』と報道されたからこそ王宮の連中も、序列第九位から七位への特進をせざるをえなかったらしい。それに、今回は王都の中央広場の映し鏡で、演習の様子は中継されていた。

マスコミなんてない世界ならば、すぐにお偉いさんによって握りつぶされていただろう。

しかし、序列七位になることで『さらに風当たりが強くなる』というジークの言葉はその通りとなった。

初めは北の辺境へ、次は東へ、西へと二人は単独で災厄を祓《はら》う任務が与えられた。

いずれも竜並に特大級の【災厄】だ。

厄介者の英雄には早々に名誉の戦死をしていただこうという魂胆が見え見えだ。

しかし、ジークとコウジはそのことごとくを生き抜き、災厄討伐を成し遂げた。期待の英雄に張り付いた記者達は、その活躍の記事を王都へと送り続けている。王都の中央広場の映し鏡も、この快進撃を報道し続けた。

おかげで任務を一つ片付けるごとに、序列は上がり、現在第四位。

おそらく明日には、第三位に昇格したとの知らせが入るだろう。

◇◆◇　◆◇◆　◇◆◇

「しっかし、北に始まって、東へ西へ、戻って北って、南の島の新婚旅行に行かせないつもりか？」

寒さ厳しい北の地であるが、荒野に張った天幕のなかは魔道具によって暖かい。

ちなみに、二人の『単独』任務と称されてはいるが、なにも二人きりというわけではない。

後方支援としてたくさんの従者達がついてきていた。

宿がない荒野であっても張られた天幕のなかは快適で、なんと組み立て式で天蓋付きの大きなベッドもある。

当然風呂もだ。魔石を放り込めばすぐお湯が沸く。

ほこほこの身体をガウンに包みベッドに腰掛けたコウジは、用意された琥珀色の火酒の水割りを、ちびりとやった。

「新婚旅行？」

揃いの黒いガウンを羽織ったジークが聞き返すのに「そっちに反応するか？」とグラスを持たないほうの手をひらひらさせた。

「俺達の世界の習慣だよ。結婚した夫婦は旅行に出るんだよ。南の島とかな——っ」

語尾が「うわっ」という声になったのは、腰を抱き寄せられて膝に乗せられたからだ。

おじさんを膝抱っこなんて、よく出来るな……と目の前の完璧な顔の男を眺めながら思う。

剃刀《かみそり》色をした切れ長の瞳。通った鼻梁に、完璧な形の酷薄そうな薄い唇。頬の精悍なライン。今は銀の前髪が下ろされていて、いつもよりは幼い。いや年相応に見える。

そう、ジーク王子の年齢だが、なんと二十歳だそうだ。二十歳……あちらの世界でコンビニのバイトだったコウジより、二つ年下だ。

正直もっと年齢が上だと思っていた。少なくとも二十代半ばか、後半かぐらいにだ。それが二十歳。

二十歳の若者がおじさんを毎夜あんあん言わせている。ちょっと道を間違えているぞと言いたくもなる。

ジークの大きな手がコウジの頬を撫でる。いつも真顔の王子様だが、自分を見る表情が柔らかいと感じるのは、ここ数日ずっとともにいたせいか。

「南の島に行きたいなら、この戦いが終わってから共に行こうか？」

「なんだその死亡フラグ……」

「死亡ふら……ぐ……？」

「俺達の世界の映画や漫画……まあ絵物語だな。よくあるんだよ。『俺、この戦いが終わったらあの子と結婚するんだ』って夢を語る若者がいてな」

「もしくは好きな子に告白するってな」とコウジは続ける。

いつの間にかガウンの合わせをとかれて、痩せぎすの身体の浮き出たあばらを撫でる大きな手に

「ん……」と声を漏らす。男のたくましい首に思わず抱きついて、その耳元に囁くようになってしまう。

「で、そいつは次の場面でたいがい死ぬんだ。綺麗な空を見上げて笑顔で死ぬか、泥の地面に突っ伏して無残に死ぬか。まあ、どっちにしても死ぬ」

「……私はあなたを死なせない」

「俺だってお前と心中なんてしたくな……あんっ！」

あんっ！　って、あんっ！　ってなんだ⁉　ヤバい声出しちまった！　とコウジは思ったが、ちらりと見た王子様は真顔のまま、そんなおじさんの乳首を摘まんだりこねくり回したりしている。

初めはくすぐったいだけだったが、指だけじゃなく、舐められたり甘噛みされたりしているうちに、いまや立派な性感帯だ。おじさんの身体、色々と終わってないか？

というか、こんな痩せた骨張った男のくたびれた身体を、よくもまあ熱心に……ってぐらい、ジークはコウジを愛撫する。前戯もなしにツッコまれたら、おじさんの腰が崩壊するのは間違いないので、丁寧なのはいいことだが。

今は膝抱っこするおじさんの薄い太ももを押し上げるようにして、たくましい屹立を感じる。よくもまあ、この身体に興奮するものだ。

手を伸ばして、ガウンからすっかりこぼれている王子様の王子様を握りしめたら。びくりと広い肩がはねた。それに気を良くして、片手にはあまるそれの先を、手の平で優しく撫でるようにしてやった。

同じ男だ。いい場所はわかる。と、いうかこれまだデカくなるのか？　長いし太いし、おじさんのは……と考えてはいけない。標準サイズだ。この王子様が大きいのだ。

よくこれがおじさんの薄い腹に入るねぇと思っていたら、その手を掴まれて引きはがされた。

「なんだよ、下手だった？」

「いや逆だ。あなたの中に入りたい」

銀の目が熱を孕んでいる。それを見ると、どうしても拒み切れない。

「いいぜ、こいよ」と言ったら、やっぱりいきなりツッコむことはなくて、すぐにでも入れたいだろうに剃刀《かみそり》色の瞳に浮かぶ熱情と反比例する忍耐強さで、いつものように丁寧に香油でほぐされた。

三本の指を抜き差しされる頃には「もう、挿れろよ！」と自分からせがんでいた。

一回目は対面座位で二回目はバックで、三回目はバックからの流れで、再び膝に抱き上げられて揺さぶられている。

慣れというのは怖い。初めの頃は三回目なんて「死ぬ、死んじまう」なんてひぃひぃ言いながら相手をしていたはずなのに、今では蜜のなかで溺れるようなそれを、ゆったりと受け止めてしまっている。

王子様の力強い腰使いで揺れる視界の中俯けば、開かれた足の間に揺れるおじさんのおじさんが見えた。

それは力無い半勃ちで動きに合わせてゆらゆらしていた。

……そういえば今日、一度も出していないんじゃないか？

そう思ったとたん、ぴくんと身体が跳ねてなにかが来ると感じた。

いや、クルんじゃなくて、イクのか？

ぴくぴく身体が震えて、雄をぎゅっと胎のなかで噛みしめたのが、自分でもわかる。

同時になかに出される。が、自分の半勃ちのそれは身体と同じくびくびく震えるばかりで、少しばかりの白濁が、勢いもなくたらたら先からこぼれていた。

なんか、色々終わっていると……賢者タイムにもならない、甘い快感が持続するなかでコウジは思った。

◇◆◇　◆◇◆　◇◆◇

八頭立ての大型馬車が北の荒野を王都へと向かう。

二階建ての一階は従者達の控えの座席で、二階には小さくまとまっているがサロンと見まがうほどのくつろげる居間があり、後部には二人で十分に寝られる寝台もある。

両開きの扉にジークを表す銀の翼あるユニコーンの紋章が施された黒塗りの馬車を騎馬や兵士達がぐるりと囲む。

森の魔物を倒した今、一個旅団とも言うべき列は北の辺境を出立して王都へと向かっていた。

野営地には今朝、王都からジークが序列三位に昇格したと王の署名が入った羊皮紙が届いている。

「これで終わりだろうな。三位以上には上がらない。あとは勲章と爵位を積み上げていくぐらいだろう」

馬車の中、隣り合って座ったジークが他人事のように言う。勲章には年金がつくし、爵位には領地がくっついてくるそうだ。

とはいえ、すでにありあまる財力と、母親から受けついだ膨大な領地を持つジークには、年金や領地が増えたところで今さららしい。

そうこの王子様は子爵で伯爵で、侯爵で公爵なのだ。

現代日本で暮らしていたおじさんは、お貴族様の称号を理解しがたいが、要は、ジークは王子様であると同時に様々な爵位を持っているし、どれを名乗るかは本人の自由らしい。

だいたいは最高称号を名乗るのが普通だから、この場合ジーク・ロゥ第九……じゃない、今は第三王子を名乗ることが出来る。

今までは、災厄を倒すごとに序列が上がっていた。しかし三位以上には上がらないというのは、なんとなく理解出来る。

「第一位と第二位は正妃と準妃の息子だからだな」

「そうだ。二人は嫡男で、三位以下の愛妾達の子は庶子だからな。そこにははっきりとした線引きがある。母も公式愛妾という称号で満足するしかなかった」

そうジークは付け加えた。つまりどれほど王の愛を得ようとも、正妃や準妃とほぼ同格の待遇を得ようとも、公式と言われようと愛妾は愛妾。所詮は妾と、妾の子。そこは越えられない壁ということか。

しかし、コウジはそこでふと疑問に思う。ジークの母親はブルジョアの娘だ。

だが、彼女の死のあとから、王は野心家の有力貴族の娘を愛妾にし続け、ジークの王子としての序列が九位となった。

王妃も準妃も貴族の娘というならば、彼女達となにが違うのか？

高位の貴族しか正妃や準妃になれないというならば、野心家の令嬢達は正妃や準妃を押しのけようとしなかったのか？　とコウジが思わず訊ねる。

すると一瞬の沈黙の後、ジークは答えてくれた。

「……過去フォートリオンの歴史でそのようなことがなかったとは言わない。不慮の死を遂げた妃や王子の話など、どこの王家でも抱えているからな」

「やっぱり」

「だが、現在のフォートリオンの妃達の序列は今のところ不動だろう。アルチーナ正妃はこの国一の大魔女であり、ロジェスティラ準妃も名の通った魔女だ。彼女はアルチーナの妹で、正妃との仲は悪くない」

なるほど姉妹で王様に嫁いだのか。それなら王の愛を争って仲違いすることなく、正妃と準妃の結束が固いことにもうなずける。それに自分達を脅かそうとした貴族でもない市井《しせい》の女であり、王の愛を独占した傲慢な公式愛妾の息子であるジークが疎《うと》ましいはずだ。

しかし、気になる用語が出てきたぞ。『魔女』だと!?

そのコウジの疑問を察したのか、訊ねる前にジークが答えてくれた。

「魔女は異世界からやってきた魔法少女の子孫だ。王子とともに災厄を倒した彼女達は、その王子と結ばれた」

そうして王となった王子とともに王妃として、国を穏やかに治めた数々の魔法少女の名が王国に伝わっているという。

「もともと、この世界には魔法はなかった。しかし異なる世界から魔法少女達がやってきたことで、その子供達が魔法を使えるようになり、今の世界の発展がある」

魔法の才能を持つ子供を産めるのは魔女のみで、男子の魔法使いは一代限りだという。

そして、魔女を母に持つすべての王子に魔法の才能が現れるからこそ、王子は魔法少女のパートナーとなれるということだそうだ。

しかし、そこでコウジはまた「ん？」と疑問に思った。

「魔法少女の子孫が魔女ってのは理解した。だけど、魔法少女達は王子様と、つまり王族と結ばれたんだろう？」

それならばジークの母親も王家の血を引いているはずだ。それがどうしてブルジョアの娘と憎まれ、ジークも恨まれているのかわからない。

「最初の魔法少女が召喚されたのは、それこそ千年の昔と言われている。それから代を重ねていけば血も広まっていく」

なるほどとコウジは思う。千年も経てばその子孫はどれほどの数になるか。

そこから様々な理由で王族や貴族でなくなった者も出てくるだろう。秘密の愛人に隠し子なんてものまで。

そこで思い出したのは自分達を追っかけている記者達だ。

よくよく考えれば、彼らもほうきに乗って空を飛んでいる。あれは魔法使いじゃないのか？

そのことをジークに質問すれば、平民出の記者もいるが、跡継ぎでない貴族の次男、三男坊の就職先にあのような記者や市井《しせい》の魔法医があると聞いて納得した。

「能力差はあれ、魔法の才を持って生まれるのは魔女を母に持つからだ。貴族の女子のほとんどが魔女として生まれる。だが、市井《しせい》にも先祖返りのように強力な魔女の血を持って生まれるものがいる。それが母だ」

そもそも彼女は大ブルジョアの娘ではなく、中流家庭の娘だったという。それがその強い魔女の血ゆえに養女に迎え入れられ、王の最高の愛妾となったのだから、大変な出世物語だ。

ただし、その裏に正妃に準妃、他の貴族の愛妾達の恨みが降りつもっているが。

「生まれた子供である私も、強い魔力を持って生まれ、魔法騎士となった。大魔女を母に持つ第一王子、準妃の第二王子をもってしても扱えなかった、黒剣グラフマンデが主《あるじ》と認めたのは私だった」

普段は黒い剣の形をしている武器は、彼の望みのままに自由に姿を変える聖剣だ。

初代の魔法少女とのちに国王となった王子との直系の子孫の王子、英雄王グラフマンデが使った剣には、そのまま彼の名が付けられている。

その英雄の剣はジークしか扱えなかったが故に与えられた。大変名誉なことではあるが、逆にそれも彼の立場を悪くしたのではないか？　とコウジには察せられた。

第一王子と第二王子よりも優れた庶子の王子など、危険な火種でしかない。

だからこそ日常茶飯事の嫌がらせなど可愛げがあるほうで、暗殺騒ぎもたびたびなのだろう。

「……俺の魔法が強力なのも、あんたのおかげか？」

そんな強力な魔力をもつ王子様のパートナーとなって、あげく毎日合体してるもんな……とコウジがざらりと自分の顎の無精髭を撫でる。

このざらざらのお髭の感触のなにが楽しいのか、目の前の王子様は最中にしょっちゅう頬ずりしたり、頬や顎に唇を押し当てたりしてくるのだが……いや、今はそういう夜のことは置いておいて。

コウジの問いに、ジークはあっさり首を横に振った。

「いや、あなたは元からそうだ。魔力接続の儀式で能力が完全覚醒するとはいえ、強力でなければ私のパートナーとはならない」

「お前が遅刻して、俺が誰にも選ばれず残っていただけだぞ」

まあキラキラの魔法少女達の中、こんなおじさんは選ばないよな……とは思う。

「それも女神アルタナの裁定だ。私とあなたがパートナーとなるのは運命だった」

「………」

その言葉を聞くとコウジは複雑な心境になる。

ジークが自分に情を持ってくれていることを否定する気はない。しかし、コウジが選ばれたのは、ジークの意志でなく女神様の神託だと彼自身が言う。それならば結局は自分を抱くのも……とまで考えて、コウジは首を横に振った。

なにを当たり前のことを。コウジは己に言い聞かせる。

自分達はこの異世界で生き延びるための相棒だ。その手段としてセックスがある。

それでも肌を合わせていれば、情だって湧くものだ。ジークが自分を初めから丁寧に抱いたのも、たんに女神に選ばれたからだ……とは思ってはいない。

互いに命と背中を預け合う相棒として信頼している。

一位や二位なんて序列に関係なく、こいつには最後まで生き残ってもらいたい……と思う。

——生きてくれ。

そう心の中でつぶやいたとき、ぐらりと世界が揺らいだような感覚に襲われた。

この言葉を自分はこいつに以前言った？　それもあの神殿で出会う前、もっと以前に……？

いや、そんなことはない。自分達はあの神殿で初めて出会ったはずだ。それ以前は自分はしがないコンビニのバイトで……以前……いや、以前っていつだ!?

生きろという言葉とジークへの切ない感情だけはあるのに、まるきり思い出せない。

しかし、そんなもどかしい思考の迷宮は、背に走った稲妻のような直感に中断させられることになった。

ジークとコウジははじかれたように、馬車の天井に遮られた空を見上げた。

同時に叫ぶ。

「「馬車を止めろ！」」

その命令は声だけでなく、二人の魔力でもって、そこにいた全員の頭の中に響く。

よく訓練された従者達は、それぞれ乗っていた馬や、巨大馬車の前後を取り囲んでいた馬車を停止させる。もちろん、ジークとコウジの乗っている巨大馬車もぴたりと止まる。

その瞬間、空から轟音が響いたように聞こえた。大量の土砂が一行の前方に降り注いだからだ。

馬車はちょうど狭い山道にさしかかっていた。もしこのまま進んでいたら、一行は土砂崩れに巻き込まれて、深い谷底に埋もれていただろう。

そして、おそらくは任務を終えて王都へと戻る途中の『不幸な事故』として片付けられたに違いない。

単なる自然災害か、それともなんらかの故意によるものかは、これだけならわからなかっただろう。

しかし。

「まだ来る」

「ああ」

馬車の中から飛び出しながらコウジの告げた言葉に、ジークもうなずいた。そして「敵襲だ！全員武器を取れ！」と声を張り上げる。

主人の言葉に混乱することなく、護衛の騎士や兵士達はもちろん、調理人や下僕にいたるまで全員が、そろいの槍や弓を手に取った。

ついてきたジーク個人の使用人達は男性ばかりで、日頃から訓練を受けている。

襲ってきたのは空を黒く埋めつくすほどのワイバーンの群れ。馬ほどの大きさの翼竜だ。

コウジが火をつけた煙草を一本空へと投げれば、それは炎とならずに白く薄い煙となって、部隊全体をおおう結界となる。

ワイバーン達が口から吐く、毒の息を防ぐ。毒は、人が吸い込んで即死するほどではないが、確実にこちらの動きを鈍らせる。そこを鋭い牙やかぎ爪で狙われたらひとたまりもない。

毒の息による先制を封じられたワイバーン達はなにかに取り憑かれたように急降下して攻撃を仕掛けようとした。しかし、訓練を受けた従僕達の弓矢に翼を射られ、槍で急所である長首を貫かれて谷底へと次々と落下していく。ジークも、その武器を黒光りする剛弓へと変えて雷光の矢を放つ。

数頭のワイバーンが瞬《また》く間に葬り去られた。

コウジもまた鉄の銃口を空へと向ける。銃弾の爆発が周囲のワイバーンを巻き込んで落としていく。

二人で大半のワイバーンを葬り、他の従者達も戦果をあげた。谷底や道に墜ちたワイバーン達は魔物であるがために死骸は残らず、その姿は砂のように崩れて消えていく。

道を塞ぐ土砂以外に襲撃の証拠は残らなかった。

「怪我人の確認を」

近寄ってきた騎士長にジークは告げる。

いつもの無表情に見えるが、わずかな陰りにコウジは気づいた。コウジが近付いていくと、ジークがわずかに目元を和ませてからため息を吐いた。

「……ワイバーンの襲撃があった以上、崖崩れも仕掛けられたものだろう」

「ああ、そうだろうな」

「これだけの数のワイバーンを操るのは並の魔法ではない。災厄ならばたやすいだろうが……」

魔物にとって、災厄は最上位にある主で、本能で従うものだと、女神からさずけられた知識でコウジも知っている。「ああ」とうなずく。

ジークの眉間に皺が寄る。

「ずっと疑問には思っていた。魔物の召喚は可能だが、その敵意の方向性までは操ることはできない。そもそも、あの『お披露目』の際にどうして竜がどうして召喚されたのか？　そして、あの竜はあなただけを狙っていたように見えた」

「そいつはまさか……」

そこまで言われてコウジは息を呑む。

「そうだ。災厄はおそらく、こちらの身のうちに潜んでいる」

「それも知性がある？」

「ああ」

「厄介だな」

ジークの活躍を認めたくない、そして機会さえあれば葬り去ろうとする王宮。それだけでも面倒だというのに、その中に災厄が存在するかもしれないとは。

コウジはざらりと薄い無精髭の顎を撫でた。

第四章　お祭り騒ぎからの暗転

南に行きたいとコウジはぼやいたが、夢見ていたのは南の島であって、こんなところに来たかったわけではない。

どこまでも灰色の、草木の姿もない荒野。

この忌《い》み地《ち》に入ってから、空も暗雲垂れこめる灰色で、日の光の一筋も差し込まない。

その荒野の彼方に奇妙な、丸い巨大な卵が浮かんでいる。黒光りしていて、周囲には血のような赤混じりの闇がぐるぐると渦巻いてその卵を支えていた。

災厄の卵。

空から降り注いだ最初の災厄。

かつて高度な魔法文明を築いた都市が一夜にして滅び、その後この南の大地は不毛な忌《い》み地《ち》となった。そこに堕ちた暗黒の卵は、次々にこのフォートリオンに災厄をまき散らした。魔物の王たる竜を生み、北の森の長老だった大樹を変貌させ、その他大小様々な災いを。

そして卵は沈黙したまま、この忌《い》み地《ち》で眠り続けている。

まき散らされた災厄によって、人々の心に生まれる絶望。

それを十分に吸い取ったときに、卵の中から真の災厄が生まれるという。

そのとき、世界は終わる……とも。

だから真の災厄が出てくる前に、叩くという作戦は間違ってはいない。

しかし、空には暗雲の中、灰色の荒野には豪奢な天幕の数々が広がっている。そんな野営地では、色とりどりのミニドレスをまとった魔法少女達があちらこちらでおしゃべりをしている。その姿にコウジはふと不安を覚えていた。

――大丈夫かね。

要約すればこれだ。魔法少女達だけでなく、そのパートナーの王子達も、護衛につけられた魔法騎士や、野営のために働く従僕達の姿まで、どこか浮かれているように見える。

それはお祭りを前にした高揚というべきか。

もちろん明日は死地に向かうと葬式みたいに沈んでいる空気よりはよっぽどいいかもしれないが。

◇◆◇　◆◇◆　◇◆◇

北の辺境より王都に戻ったジークとコウジ達には休む暇もなく、この南の最終決戦地へと他の王子と魔法少女達とともに向かうように、命令が下された。

各地の災厄は派遣された王子と魔法少女達によって狩られた。あとはその本体を叩くのみということだ。

王都の新聞には、ジークの辺境での活躍とともに、第一王子、第二王子が他の王子と魔法少女達とともに、大物の災厄を倒した記事が、華々しく躍っていた。

ジークが自腹の一個旅団で、辺境での旅を続けていたのに対し、第一王子達は魔法騎士団に守られての旅とは優雅なものだ。

コウジは屋敷の執事が渡してくれた新聞を眺めて、そう思った。

第一王子アンドルとピンクの魔法少女ユイがにこやかに取材を受ける写真の後ろには、白に金の瀟洒な馬車がある。あれで王子様とお姫様――もとい魔法少女ユイは旅をしているようだ。

魔法騎士団に守られ、泊まる場所も領主の館にある一番良い部屋だ。

馬車に何日も揺られ、荒野に張られた天幕に眠る……なんて、知らないに違いない。

もっともジークとコウジの旅が悲惨だったわけではない。巨大馬車の中は小さなサロンのようにくつろげる空間であったし、天幕のなかもまた、ついてきた従者達によって快適に整えられていた。食事も温かくうまいものばかりだ。

……すべてジークの自腹だが。

さっきから自腹自腹と強調しているのは、国からはある程度の支援や支度金が出るとはいえ、辺境の旅でなに不自由なく快適な旅をするとなれば、それでは到底足りないからだ。

正妃と準妃の子である、第一、第二王子には、国からその金や人員がすべて出ている。

護衛の魔法騎士団しかり、お付きの従僕しかりだ。そして、各地の領主達もまた、彼らを歓迎して自分の館に招くことを名誉としている。もちろん滞在費なんて取られないだろう。

豪奢な食事の歓待どころか、贈り物さえ受け取っているかもしれない。

実際、今日、第一王子のパートナーである魔法少女ユイは、ピンクのミニドレスではなく、どこのお姫様かという白いロングドレスに身を包み、新聞記事で見た白に金ぴかの馬車から、これも白と金の軍服姿の王子様に手を取られて現れた。ドレスの開いた胸元にも、ピンクの髪を複雑に編み込んで結い上げた髪飾りや耳飾りにも、大粒のダイアモンドがキラキラと輝いていた。

明日には決戦という出で立ちにはとても見えない。コウジは呆れて眺めたものだ。

ただ、第二王子のパートナーたるシオンは、いつものごとく紫のミニドレス姿だった。「久しぶり」なんて呑気に話す魔法少女達の横をすり抜けて、野営地に設けられたテーブルの一つの椅子に腰掛けるコウジの元へと、コツコツパンプスのかかとを鳴らしながらやってくる。

「序列三位、おめでとうと言うべきかしら」

「素直にありがとうと言っておくよ」

相変わらずのツンデレ、いや、ツンツン魔法少女のお言葉にコウジはくわえ煙草でけだるく答える。

それにシオンはぴくりと細い眉を動かした。

「辺境でのあなた達の成果は聞いているわ」

「そちらこそ、第一王子様達とともに大変に華やかなご活躍だ。辺境で泥臭く戦っている俺達とは大違いだ」

何気なくそう言うと、シオンの表情がさらに険しくなった。これは皮肉だったかとコウジは思う。

まあ実際皮肉だ。そちらはたくさんの護衛に、さらには格下の王子に魔法少女まで付けられて安全で優雅なもんですね……と。

「……コンラッド王子はあなた達と同じ、辺境での任務を希望されたのよ。それも供の者は最低限の精鋭でいいと」

コウジに聞かせるというより、独り言のようなシオンのつぶやきに「ん？」と思う。いつもは強気な彼女の表情にも陰りが見えた。

「だけど、第二王子である殿下がそのような辺境回りをする必要はないと周囲の反対にあったのよ。さらにはロジェスティラ準妃が、そんな危険な場所に行くなんてと泣いて王子にすがられて……」

しゃべりすぎたと思ったのだろう。シオンはハッとした顔で口をきゅっと引き締めた。そして、コウジに告げる。

「とにかく、明日は序列第三位のあなた達は要《かなめ》の一つなんだから、しっかりしてちょうだいね！」

そう言い捨てて、彼女は第一王子の白く輝く天幕の横、少し控えめな青色の第二王子の天幕の中へと入っていった。

「要《かなめ》ね……」

コウジは「面白くねぇな」とつぶやいて、煙草を吹かした。

すると、下げた視界の中にちょこんと黄色のパンプスが映り込む。

「コウジさん」

「お、マイアちゃん。久しぶり」

その柔らかな声に、コウジは不機嫌な表情をたちまち消して、顔を上げた。近寄って来たイエローのミニドレスに身を包んだ大柄な少女に微笑する。

「序列三十位おめでとう、大活躍だな」

最下位の四十五位から始まったピート王子とマイアだったが、二人の相性がよかったのか小物ながらもかなりの数の災厄を浄化して、順位をぐんとあげた。

序列の上がり幅だけで言えば、すべての王子と魔法少女の中で一番上だ。実際、王都の大新聞でも期待の新星として、ちょっとした特集が組まれたぐらいだ。

「そんな、コウジさんこそ、序列三位ってすごいです」

そこでマイアは声をひそめて「ピート君からは実質上、三位が最高位だって聞きました」と囁く。

たしかに一位と二位は正妃と準妃の子だから、彼らの序列は揺らがない。苦笑して片手を上げると、マイアも一瞬苦笑してから、真面目な顔になった。

「明日はいよいよ決戦ですね。よろしくお願いします。あと、ありがとうございます」

「ん？」

「ピート君とわたしを、ジーク王子とコウジさんの横に置いてくれたことです」

聞き返せば、彼女が言う。

そんなこともあったな……と、コウジは肩をすくめた。

序列四十五位から一気に駆け上がったとはいえ、それでもピートと彼女は序列三十位だ。二人の前には序列二十九位分の分厚い壁がある。

明日、災厄の卵へと先制攻撃をしかけるとき、手柄を上げやすいだろう中央には高位の王子が割り振られている。マイアとピートは王子と魔法少女達の一群の中で、中央から遥かに離れた端に配置されてもおかしくはない。

だが、コウジはジークに、ピートとマイアを自分達の横に配置するようにと頼んだのだ。魔法少女達の中で唯一自分に親しく話しかけてくれた少女だからという訳ではない。いや、それも含まれるが。

いざというとき信頼して背中を預けて戦える仲間は、なるべくそばにいたほうがいい。今まで他のペアと共闘をしたことはないが、背中を預けてもいいと思えるのはマイアとピートぐらいだった。

コウジは煙草を魔法で消し去ると、マイアに向き直る。

「マイアちゃん、ピート王子もだが、明日は俺達とはぐれないように意識して戦ってくれ。俺も気を付ける」

「はい、ピート君もジーク王子のお役に立てるならって、張り切っていました」

「ジークの？」

意外な言葉に目を見開いた。ジークは悪名をはせた公式愛妾の息子だ。その口ぶりだとピート王子はジークに好意的だと感じる。

その通りにマイアは「ピート君はジーク王子を尊敬しているんですよ」と言う。

「尊敬？」

「はい、英雄ですって。コウジさんとパートナーとなる前からも、ジーク王子は辺境の魔物退治で活躍されていたと聞きました」

知らなかったとコウジは思う。マイアは「明日、よろしくお願いします」とぺこりと頭をさげて、自分とピートに与えられた天幕へと戻っていった。

ピート王子のような大貴族の出ではない王子達は、自腹で一つの天幕も従者も用意できないから、国から支給された天幕を幾人かで共有して使っているのだ。

野営地の中央にそびえる第一王子と第二王子の天幕。一方コウジはといえばその少し離れた場所に立つ、自分とジークの黒い天幕に戻ったのだった。


「……お前って英雄だったの？」

ベッドに戻り、既に就寝しかけたジークの厚い胸になかば乗り上げるようにして、コウジは聞いた。

おじさんの寝癖だらけの頭なんて撫でて楽しいのかね？

そう思っているが、ジークは飽くことなく、コウジの黒い髪を指で梳いている。

明日は決戦だというのに、ジークは「だからこそ必要だ」とコウジを寝台に押し倒した。もちろん例の組み立て式で、屋敷と変わらないでかさの天蓋付きベッドにだ。

今も散々啼《な》かされた後だ。けだるい身体を密着させて、すぐに寝入りたいところだが、昼間マイアに聞いて気になったことを口にする。

ジークは少々意外なことを聞いた、というような顔で頷いた。

「たしかに一部ではそう呼ばれていたな。私の軍務は主に辺境の魔物討伐であったから」

「……しかし、それじゃ今回の災厄討伐と変わらないな」

道理で従者達が慣れているはずだ。

コウジが内心納得していると、ジークは頷いた。

「今回の災厄討伐の命令はともかく、辺境の巡視は私が望んでしていたことだ」

地方の人々からの嘆願を聞いて、魔物討伐に出向いていたという。なるほど、中央の目や手が届かない辺境の人々からすれば、そんな自分達の声にも耳を傾けて、助けに来てくれるジークはまさしく英雄に見えただろう。

ピート王子のように密かに憬れている者がいてもおかしくはない。

「しかし、ずっと思っていたんだけどな」

「なんだ？」

「あんたを冷遇し続ける国に、あんたはどうしてそこまで出来る？　あんたほどの才覚に、ありあまる財産があれば、国を出ていったって悠々自適に暮らしていけるだろう？」

公式愛妾となった母親のようにジークがこの国で上りつめたいと思っているとは、コウジには思えなかった。

「俺ならとっくにイヤになって逃げだしているけどな」

息を吸うように陰湿な嫌がらせをしてくる貴族共に、暗殺騒ぎが日常茶飯事なんて……だ。

するとふとジークの雰囲気が変わった。

剃刀《かみそり》色の瞳がわずかに揺れ、ずっとコウジの髪を撫でていた手が止まる。

「……ここを離れる訳にはいかない理由があった。私はずっと待っていたんだ」

「待ってた？　なにを？」

「明日は早い。もう寝よう」

ジークが告げると同時に、低い旋律のような呪文がコウジの耳を打つ。眠りの呪文なんてズルイぞと思いながら、情交で疲れた身体と意識は、ふわりと眠りの国に誘われた。

ずっと待っていた……と。

最後にまた聞こえた気がした。

◇◆◇　◆◇◆　◇◆◇

ジークとコウジを中央にずらりと王子達と魔法少女達が並ぶ。すでに災厄の卵は見えている状態だ。

その後方に近衛の魔法騎士達に守られた、第一王子のアンドルとユイ、第二王子のコンラッドとシオンの姿がある。

シオンが、ジークとコウジを明日の決戦の要《かなめ》の一つと言ったのは、序列三位以下の王子と魔法少女の部隊をまとめるのがその二人だからだ。

三位以下のジークとコウジ達を先鋒として突入させておいて、主役らしくゆったりとやってきた彼らがトドメをさす。

今回の作戦はざっとこんなものだ。

作戦というよりは、第一、第二王子とその魔法少女に花を持たせるものだが。

——さて、その脚本通りにいくかね。

コウジは後方に控える第一王子のアンドルとユイをちらりと見た。二人は緊迫した空気も読まずにこやかに談笑している。その隣では第二王子のコンラッドとシオンが少し緊張した顔をしていた。

昨日の王子達の作戦会議は「揉めた」とジークからひと言。

これまでもそうだが、魔法少女達は王子達とともに戦うのみで、軍議には序列第一位のユイさえ参加していない。

異世界にいきなり召喚されて、この世界のために戦えと言われているのに、その策を話し合う場に当事者が参加出来ないのはどうなんだ？　とコウジはジークに話したことがある。

ジークも、魔法少女達にも軍議の場への参加してもらうべきだと提案したそうだが、宰相や貴族達に難色を示されたそうだ。

少女達は十代で、戦いもない別世界から招かれた者ばかり。実戦だけでも精一杯だろうに、軍議などに参加させれば、余計混乱させて負担をかける。そのあいだは休ませてやろう……という言葉は、思いやりに満ちているように聞こえる。

しかしつまりは——

「異世界からやってきた小娘達に、あれこれ口出しされたらうるさいってことだろう？　女神様の召喚した魔法少女だ。会議で口を開かれりゃ、蔑《ないがし》ろにはできない」

コウジの言葉にジークは「そういうことだ」とうなずいた。

力だけ貸してもらって、口は出してもらいたくないなんて、まったく大人達の都合だ。

そして、当の魔法少女達もそれに気づいていない。あの聡いシオンでさえもだ。

まあ、わからないでもない。

いきなり異世界に召喚されて、キラキラのコスチュームを与えられて、あなたは世界を救う選ばれた魔法少女ですと女神様のお告げを受けた。パートナーはカッコいい軍服を着た王子様。なんの努力も訓練もなく恐ろしい魔物を倒す力と、その魔物に怯えない強い心も与えられている。

そんな夢の世界に浮かれているのだ。

実際、魔法少女達とそのパートナーとなった王子達は強かった。災厄との戦いで、擦り傷など負った者はいても、死者どころか重傷者も出ていない。

だから、今回も大丈夫だとみんなが思っている。

四十五組も王子様と魔法少女がいれば、世界が終わる災厄だって簡単に倒せると。

その慢心が生み出したのが、昨日の緊張感など微塵もないお祭り騒ぎの雰囲気だ。

そしてジークから会議は揉めたと聞いた。

これが最終決戦ならば、王子達の最終的な序列はここで決まる。

だから、少しでも手柄を立てようと、どの王子も卵により近く、一撃でも多く入れられる場所と役目を望み、争ったというわけだ。

最後にはジークが序列三位の権限を振りかざして、各自に役目を割り当てたが「とても納得しているとは思えない」との言葉だった。

「さあ、どうなるか……」

ジークがつぶやく。同時に行軍開始の合図が鳴った。

足に魔力をのせれば馬よりも速くなるため、王子と魔法少女達の戦闘での移動は基本、自分の足のみだ。

災厄の卵の周辺からは、その瘴気に当てられた魔物が湧く。だから横一列になって、魔物がいなくなるまで倒していき、災厄の卵に辿り着いたものから攻撃を加えていく。その予定だった。

しかし横一列のはずの進軍の列から、抜けがけして飛び出したものがいた。

序列二十五位の、速さが自慢の魔法少女とその王子達だ。

それにつられるように、足に魔力をよりのせて走り出す者達が続出する。隊列はたちまちでこぼこに崩れていく。あてがわれた役割さえ、彼らは失念しているようだった。

誰よりも速く、あの暗黒の卵に一撃を加えれば序列が上がると信じて——

「マイアちゃん」

コウジが横を見ると、マイアとピートは列を乱すことなく、ぴったりとついてきていた。

「はい！　ここにいます」

「焦りませんよ！」

彼女は元気よく答え、ピートも同じく元気のよい返事をくれる。

召喚の儀式で残ったマイアに笑顔で声をかけたときも思ったが、ピートは良い資質を持つ王子だ。それは彼らが四十五位から三十位に序列を上げたことからもわかる。

とりあえず横の二人に問題ないと踏んで、コウジは抜け駆けた者達を見つめる。

案の定、彼らの前進は長くは続かなかった。彼らの前に地面から湧いた屍人《しびと》が立ちはだかったのだ。ここは一夜にして滅んだ魔法都市の忌《い》み地《ち》だ。恩讐が渦巻いているがゆえに、空から降った災厄の卵はここに根を張ったのだ。

もちろん、一体一体は、女神の祝福を受けた魔法少女と王子達の敵ではない。魔法少女の魔法道具の一振り、王子達の剣や槍の一突きで、屍人は次々に倒れていく。

しかし、数が多い。倒されても倒されても彼らは地中からずるりと湧き上がってくる。

いつの間にか、進軍する魔法少女達と王子達の真ん中にいたジークとコウジもまた無数の屍人を相手にしていた。

コウジの煙草から噴き出す炎が焼き払い、ジークの黒い剣から放たれる稲妻が数体の敵を葬り去る。

そして、コウジがちらりと気遣うように見たマイアも、その繰り出す拳や蹴りの風圧で屍人を吹っ飛ばしていた。

……素手でゾンビと戦うのは女の子的に気持ち悪くないか？　と思ったが、風をまとったその拳は直接触れていないようだ。

そして、ピート王子もまた両手に持った短剣をひらめかせて戦っている。小さな王子はその身軽さを生かしてひらりひらりと屍人達の牙や黒い爪の攻撃をかわし、短剣の繰り出すかまいたちで切り裂いていく。マイアとは互いの背中を守り合う、やはり良いコンビだ。

「おい」

その時、ある違和感に気づいて、コウジは声を上げた。

ジークを見れば、彼の秀麗な眉間にも、くっきりと疑念のしわが刻まれている。コウジはその懸念を声に出した。

「屍人の死骸が消えない」

「ああ……」

倒された魔物の死体はすぐに消えるはずなのに、地面に倒れた屍人の身体は残っている。コウジの炎に燃やされた灰も、そのまま砂山のようにうずたかく積もっていくばかりだ。

あちこちに転がる屍人の死骸に、足を取られる魔法少女や王子達さえいた。

それでも負傷者はいまのところない。たとえ無数に見える屍人であっても、数に限りはある。

このまま倒し続けていれば、屍人の壁も薄くなって、その向こうに見える災厄の卵にたどりつくはずであった。

コウジがちらりと後方を見ると、第一王子と第二王子達も屍人の群に囲まれている。しかし、近衛の魔法騎士達が壁となって立ちはだかり、屍人を葬っているようだ。

魔法少女と王子のように災厄を滅ぼす力はないが、国の精鋭だ。屍人程度ならば葬り去ることが出来る。

あちらは騎士さんに守られている限りは大丈夫だなとコウジは思う。自分で動かず、護衛が戦ってくれるとは良いご身分だな……と思わないわけではない。

いくら一撃で倒せるとはいえ、倒しては湧いてくる屍人相手は疲れるのだ。

そして、ますます地面に転がる屍人達の数が増える。

これはやはりおかしい。「一旦退いて様子を……」とジークとコウジが声を揃えたとき。

それは突然に起こった。地面に転がる屍人達がどろりと崩れて暗黒色の泥へと変わったのだ。巨大な大波となって、王子と魔法少女達を呑み込んでいく。

コウジはとっさに煙草の煙をくゆらせて自分と、横にいるマイアとピート王子の周りに結界を張った。ジークが己の黒剣から放たれる雷光を巡らせて、さらに結界を補強してくれる。

「みんな！」

あろうことか、マイアはその泥に満ちた結界の外に飛び出そうとした。コウジは慌てて彼女の手をつかんで引いた。

「馬鹿！　死にたいのか！」

彼女の口から「ヨウちゃんに、シーちゃんも……」とこぼれた。友達になった魔法少女達だろう。

「だって、みんなが！」

コウジはわずかに顔をしかめた。

仲間思いの良い子だ。だが、しかし、こちらの安全も確保せずに飛びこんだところで、自滅するだけだ。しかし、半ばパニックで泣き叫ぶ女の子に理詰めで言ったところで納得するとは思えない。

いっそ、意識を失わせるべきか？　いや、四人分の結界はここから動かなければ維持出来るが、その死地から脱するにはマイアの力も必要だ。

「コウジ」

逡巡した一瞬の間に、ジークがコウジの名前を呼んだ。なんだ？　と一歩下がると、ジークはマイアの前に無言で出て、彼女の頬をはたいた。

ぱしっという音に目を瞠《みは》ったが、マイアの頬は腫れていない。軽い痛みさえ感じないだろう音だけのものだとわかる。

しかしマイアは、潤んだ黄色の瞳を見開く。

「ジーク兄様！」

同時にピートがジークへと非難の声をあげる。しかしジークは一顧だにしなかった。

「今はここに生きている者達のことを考えろ。他の者を助けている余裕はない」

冷たい言葉だが真実だ。

それを聞いたピートは目を見開いた。そして一瞬俯き、何かを考えてからコウジが掴んでいる反対側のマイアの手を握りしめる。

急に手を握られたマイアが驚いたようにピートを見つめる。ピートは彼女と目を合わせて、真剣な表情で言った。

「マイア！　僕はマイアが大事だよ！　大好きだ！」

こんなときにこの王子様、なに告白してやがる。

マイアはまじまじと自分より背の低い王子様を見る。

「……ピート君？」

「ごめん、先走った。ええと、だから、僕は、マイアだけには助かってほしいと思う。みんなだって仲間だけど、僕はマイアが一番大事なんだ！」

「それは――。……うん。わたしもピート君が一番大事。ピート君を守らなきゃ……」

彼女が気づいたようにつぶやく。コウジがマイアの手を放すと、マイアはピートの手を握りしめることで応える。二人は見つめ合いうなずき合った。

「すまねぇな」

まるで物語の主人公とヒロインのようなピートとマイアの姿を見て煙草を口にくわえながら、コウジはジークにぽつりと言った。

「憎まれ役なんざ、俺が引き受けるべきなのに」

泣き叫ぶマイアの頬を躊躇なく張り飛ばすのは、自分の役目だったはずだ。奴らは助からない。

俺達を巻き込むつもりか？　と冷たい言葉を吐くのも。

だが、泣き叫ぶ女の子の意識を失わせることさえ躊躇《ためら》った。

所詮は設定だけの最強のおじさんだ。

「ガワだけの格好つけの偽物だな……俺は」

昨日、お祭りの前日のように浮かれていたのは、少女達だけじゃない。

自分もだったのだ……と思い知る。

この世界に来て、自分の力をどこか過信していた。いや、自分達だけでなく、その周りだって大丈夫だと。災厄だろうとなんだろうと、誰一人死ぬことはないなんて……そんなことあるはずもないのに。

泥の広がる荒野を見て、ぎりりと爪が食い込むほど手を握りしめれば、その骨張った手をそっと包み込まれた。

視線を上げると、銀色の瞳にコウジが映っていた。

「あなたは偽物などではない。私にとってあなたはあなただ」

「………………」

その言葉はコウジの胸に染み入った。

それと同時に、どういう意味か？　と聞こうとしたが、ジークが先に口を開く。

「マイア、ピート。二人とも結界は張れるか？」

ジークの問いかけにマイアとピートが顔を見合わせる。

「……一応、女神様に授けられた知識のなかにはありますけど」

「僕達、使ったことがなくて……いままではみんなと一緒で護衛の騎士達もついていていたから」

マイアの言葉にピートが続ける。コウジはなんとも言えない気分になった。

四十五組もの王子と魔法少女のパートナーだ。各地の災厄にも当然部隊を組んで当たっていた。

そこにエリートの近衛の魔法騎士ではないにしろ、国軍の支援もついていていたのだ。

なにも持たされずに、一組だけで辺境に放り投げられていたのは、ジークとコウジだけだったという事実を、いまさらに突きつけられる。

「……まったく国の危機だっていうのに、上の連中はとことん腐ってやがるな」

「コウジさん？」とマイアが声をあげて、ピートが苦笑しながら「それは我が国のことながら、かばい立て出来ませんね」と言う。

この小さな王子様はけっこうな食わせ者かもしれないとコウジはそのとき感じた。天真爛漫な子供の顔をしながら、実のところ国の内情をわかっているとは。

まあ、今はそんなことを考えている場合でもない。大げさに肩をすくめてやれば、ビートが苦笑した。

「ピート」

改めてジークが呼びかければ「はい、ジーク兄様！」と、彼は兄王子に敬愛の眼差しを向ける。

「やりかたがわかっているならば、彼女とともに結界を張れ。今は私達二人で張っているが、これではここを動けない。移動するには補強が必要だ」

「はい！　マイア、がんばろう」

「ええ、ピート君」

二人は両手を握り合い、目を閉じる。

マイアが身を屈め、ピートが背伸びして、コツンと額を合わせた。

これが二人の魔力連結の儀式なのだろう。

健全だな、微笑ましいなぁと思いながら、コウジが煙草をくゆらせつつ眺めていたら、なぜかジークがさっき包み込んだ手を、さらにきゅっと握りしめてきた。

「なんだ？」

「したくなった」

「おじさんの手、にぎにぎして楽しいか？」

「楽しい」

まったく楽しくなさそうな無表情で彼は答えた。しかし、なんとなくの付き合いでジークが嬉しそうなのはわかったから、良しとしよう。こんな泥に囲まれたなかで、することではないけれど。

マイアとピートはやがて目を開いて、片方の手は握り合ったまま、もう片方の手を前に出した。

すると空中に黄金色の風をまとった大きな盾が現れた。これが彼らの結界だ。

その盾を前面にして、コウジが煙の結界を後方に丸く展開し、ジークがそれに雷光を重ねて補強する。

四人は暗黒の泥を結界で押しのけるようにして、前へと進み始めた。


そうして忌み地《いち》に足を踏み入れたときから半日近くをかけてジークとコウジ達は泥の海を抜けた。

たどりついた野営地には、ジークの黒い天幕だけがぽつんと残っていた。

「旦那様！」

「コウジ様も、よくご無事で！」

駆け寄ってきたよく見知った者達。ジークの従者と私兵達だ。

「お前達だけか？」

ジークが問えば、とたんに彼らは表情を曇《くも》らせた。

「こちらからも、忌み地《いち》の異変が見られ、旦那様方の身を案じていたのですが」

「その直後に、第一王子様と第二王子様が帰ってこられて」

「第二王子様は生き残りの者達を待つべきだと主張されたのですが」

「第一王子様が『こんな危ない場所にいられるか！』と癇癪《かんしゃく》を起こされて……」

「命令だと叫ばれてしまえば、第二王子様も逆らえず、すべての兵士達を自らの護衛として率《ひき》いて、お二人とそのパートナーの魔法少女もすでに王都にお戻りになりました」

つまり、先鋒のジーク達が泥に呑み込まれたと見た第一王子達は、さっさとこの野営地に逃げ帰ってきたようだ。

さらには、第一王子アンドルはここにも泥が迫ってくると臆病風に吹かれて、生き残りを待つと言う第二王子コンラッドの主張を退けて、王都へさっさと引き上げたと。

それも、生き残りがいるかもしれないのに、すべての兵士を自分の護衛に率《ひき》いていった……と。

「なんとも第一王子様らしい振る舞いだな」

コウジは胸のポケットから新しい煙草を取り出しくわえる。

煙とともに呆れたため息をついた。

「とりあえず俺達も王都に戻るとしよう」

泥に呑み込まれなかったジーク達、早々に撤退した第一王子達。では後の人間は――とは今考えることは出来なかった。

第五章　泣けない男の泣かし方

「……忌《い》み地《ち》での闇の泥は止まりました。神官達が総出で結界の補強に当たっていますが、いつまで保つかはわからないという報告が上がっています」

王宮の、大きな円卓が置かれた会議室。報告する書記官の声は淡々としていながらも、重苦しさがにじみ出ていて、事態の深刻さが伝わってくる。

円卓に並ぶのは、宰相ユノフに、貴族を代表してのクルノッサ元老院議長だ。

国軍を率《ひき》いるロンベラス将軍、近衛騎士団長にして魔法騎士団長ハーバレスもその横に顔を連ねている。

そして一番奥、王家の紋章のタペストリーを背に座るのは第一王子のアンドルとピンクの魔法少女のユイ。隣には第二王子のコンラッドにシオンだ。

ジークとコウジは彼らとは反対側の入り口近くの席だ。

ピート王子とたんぽぽ色のマイアも同じく。

円卓に上座も下座も建前としてないはずだが、この位置取りは明らかな王子達の序列による区別だ。

とはいえ、今さら席の位置に文句をつけるつもりはない。そもそもこの会議に魔法少女＋おっさんが参加するのだって、宰相や元老院議長が難色を示したのだ。

ここに至って、未だに自分達を蚊帳《かや》の外に置きたがる老害どもにぶち切れたのはコウジだった。

「こっちは命がけで戦っているんだ。こんなことになってそれでもまだ、ただあんたらの言うことを聞いて言われた通りに戦えって言うなら、俺にも考えがある」

会議室の控え室。王子のパートナーが軍議に参加した前例はないし、色々な取り決めも必要だ。君達は疲れているだろうから今は身体を休めて、軍議に参加するのはこちらで話し合って後日……などと先延ばし作戦に出ようとする宰相にコウジはそう言い放った。

「戦闘放棄だ。とっととこの国から出て、世界の果てまでも逃げて傍観を決め込むさ」

「そんな、君が戦わなければ世界は滅びる。逃げたとしても……」

「あんたらだって無能じゃないから、あの泥がこの国を呑み込むのには一月ぐらいの猶予はあるだろう？　他の国だって、あんたらのところの災厄を入れまいと必死になるだろうな。もしかしたら、他国に行けば俺達をもっと歓迎して権限を与えてくれる国もあるかもしれない。そうするのも一つの手だと思わないか？　ジーク」

「……そうだな。別の国で起死回生の策を考えるのも手ではあるな」

コウジの言葉に、あっさりとジークは頷いた。

冷遇されながらも、上の指示に反抗せず従ってきたジークが、同意するとは思わなかったのだろう。宰相と元老院議長は飛び上がるほど驚愕した。

「ジーク王子、あなたはこの国の王子でありながら、国を見捨てると言われるのか！」

元老院議長が白い髭を震わせて彼を非難する。

うるさがたの貴族の代表格にして、ジークの母親のエノワールを王宮の秩序を乱すと目の敵にしていたというのに、自分勝手な話だ。

ジークはまったく彼の言葉を気に留めることなく、あっさりと返した。

「国の前に、世界が滅びればすべて終わりだ。己のちっぽけな面子にしがみついているような方々の下では満足に戦えない。世界を救うためならば、母国一つを切り捨てる覚悟が私にはある」

それにピート王子までもが賛同した。

「そうですね。僕もこの状況がわかっていない大人達の下で、死ぬのがわかって戦いをするつもりはありません。ジーク兄様に従います。マイアも来てくれるよね？」

「政治とか難しいことはわたしにはわからないけど、ピート君を信じるよ」

マイアもそれに頷いたのを見て、宰相と元老院議長はしぶしぶ魔法少女達が軍議に参加することを承知した。

ついでに言うなら、第一王子と第二王子とそのパートナーには、それぞれ控え室に個室が与えられ、ジークにピート、コウジとマイアは同室だった。今さらこんなところで妃の王子と庶子の王子に格差をつける石頭どもだ。多少強硬な手段をとらなければ、会議の参加は認められなかっただろう。

冷めた視線で様子を見守っていると、文官が最後に、と現在の状況をまとめて伝えた。

「第一王子アンドル殿下にそのパートナーのユイ様。第二王子コンラッド殿下にシオン様。第三王子ジーク・ロゥ殿下にコウジ様。そして第三十王子から、第四王子に昇格となられたピート殿下にマイア様。この方々以外の王子、魔法少女の生存は絶望と思われます。忌《い》み地《ち》は黒い泥で満たされ、人の姿はどこにも見えないと」

「そんな……」

その報告にマイアが声を漏らす。ピート王子が労《いたわ》るようにマイアの手を握りしめるのがすぐそばに座るコウジにはよく見えた。

マイアだけでなく、ユイも「みんな、こんなことって……」と言葉を詰まらせて、はらはらと涙を流し、アンドル王子がそっと肩を抱き寄せて慰めている。

さすがのシオンも表情をこわばらせていたが、しかし、二人の少女のように動揺を露《あら》わにするのは、彼女のプライドが許さないのだろう。涙を見せるわけではなかった。

日頃の言動からして、彼女は魔法少女として戦うことに誇りを持っているようだ。

それにしても……と、王子の肩にすがって泣くユイの姿をコウジは冷ややかに見る。

仲間の死を思って涙するとは一見感動的であるが、マイアでさえピート王子に手を握りしめられてその涙を堪えているのに、序列一位の彼女が感情を抑えることもせずに、泣きじゃくるとはなんなのか。

「だから、心優しいユイをあのような事故があったすぐあとに、会議に出すのは嫌だったのだ」

さらにはアンドル王子が、こちらが悪いとばかりにジークとコウジを睨みつけてくる。

あとで聞いた話では、アンドル王子は、パートナーが会議に参加することに難色を示したそうだ。

序列一位の特権を振りかざして拒否しようとしたが、宰相から、それをすればジーク達が戦線離脱のうえに他国に亡命しかねないことを伝えられ、また序列二位のコンラッドが賛成にまわり、彼を説得したことで不承不承うなずいたという。

結局、とても会議に参加できる精神状態ではないと、ユイはお付きの女官二人に支えられて退席した。「姫様」と女官達はユイに呼びかけていた。ふうん、姫様ねぇ……とコウジは胸のうちでつぶやく。

まあ、姫様だけじゃない。アンドル王子は事故と言った。八十二人の王子と魔法少女に加えて、あのとき第一と第二王子の護衛だった近衛の魔法騎士達も全滅している。

あれは戦争で、彼らはこの国の、この世界のために戦死したのだ。それを将来、国を継ぐだろう王子が事故と口にするなんて、まるで自分はまったく悪くないという口ぶりだ。

そして、その第一王子の横に座る、魔法騎士団長がジーク王子をねめつけた。

「そもそも、序列三位として、下位の王子と魔法少女を率《ひき》いて先鋒を務めるように命じられたのは、あなたではないですか？　ジーク殿下。それがご兄弟も女神から祝福された魔法少女達もすべて見捨てて、ご自分だけ生き残るとは――」

聞き捨てならない言葉にコウジが顔をしかめる。

「見事な責任転嫁だな。こんな屁理屈聞いたこともないぜ。あんた騎士団長なんだろう？　軍のてっぺんにいるお偉いさんが、今回のずさんな作戦の責任を一番にとるべきじゃないのか？」

「なんだと！」

魔法騎士団長が大声をあげる。その怒鳴り声は他人を恫喝するのに慣れているものだった。まあ、軍人なんてこんなもんだと、コウジはその威圧をそよ風ほどにも感じず、くわえ煙草でへらりと笑う。

「そもそもの前提が間違ってる。功績を上げようと焦る王子達が、ジークの采配に従わないだろうことは百も承知だった。抜け駆けしようと一人が走れば、総崩れになることもな。それでも女神様の祝福をうけた魔法少女が四十五人もいて、今まで死者も出ていなかったんだ。数を出せば相手も弱るし、先鋒の捨て駒なんていくら死んでも構わない。最終決戦だ」

「捨て駒とは聞き捨てなりませんな」

そこで口を開いたのは宰相だ。

「魔法少女は異世界から招かれ、女神に選定された客人。王子は王国の宝です。それを……」

綺麗ごとを並べ立てようとしたその言葉を遮ったのはジークだった。

「問おう。序列第二位の魔法少女シオン。——あなたは神官達より結界の張り方を習ったか？」

「はい、もちろん。必要なことだからと」

シオンははっきり答える。それにジークは「第一位の魔法少女ユイも同じように？」と続けた。

「ええ、わたし達二人は同時に神官長達の講義を受けましたから」

彼女は正直に答える。隠すことはないと思っていて当たり前だろう。

なにを当たり前のことを……という口ぶりだ。シオンの隣のコンラッド王子でさえ、怪訝な表情を見せているとなると、この王子様も知らなかったに違いない。

ジークは次に「マイア」と呼びかける。

「あなたは今のシオンの話のような講義を、神官達から受けたことは？」

「いいえ……一度もありません。魔法少女としての知識は女神様から受けているからと、いきなり実戦になりました」

マイアの言葉にシオンが「そんな！」と声をあげる。いつもは沈着冷静な彼女が動揺を露《あら》わにし、コンラッド王子は「これはどういうことだ？」と宰相に怒りを隠しもしない視線を投げつけた。

「せ、正妃様と準妃様の御子たる王子様は将来国を継ぐべき大切なお方。そのパートナーたる魔法少女様方にも、特別な講義を……」

宰相がそう口にしかけるが、コンラッドは「災厄を相手に戦う以上、私も兵士の一人だ。特別扱いなど望んでない」と憤りを抑えられない声で告げる。

「私が部隊を率《ひき》いて辺境の災厄へと向かいたいと言ったときも、お前達は危険だからと止めた。今回も先鋒を望んだが、背後を守ることも大切だと……」

握りしめた拳でダン！　とコンラッドは円卓を叩いた。

どうやらこの王子様は生真面目で正義感が強いタイプらしい。だからこそ、正嫡たる彼らと、三位以下の妾腹である王子達との差を、知らされていなかったのだろう。

一方、第一位たるアンドルはまったく驚いた様子もなく、コンラッドと宰相のやりとりを冷ややかに見ていた。なるほど、正妃の子であり、将来国王となるのが当然の王子様は、この特権を受けて当たり前と考えていた。つまりは、このことをすべて承知していたようだ。

実際、第一王子と第二王子、それにユイとシオンはあの惨劇のなか、近衛の魔法騎士が人間の盾となって彼らを守り、さらには神官達から教わった結界を張って後方にいたこともあり、いち早く脱出していた。

ジークとコウジ、ピートとマイア達が泥を押しのけて忌み地《いち》を脱出したのは、その半日後だった。そのときには第一王子達はさっさと引き上げたあとだった。

生存は絶望と考えていたのだろう、王都にコウジ達が着いたとき、神官や軍の者達は腰を抜かすほど驚いていた。

もちろん、この作戦を立てたお偉方が王子と魔法少女達の壊滅を狙ったとは、コウジだって考えていない。

第一位と第二位の正嫡とパートナーが大事で、あとは生きても死んでも構わないぐらいには思っていたのだろうが。

円卓になんとも重苦しい空気が漂うなか、ジークが「一つ要求したい」と口を開いた。

「生き残ったのは、ここにいる四組だけだ。我らは全力をもって、あの災厄の卵に対処しなければならない。もはや、序列などに囚われている場合ではない。残った第一位から第四位まではすべて同格とされたい」

「反対だ！」

すかさず口を開いたのはアンドル王子だ。

「意見が対立したときどうする？　下位のものが上位に従ってこそ、迅速な行動が出来る」

「生き残った我ら八人がくだらぬ意地にこだわって、話を長引かせるとは思っていない」

これは宰相以下、ここにいる者達に対するジークの最大級の皮肉だった。

どうでもいい面子や大人の事情にこだわった老害達は、ひくりとその顔をひくつかせた。

ジークは、彼らの動揺を見なかったようにしれりと言葉を紡ぐ。

「今後はとことん話し合い、最良の方法を見つけるべきだ。互いの信頼があってこそ、ギリギリの戦いの中で光明が見つかるというもの」

「三位以下の王子達と序列を争っていたお前が平等だの話し合いだのと口にするか？　甘いことだな。今は無駄口を叩き合っている時間も惜しいのだ！」

こちらを冷ややかに睨みつけてアンドル王子が威嚇する。

そんなこけおどし怖くもなんともない。

コウジは煙草を吹かし、ジークもまたいつも通りの無表情だ。

その様子を見て、アンドルは柳眉を逆立てると、傲慢に言い放った。

「序列一位の王子として、三位のお前に命じる。ジーク・ロウ。これからは我が命に従い、四位のピートとともに、あの災厄の卵に再戦を挑め！　お前達が盾となり、私とコンラッド、ユイとシオンが剣となって災厄の卵を葬る。これでいいだろう」

「さすがアンドル殿下、見事な指揮にございます。これこそフォートリオンの未来を背負われる方」なんて、まるきりのおべっかでハーバレスが褒める。この調子でトップに上りつめられるなら、この国の騎士団の質って奴がわかるものだ。

「能がねぇな。それじゃ、三日前の捨て駒作戦と同じじゃないか？　こんな馬鹿王子の盾なんぞに誰がなるものか。さっさと見捨てて、俺とジークは逃げ出すさ」

コウジの言葉に「な！」とアンドルが声をあげ、ハーバレスが「序列第一位の殿下になんという口を利く」と威嚇するが。

「悪いが俺はあんたらの世界の災厄とやらを祓《はら》うために、女神様に勝手に呼び出されたんだ。あんたらの王子様をうやまう義理もない」

コウジがギロリとにらみつければ、いままで飄々としたくたびれた男とだけ思っていた男の眼光の鋭さに、二人が気圧されたように沈黙する。

ふん！　設定だけだろうと、伊達《だて》に中目黒の掃除屋はやってねぇんだぞ。

「知りたいのは、あんたが俺達が生き残るための優秀な指揮官かどうかだ。そういう意味で、そこの王子様は失格だ。また俺達を盾にして、自分は安全な後ろで一番美味しいところをひっさらうってか？　甘ちゃんなのはどっちなんだよ？　不動の序列一位にふんぞり返っている王子様よ」

「無礼者！」

コウジの言葉に、アンドルが腰の剣を抜き放ち立ち上がる。

椅子に座ったまま煙草を吹かすコウジの前に立ったのはジークだ。

「ジーク・ロゥ！　退け！　その無礼者を斬る！」

「退きません。それに兄上が剣を振り下ろす前に、私がコウジを連れて逃げましょう、災厄の手も届かない地の果てまで」

「おいおい、たった八人しか生き残ってないのに、その貴重な戦力を、自分のちっぽけなお怒りのためにたたっ切るってか？」

コウジはくわえ煙草でへらりと馬鹿にしたように笑う。まあ実際馬鹿にしているのだが。

「俺達が戦いを放り出して逃げ出せば、世界の終わりがやって来るのは決定だ。ここまで来てまだ序列だなんだとほざいているのか、王子様よ？　本来なら、国を受け継ぐべきあんたが、俺達の前に膝を折って助力を頼むべきなのに、偉そうに命令したあげくに、剣まで振り回すとは」

そうコウジが続けると、アンドルが黙った。

コウジにもあおりにあおっている自覚はあるが、別に決裂を望んでいるわけではない。

口に出した通り、残った戦力を、彼らはもう失うことは出来ないのだ。だから、宰相も元老院議長もロンベラス将軍も沈黙をたもっている。ハーバレスも「なんと無礼な」と忌々しそうな表情ながらも、馬鹿王子のように剣を抜くなんてことはしていない。

その王子とても、威嚇だけで剣を振り下ろすつもりなどないのだろう。ジークの逃げるという言葉に、抜いた剣をどうしたらいいのか、ただ呆然と立ち尽くしている。

「あの、いいですか？」

大人達のにらみ合いに、ピート王子がまったく空気を読まずに口を開いた。

……いや子供の特権でわざと気づかないフリしたな。この王子様。

「僕は、ジーク兄様の意見に賛成です。生き残ったのは僕達兄弟だけなんですから、仲良くすべきです」

ピートは仲良くなんて、わざとらしくも子供っぽい言葉を出す。それを「ほう、序列四位のお前は賛成か？」とアンドル王子は恫喝するように鼻で笑った。最下位の四位のお前が手をあげたところで、どれほどのものか……と。

しかし。

「私もジーク・ロゥの意見に賛同します」

「コンラッドお前まで！」

第二王子であるコンラッドが静かに手を挙げる。これにはアンドルはあきらかに驚愕した。コンラッドがシオンを見れば彼女も「わたしも賛成します」と口を開く。

「兄上、もはや序列や我らの母親が誰かということにこだわっている場合ではありません。このフォートリオンのみならず、世界の危機のとき。生き残った我らが力を合わせなければ、災厄は退けられない」

コンラッドの言葉は正論だった。アンドルもそれに反論出来ないのか、口を二度、三度と開いたり閉じたりしたあとに「気分が悪い！」とひと言、会議室を足音も高く出ていった。

自分の思い通りにならなきゃ癇癪《かんしゃく》を起こして、大切な会議を放り出して逃げるなんぞ、本当にワガママ王子様だぜ……とは、もはやコウジは呆れて口にもしなかった。

結局、アンドル王子が再び戻ってくることはなく、この日は散会となった。

王都郊外のジークの屋敷に戻ったコウジはどっと疲れていた。

二人の寝室の隣の居室、そこにあるソファーにぐったりと身を埋める。

「くたびれているな」

ジークが手を伸ばして大きな手で頬を撫でるのを、そのままにさせる。二人きりになるとこんな接触をジークは好む。本当の恋人同士でもあるまいし……と思うが、今となっては、その手のここちよい熱を受け入れてしまっているのだから不思議なものだ。

頬を滑る指先を感じながら、ジークを見上げる。

「おじさんがくたびれているのはいつもだろう？　身体は治癒魔法と浄化でさっぱりしてるけどな」

南の忌《い》み地《ち》から三日三晩。休むことなく馬車に揺られて王都にたどり着いたのは今朝のことだ。

実はそのまま会議となった。

ここで悠長に休息をとって、などとあの第一王子の周りが言い出したら、怒鳴り散らすところだったが、さすがに国どころか、世界の危機はわかっていたらしい。

魔法で強化された特別な馬は交え馬が必要なく、昼夜を問わず駆けることが出来る。普段は人間のほうがそんな無茶をする必要がないので夜は休むが、こんな緊急の事態となれば別だ。

今回ジークの大型馬車には、ピートとマイアも一緒に乗り込んだ。小さなサロンに寝室もくっついた馬車のなかは四人いても快適であり、交代で仮眠もとった。

朝晩の浄化の魔法で、風呂に入れなくとも身体はさっぱりとしている。

ちなみにピートとマイアがいたので、少年と少女の教育上よろしくないことはしていない。

思えば三日どころか、一日もしなかったなんて初めてではないか？

こんなおじさんの身体をよくも毎日いじれると思うし、別に慣らされて三日いたさなかっただけで、身体がうずくというわけではない。

身体は求めちゃいない、だけど……

コウジは頬を撫でるジークの手を取って、そのひとさし指の形の良い爪をかしりと甘噛みした。

口に含んで舌でぺろりと舐めると、目の前の男の冷たい剃刀《かみそり》色の瞳に熱が灯る。その熱を逃がさぬようにじっと見つめて、コウジは囁いた。

「俺を抱け」

「疲れているのではないのか？」

「……だからだよ」

あの会議で他の王子と魔法少女の生存が絶望と聞かされたとき、コウジは泣かなかった。

おじさんだ。泣く柄でもない。それどころか中二病設定はこんなときにも生きていて、数々の修羅場をくぐり抜けて、涙も乾いて泣けない……そうだ。なんかうっすら、どこぞの戦場帰りなんて設定まで思い出したぞ。地獄を見たそうだ。地獄ねぇ……

地獄というならなにもかも泥で埋まったあそここそ地獄だった。泥に呑み込まれる彼らの悲鳴一つさえ聞こえなかった。

結界のなか、なにもかもが暗闇に包まれて、ただ忌《い》み地《ち》からの脱出を目指した。

ほんの少しの希望がなかったわけじゃない。自分達以外にも結界を張って逃れた者がいたのではないか？　と。第一王子とユイ、第二王子とシオンは助かったが、彼らはきちんと結界の張り方を神官達から習っていた。

だが、マイアが結界の張り方を知らなかったと聞いたとき、静かに怒りを覚えた。他の王子と魔法少女達は知識として結界が存在することを知っていても一度も実践したことはなく、あの危急の場でとっさに出すような訓練など受けていなかったのだ。

おそらく彼らはなにが起こったのかわからないまま、泥に呑み込まれたに違いない。

そして、異世界に召喚された少女達は死んだ。

平和なあちらの世界にいたならば、いまだって何事もなく暮らしていたはずだ。

コウジとてなにも感じないわけではない。

ただ泣けないだけだ。

だから。

「なにも考えられないぐらい滅茶苦茶に抱いてくれよ。俺を泣かせてくれ、王子様」

視線を逸らさないまま、するりと首に腕を回して挑発する。

すると、ジークはコウジの後頭部を撫でると膝裏に手を回して微笑んだ。

「わかりました、私のお姫様」

「ぷはっ！　だから、お前の口説き文句おかしいって！　だいたい、俺はおじさん……」

「では、姫おじさ……」

「そ、それはもっと禁止だ！」

ムードもぶち壊すほどに笑い転げるコウジの痩身を、ジークは軽々と抱き上げて隣室のベッドへと運んだ。


過ぎた快楽というのは涙が出るらしい。

そう知ったのはつい最近のことだ。

「あ、あ、あ……っ……」

腰を突き出す形になり後ろからガツガツと突かれる。のけぞった顎からぽたぽた伝うのは、汗だけじゃない。無精髭の生えた顎から頬へとぺろりと舐められた。大型犬が甘えるようなそれを泣き笑いの表情でコウジは見つめる。

「舐めるな、よ」

「あなたの涙は甘い」

「はは！　おじさんの……涙がキャンデーみたいにあまいっ……てかっ！」

ひゃあっ！　なんて、とんでもない声が出てしまったのは、イイところをえらの張ったそれで、グリリとえぐられたからだ。

笑ってそのまま流せてしまえばよかったのだが、ジークは見逃してくれなかった。

「だが、今日は少し苦い」

その声に少しだけのせられた痛ましげな気配に、コウジは後ろ手に伸ばした腕でジークの頭を引き寄せて、その耳元にかすれた声で囁く。

「お前の代わりにも泣いてるんだ。っあ、っ！」

ガリッと首の後ろに犬歯を立てられる。立て続けに肩にも、痩せた背中の張り出した肩甲骨にも。噛まれるように愛撫された。

たぶん明日には身体中、後ろから自分を抱く王子様の歯形だらけだろう。

治癒魔法でだるい腰は治してくれるし、痕も青紫になるような酷いものは消してくれていると思う、たぶん。

たぶん……というのは、首回りの花びらを散らしたようなキスマークやら、腰骨のあたりに執拗につけてくるうっすらとした歯形なんかは、ジークが消さないからだ。

まったく器用な治癒魔法の加減だと思うが。

このおじさんの身体に痕つけて楽しいのか？　と思うが、少し痛いぐらいが気持ちいいと気づいてしまった自分も終わっている。

「あ、そこ……すげぇ、っ腹んなか……お前のなが……くて……ふとく……て……でっか……い……ので、いっぱ……い……ひうっ！」

自分の薄い腹を撫でながら、わざとらしくいやらしい言葉を使えば、まだ言う余裕があるのかと、ガツガツ突かれる。

いや、余裕なんかない。自分を追い詰めてくれるように、相手を挑発しているのだ。もっと、わからなく、なにもかも滅茶苦茶にしてくれと。

腹の中で何度出されたのか、一度、二度……三度。

こちらは昇りつめたまま、降りてこられず、緩く立ち上がったそれは白濁混じりのしずくをこぼすのみだ。びくびく身体が跳ねるのが止まらず、掴まれていた腰の支えがなくなれば、くたりと柔らかな寝台に崩れた。ずるりとその拍子に抜かれて、らしくもない甲高い声が自然にあがってしまう。

身体をよじり、自分を見下ろす男の顔を見上げる。

「……お前が……抜けても……お前ので……おじさんのお腹……ちょっと膨らんでないか？　このままじゃ……孕んじゃう……なんて……なあああっ！」

語尾が悲鳴となったのは、身体をひっくりかえされて、足を抱えられて、また繋がったからだ。もう何度もされて慣らす必要なんてない。奥まで一気にズン……と突き刺されれば、衝撃が頭に響いた。

「っ！　あなたは！」

目の前にある普段は冷たいのに、今はケダモノの色を隠さない瞳を見つめる。

足を男の腰に絡めて、腕を伸ばしてその首を引き寄せた。間近で見れば、すっかり前髪が下りた顔は、少し幼くて可愛い。まあ、可愛いだけじゃなくてベッドの中では野獣だが。

「っ、は、あ！」

その証拠に腰骨を掴まれ突き上げられて、押し出されるような声が漏れる。

ああ、そこ噛み跡だけじゃなくて、指の痕もうっすらいつも残ってるんだよな？　このおじさんに独占欲かよ？　冗談……と気持ちよさで霧散しがちな思考でひらひら考える。

汗と快楽の涙でぐちゃぐちゃの頬をぺろりと舐められた。無精髭でざらざらしてるだろうに、よくもまあ舐めたり頬ずりしたりできるな……といつも思うが、その仕草もまたくすぐったく心地好くて、こちらからも無意識にすりつけてしまう。

そして、ごくごく自然に唇で唇を覆うように吸われて「ん……？」と目を見開いた。吸われるだけで離れた瞬間に言っていた。

「なあ、キス。初めてじゃね？」

「……そうだったか？」

「ん～そんな気がする」

やることやって、いままでキスしてませんでした……ってどんな関係だよ？　と思うが、しかし。

「あ～でも、この感触覚えあるぞ。お前、おじさんが、もう、わけがわからなくなってるときに、とっくの昔に吸い付いていたんじゃ、んんっ！」

冗談めかしてそう言うと、なぜか、それ以上言うなとばかり唇をふさがれるだけでなく、今度は舌を絡められて、突き上げられて、本当にわけがわからなくなった。


朝になると、しっかり起きて食卓で食べるのか、寝室まで運ばせるのか、そんなことを寝台のなかジークが訊くのに夢うつつで答えるのが日課となっている。

「こっちで食べる」

ジークに髪を撫でられながらコウジは寝起きのガラガラの声で答えつつ、今日は「梨のポリッジが食いてぇ」とつぶやいた。

数分が経ち、もう少し眠りたいという意識のふちからぼんやりと目覚めれば、ジークが差し出してくれるのは、香り高い茶だ。温かなそれをぐびりとやれば、少しは頭の霧が晴れてくる。

そして、白に金の縁取りの盆の上に、白磁の皿にミルク色のポリッジにキャラメル色に焼かれた梨が洒落た様子で盛られている。

これがおじさんの朝食だ。どこぞのお嬢様のか？　と思うが。

そもそもポリッジ、オートミールの粥ってやつだ……を食べたのもこの世界に来てからだ。食べてみたら意外にうまかった。いや、もしかしたらこの屋敷の料理人の腕がいいからかもしれないが。

ともかく、一口食べればほんのり甘いミルクと、シナモンがきいた梨の風味がいい。

新鮮なベリーとかも甘酸っぱくていいんだよな……と思う。

「……そういえば」

朝食が胃に入ってかなり頭がハッキリしたところで、ベッドに腰掛けるジークに視線を向ける。

こちらはポリッジではなく、一皿に目玉焼き二つに、カリカリのベーコン、大きなソーセージ、豆にプディング、焼きトマトと、かごに山盛りに盛られたパンをがっつりいっている。

綺麗な食べっぷりに、若さを感じる。おじさんが朝からそれを食べたら、しっかり胃もたれだ、と思いながら、コウジは口を開いた。

「あの災厄の卵がラスボスなのはわかっているが」

「らすぼす？」

「ああ、一番の敵ってことだ。ただ、こっちの世界じゃ知らないが、俺らの世界ではこの手の話でその大物を倒したら、実は本当の敵が控えていましたというのが、定番なんだな」

「なるほど、たしかに私達は未だ、こちら側に潜んでいる災厄の正体を突き止めていない」

最初の模擬戦闘では、災厄の獣たる竜を召喚し、コウジを襲わせた。

さらにはワイバーンを操って、再びジークとコウジの命を狙っている。

「手がかりがなさすぎるもんな。ただし、今回の泥の一件がもし、その災厄の企みだとしたら、かなり見えてくるものがある」

「ああ。隠れた災厄の仕業なのはあきらかだろうな。こちらの内部事情も手にとるようにわかっており、さらには上を動かす力もある」

ジークがうなずく。あとは言葉にしなくても互いにわかっていた。

魔法少女達にわざと教育を施さず、いきなり実戦投入して数々の勝利によって慢心させ、絶対に勝てると思わせておいて、最大の災厄たる、あの卵にぶつけた。

そんなことはこちら——王宮の内にいないとできることではない。それもかなりの中心部に。

周到に屍人の罠を用意して、王子と魔法少女達を泥の海で呑み込んだ。ジークが『隠れた災厄』と表現した敵は、災厄によって生まれた魔物達を自在に操ることが出来る。それはあの模擬戦闘に呼ばれた竜しかり、そしてジークとコウジを襲ったワイバーン達しかり。

それどころか、王国の上層部達をも操っているかもしれないのだ。大臣に魔法騎士隊長、それにあの第一王子。

「まだ正体も見えやしねぇ、災厄の卵より厄介な敵だな」

銀のスプーンをくわえ、コウジはつぶやいた。

第六章　決戦！

翌日、再び開かれた会議の場に、第一王子アンドルの姿はなかった。当然ユイの姿もだ。

いつまで待っても彼らは現れず、結局、会議は開かれなかった。

仕方なく、コウジはジーク、そしてコンラッドとシオンとともにピート王子の居室に向かった。

ピート王子の暮らしている場所は、王宮の端の端にあった。

十畳ぐらいの居間にピート王子の寝室とマイアの寝室の二部屋がくっついている。

前世でコウジの暮らしていた四畳半風呂なしのボロアパートの部屋からすれば、とんでもなく贅沢だと思うが、これが最下位の王子のお部屋だという。

「僕のお部屋で兄様達も、みんなもお茶をしませんか？」

ちなみになんの進展もなかった会議室で、さりげなくみんなを誘ったのはピート王子だ。

コウジがメモをこっそり隣のマイアに渡して、ピートが「僕がなんとかします」とメモを返して寄こしたのだ。

ちゃっかりものの王子様がどうするか？　と見ていたら、実に正攻法だった。

「アンドル兄様とユイさんがいないのは残念ですけど、僕達はもっと交流すべきだと思うんです」

明るく子供らしい笑顔で、怪訝な顔のコンラッドとシオンを誘っていた。

そして、全員が部屋に入ったとたん。コウジは煙草の煙をくゆらせて、部屋全体に結界を張った。

それをいち早く感知したシオンが、細い眉をつり上げる。

「いきなりの結界って、どういうこと!?」

「敵の腹の中にいるかもしれないのに内緒話するんだ。これぐらいしないとな」

コウジが言えば、続けてジークが口を開いた。

「災厄はこの王宮にもいる。おそらくは人の形をしてな」

その言葉にコウジとジーク以外の四人が息を呑んだ。

◇◆◇　◆◇◆　◇◆◇

「……たしかに模擬戦闘なのに、災厄が呼ばれるなんておかしいって僕も思っていたんです」

今までコウジ達を襲った『事故』の話を聞いて、ピートがうなずく。いつもの無邪気な子供っぽさは、さすがにナリをひそめて、その顔は深刻だ。

「でも、まさかこの王宮に災厄そのものがいるなんて……考えると怖いですね」

「しかし、それはすべて二人の憶測ではないか？」

そこで口を開いたのはコンラッドだ。

生真面目な表情は今日も変わらず、ジークとコウジを見る。

「たしかに確たる証拠も、人の形をした災厄が誰かも未だわからねぇ」

コウジは煙草の煙をくゆらせて返す。

「だが、そう考えりゃつじつまが合うんだ。災厄の竜が召喚されたのも、ワイバーン達が集団で俺達を襲ったのもな」

「そして竜などというものを、魔法少女や王子達、国の最高幹部が集まる場に召喚したというのに『事故』と処理された。国の幹部達は誰もそれを問題視せずにだ。辺境討伐の帰りの、私達へのワイバーンの襲撃も報告はしたが、結局は握りつぶされた」

「私に関してはいつものことだがな」とジークは淡々と続ける。

「そして、あの災厄の卵だ。敵は周到に策を巡らせていたとしか思えない。序列を少しでも上げようと功をはやるものがいること。そうなれば到底統率などとれず、あの時点で一時撤退して様子を見ようなどという、命令を誰も聞かなかっただろう」

「たしかに……」

ジークの言葉にコンラッドが顎に手を当てて思案顔になる。隣のシオンも同じような表情だ。

やはり、パートナーとなる王子様と魔法少女というのはどこか共通点があるらしい。この二人の場合、生真面目なところか。

「そして、三位以下の者達で私達以外は結界の張り方を知らなかった。これをどう見る？　コンラッド」

兄上とジークが呼ばないのは、彼のほうが一月ほど年上だからだろう。

公式愛妾を溺愛しておいて、準妃のベッドにもしっかり通っていたのかよ、お盛んだな王様と、この話を聞いたときにコウジは思ったものだ。

「……急ぎ皆を集めて、会議を……」

コンラッドの言葉を、コウジが「はっ！」と鼻で笑う。

やっぱりこのカチコチ王子様は真面目すぎる。

「冗談はよしてくれ第二王子様。災厄はこの王宮の上層部に食い込んでいるっていうのに、こっちの情報を筒抜けにしてどうする？」

コウジの馬鹿にしたような言い方が気に障ったのか、険しい顔をますます険しくしたコンラッドだったが、シオンがコンラッドの腕に手をかけて首を横に振った。

「わたしもそう思うわ。だいたい、あの大人達に話してどうにかなるとも思えないし」

自分とユイだけに結界の張り方を教えて、他の魔法少女にはその講義がされなかった事実に、彼女は大きな不信感を王宮の者達に抱いているようだ。

コンラッドも、シオンの言葉に口を開きかけて黙り込む。

「そうですね」と素直にうなずいたのはピートだ。

「このことは僕達だけの秘密にしておいたほうがいいです。まだ敵の姿も見えないですし、だいたい秘密というのは、知る人が少なければ少ないほどいい。口が多ければそれだけ『ここだけの話』

と漏らす者の数も増えます」

「まあ、そうなってしまったらもう、秘密でもなんでもないんですけどね」と重苦しい空気を振り払うようにピートは明るく「ははは」と笑う。

「小さな王子様はなかなかいいこと言うじゃねぇか」

コウジもくわえ煙草で皮肉に口許をゆがめる。

「……では兄上だけでもこのことを……」

躊躇《ためら》いがちにコンラッドが口を開く。

彼の言う兄上とはアンドルのことだ。どこまでも生真面目な王子にコウジは呆れたため息を一つ。

「あのな……」と口を開きかけたコウジよりも先に「私は話す必要はないと思っている」とジークが切って捨てた。コンラッドが苦々しい表情となる。

「序列一位の王子にこの重大な話をしないというのか？」

「その序列一位が今日の会議には出て来なかった。それが答えだ」

ジークの言葉は短いが、その意味するところがわからないほどコンラッドも愚かではない。先ほどからの彼の躊躇《ためら》いがちの物言いと、苦しげな表情がそれを現している。

もしかしたら、第一王子アンドルそのものも敵に取り込まれているかもしれないと、彼も疑い始めているのだろう。

「国どころか世界が危機っていうのに、あの王子様は拗ねて会議をばっくれたんだ。ユイ姫様にしてもそうだな」

彼女の場合は、王子と周りの意見に流されて、合わせたのだろう。王子を説得するなり、それが無理なら自分一人だって会議に出て来られただろうに来なかった。

序列一位の王子と魔法少女、双方ともがその重責をまったく理解していない証拠だ。

「……それでも、兄上が明日の会議に出られたならば……」

「そのときはもちろん、第一王子にも話す。ただし、待つのは今日を含めて三日だ。それ以上は待たない」

コンラッドは第二王子として、また正妃と準妃が姉妹ということもあって、アンドルのことを見捨てられないのだろう。それに対してジークは猶予を与えた。

——おそらく三日待ったところで、あの王子様は来ないだろうが。

逆にあのバカ王子に来られては困るというのが、コウジの本音だ。

アンドルはきっと一位の序列にしがみついて、平等な発言権など認めない。

——ひっかき回されたあげく、大騒ぎされて災厄に気づかれた、なんて馬鹿げたことになりかねない。

だったらへそを曲げて引きこもってくれたほうが、よっぽどいい。足手まといなどいらないのだ。

昨日の会議を退席したことと、今日の会議の欠席でコウジは、アンドルとユイを戦力外と切り捨てていた。それは三日と猶予をつけたジークも同じだと思っている。

いくら能力があろうとも、自分勝手で戦う意思がない者を戦場には連れていけない。こちらの生死にも関わってくる。

一番はやはり、あの王子も敵側にとりこまれているのが濃厚というのがあるが。

「しかし、ただ三日間無為に待つのも時間が惜しい。内に潜んだ敵に気取《けど》られることなく、迅速にことを進めなければ、あの災厄の卵を潰すことは難しいだろう」

ジークの言葉に皆が表情を引き締めて、うなずいた。

◇◆◇　◆◇◆　◇◆◇

その後二日、アンドル王子は会議に姿を現さず、そのまま散会ということを繰り返した。序列一位の王子がいらっしゃらないのでは……と、宰相も元老院議長も会議を進めようとしない。

魔法騎士団長ハーバレスが「序列もわきまえない一部の方によって、アンドル殿下は憤怒のあまり、その方々のお顔も見たくないのでしょう」とこちらに向かいネチネチ嫌みを言っていたが、それだけだ。彼と同格の将軍ロンベラスは黙したまま語らない。

この大人達の無能ぶりにシオンなどはすっかり呆れ果てていた。

「本当にあの人達はあてにならないわ」

コンラッド王子の居室のサロンで結界を張ったとたんに口を開いている。

昨日は、王宮に一応あるジークの居室で話し合いをし、今日はコンラッドの部屋と持ち回りだ。

一応の建前は、生き残った王子と魔法少女＋おっさん達の交流のためということになっている。

「……ここまで無能だと、逆に不自然すぎるよな」

置かれていた銀の三段重ねの盆からピンクのマカロンを取って一口囓り、コウジは続ける。

「災厄に毒されているのかもしれねぇな」

「毒されている？」

シオンの問いに、コウジは答えられなかった。

さらにもう一つ、ピスタチオのマカロンをもきゅもきゅやっていたのだ。

口を開いたのはジークだ。

「隠れた災厄は魔物達を操っていた。ならば、人を操ることも可能かもしれない。それに災厄はいるだけで魔物達の精神を侵し凶暴化させる。人にも作用するのかもしれない。無気力になり、何事も考えられないようにな」

仮にも国を動かす者達が、ここまで危機を蔑《ないがし》ろにするだろうか、という話だ。あまりに無為無策すぎる。

そう言うと、ピート王子が怪訝そうな表情になった。

「では、どうして僕達にはその影響がないんでしょう？」

ピート王子の素朴な疑問だ。

「そりゃ、俺達が女神に選ばれた王子様と魔法少女だからだろう？」とコウジが答える。

「ま、俺はなぜかおじさんだけどな」

「そこも不思議なんですよね。どうしてコウジさんは呼ばれたんでしょう？」

「女神様の考えなんて、俺にはわかんねぇよ」

ふと思い出すのは、ここに呼ばれるときに見た、妙な白い空間の事務机にしがみついていたひっつめ髪の疲れた事務服の女だが、まさかなあ……とは思う。

——そういえば、あの女は、俺がどうしてこんなところにいるんだ？　と驚いていたな。

おじさんだって驚きではある。四十四人の魔法少女とともに召喚されました……なんてだ。

そしていま残っているのは自分達四人と考えると、なんとも苦い気持ちになるが。

そんな考えを振り払い、コウジは視線を遠くに投げた。

「……まあ王子様と魔法少女のなかでも、毒されている可能性があるヤツはいるけどな」

「それは兄上のことか？」

コンラッドがとたんに表情を曇《くも》らせる。

「あの王子様は拗ねて引きこもっているだけだと、俺も思いたいぜ」とコウジは返した。

あの直情型の馬鹿王子が、複雑な陰謀を張り巡らせる慎重さを持ち合わせているとは思えない。

ならば……背後でそれを操っているのは？

そこでシオンが口を開く。

「あの二人は部屋に引きこもりきりでなにをしているのかしら？」

「シオン」とたしなめるようにコンラッドが呼びかける。王宮の中央に暮らす彼らには、アンドルとユイの日々の暮らしが、耳に入ってくるのだろう。

シオンの口ぶりだと、たんに二人で部屋にいるだけではないという感じだ。

この状況で色ボケか？

まあ、世界の危機を前になにもかも忘れて、目の前の相手にすがりつくってのも、人間らしくはある。しかし序列一位で、本来一番の力を持つはずの、第一王子とそのパートナーが欲に溺れ、それが本当に何者かに操られているとなれば、見えない災厄の正体は相当絞り込まれてこないか？

それはもっとも第一王子に近しい人物だということだ。

ぷかりと吹かした煙草の煙をコウジはぼんやりと見た。

そして、隣のジークの整った横顔を見る。

それがジークの敵でもあり自分の敵でもあると、コウジはわかっていた。

◇◆◇　◆◇◆　◇◆◇

そして三日目も終わった。

ジーク達の結論は、王宮内に潜む災厄に気取られず、南の忌《い》み地《ち》にある災厄の卵を壊すことだった。

もはや宰相達はあてにならないどころか、すでに災厄に取り込まれている可能性が大きい。

結局、自分達以外は頼りにならない。

ただし、これも誰にも知られてはならないし、迅速に行わなければならない。一日の猶予もなかった。

今日も第一王子不在のまま散会となる会議が開かれる予定だった。そこに全員が欠席したなら当然騒ぎになるだろう。災厄にも気づかれる。

そこで、このような作戦になった。

会議の時間の前に、王都郊外の森で待ち合わせる。

ピートとマイアが一番先に来ており、時間ぴったりにジークとコウジが到着した。そして、少し遅れてコンラッドとシオンがやってきた。

生真面目な二人らしくないと思っていると「すまない」とコンラッドがまっさきに謝る。

「母上にどこに行くのかと、しつこく引き留められてな」

コンラッドの母は準妃であるロジェスティラだ。彼は続けて言った。

「昨日、母はアルチーナ伯母上のサロンに呼ばれていたから、そのせいかもしれない」

正妃アルチーナは、コンラッドの母とは姉妹だ。そして大魔女と呼ばれるこの国一番の魔女である。

コウジは実のところ一度もお目にかかったことはない。ジークの母が公式愛妾となり社交界の華となったとき、アルチーナは一切の公式の場に出なくなり、それが続いているという。

そして、かつてはあちこちの女に子胤《こだね》をばらまき……もとい精力的に動いていた国王が病床に伏すことが多くなってからは、彼女が陰から国政を仕切っていると、ジークに聞いた。

——自分は表に出て来ないで、陰から動かす。まさしく女帝だな。

会ったことはないが、どうにも一筋縄ではいかない女だろうと、コウジはそんな印象を受けた。

さて、そんなこんなで王子と魔法少女＋おじさんが手をつなぎ輪になる。

六人の姿は森の中から消えて、一瞬後にはあの忌み地《いち》を望む崖の上に立っていた。

転移魔法だ。一人では膨大な魔力量を消費するため不可能だが、こうして他の魔法少女や王子達と協力することで、かなりの長距離を飛ぶことが出来る。

これも魔法少女達に女神から授けられた知識の一つだ。しかし、互いに序列を争っていた王子と魔法少女達が手を取り合うことなどなく、災厄の泥に呑み込まれた。

結界と同じく知ってはいても、それを実行することを彼らは最後まで思いつかなかっただろう。

災厄の卵がある地平線まで真っ黒な泥が広がる光景に、初めて見るコンラッドとシオンが息を呑む。ピートとマイアは沈痛な顔で、ジークとコウジは淡々とした表情でそれを眺めた。

ここで命を失ったのは、王子達と魔法少女だけじゃない。

第一王子と第二王子を護衛していた魔法騎士団員もだ。

「……私はあのときなにも出来なかった」

目の前の光景を見つめながら、コンラッドがつぶやく。

「戦おうとしたが、騎士の一人が『けして結界の外に出てはなりませぬ』と自ら盾になって……」

頭を下げて黙祷するコンラッドに、隣でシオンも倣《なら》った。

ピートもまた同じく、マイアは両手を合わせて、そして、ジークとコウジもまた静かに目を閉じて祈ったのだった。

――なにも出来なかったのは……俺も同じだ。

コウジは口に出さずに胸中でつぶやく。周りの魔法少女に王子達の無数の命が泥に呑み込まれるのを見捨てた。自分とジーク、ピートにマイアの周りに結界を張るのが精一杯だった。

自分の身内が一番大事だ。その選択は間違っていないとは思う。それもジークが第一で、ピートやマイアさえも、無理だと判断したら切り捨てただろう。

そんな苦々しい気持ちが胸に広がり、無意識に長く頭を下げ続けていると、労《いたわ》るようにジークの手が伸びてきて、痩せた自分の手の甲をそっと撫でられた。

その無言の仕草に顔をあげて彼に薄く微笑む。どうしてこいつは、自分の気持ちが分かるんだろうな……と。

◇◆◇◆◇◆◇◆◇

隠れた災厄に、卵への襲撃に備える時間を与えてはならない。模擬戦闘の場でジークとコウジは災厄に襲われた。ジーク個人の兵以外いなかった時ですら、ワイバーンに襲われている。おそらく、距離に関係なく魔物達を自在に操れるはずだ。

黒い泥の海は結界を張れば安全に渡れるが、時間がかかる。

実際、結界を張って泥をかき分けながら進むのに数時間かかることをジークとコウジ、それにピートとマイアは身をもって経験していた。

ならば空を飛べばいい。

これも魔法少女として植え付けられた知識の中にあった。

実際、王子と魔法少女達にはりついていた魔法使いの番記者達は、ほうきに乗って空を飛び回っていたのだから。もっともあれは魔道具の一つだが。

魔法少女はその魔道具がなくとも、自分で道具を作り出せる。今までそうしなかったのは、コウジにはジークの用意してくれた快適な大型馬車があったし、準妃の息子のコンラッドは近衛の魔法騎士達に囲まれて王家の馬車を使った移動となっていたからだ。

部屋住みのピートさえ、部隊を組まされた他の王子と魔法少女達と乗り合いとはいえ、国軍が護衛した馬車に揺られていた。

ここらへん、『空を飛ぶ』なんてことが出来ると王子にも魔法少女達にも気づかせなかった、『隠れた災厄』の用意周到さを感じる。

結界を張ることも、転移も、飛行にしてもどれかが出来たならば、かなりの数の王子と魔法少女が助かったに違いない。

「これでどう、かな？」

マイアがピートと手を取り合って練り上げた飛行の魔法道具は、デッキブラシだった。ピートが「ほうき？　にしてはちょっと形が違うね」と言っているが、おじさんには見覚えがありすぎた。

あの有名な名作アニメからだろう。

そうか、今どきの魔法少女なら、ほうきじゃなくてこれだよな……と思う。

マイアの趣味なのか、デッキブラシの根元には大きな黄色いリボンが輝いていた。

うーん、可愛らしい。

次に、コンラッド王子とシオンが互いの手の甲に刻まれた紋章を重ね合わせて、作り出したのは藍色の翼ある馬。天馬だ。いかにも彼女と彼らしく精悍な面構えの馬だ。

そして、ジークとコウジはというと――

「じゃあ、俺達も作るぞ……んんっ！」

ジークはいきなりおじさんの腰を抱いて、口づけてきた。

それも初めっから舌を絡めるとんでもないヤツだ。

転移の時みたいに手を繋ぐだけでいいだろうとか。マイアちゃんにピート王子に、それにツンツンだって未成年のシオンちゃんの教育に悪いだろうとか、そんなことを考えられたのは最初のうちだけだ。舌を吸われたり、甘く噛まれたり、上顎を舌先でくすぐられたりするうちに、コウジのほうもジークの首にいつのまにかしがみついていた。

唇が離れてひたいをこつんと合わせられ、「考えて」と低い声で囁かれた。

それで蕩ける頭の中で……出来たのは……

「……ずいぶんと斬新な乗り物だな」

堅物のコンラッド王子の声がどこかぼんやりしているのは、目の前で行われた男同士のキスシーンのせいだろうなぁ……とコウジは遠い目になった。

「魔力接続の方法は色々ありますけど、兄上はその、コウジさんと、もっとも効果的な方法を選ばれたのですか？」

ここぞとピート王子がジークに訊ね、ジークが「そうだ」とうなずいている。

肯定するな！　そこはごまかすところだろう！

そしてマイアちゃんは真っ赤な頬を両手で包むようにして。

「え？　え？　ジーク王子とコウジさんって？　え？　す、素敵かも……」

偏見がないのは良いことだ……なんて言えない。マイアちゃんそれは開いちゃいけない扉だぞ。

シオンは表情が固まっている。コンラッド王子と同じく、真面目ちゃんには刺激が強すぎたか？

ギギギ……と音が聞こえてきそうなギクシャクした動きで首を回し、彼女はコウジを見た。

「それでなんで空を飛ぶのに、これなの？」

「いや、こいつちゃんと飛べるぞ。ジーク、運転わかるよな？」

「初めてだが、あなたの作ったものだからな」

コウジがサイドカーのシートに身を埋めると、ジークがバイクのシートにひらりとまたがった。

迷いのない動きでハンドルを握れば、サイドカーは空へと浮き上がる。

黒光りするサイドカー。シートにまたがるジークの黒い軍服のマントがなびいてカッコいいな～

とコウジは思考を逃避させる。

横を行く天馬のコンラッドと鞍の前に横乗りするシオンの突き刺さる視線。デッキブラシにまたがったマイアに、後ろからしがみつくピートの好奇心旺盛な瞳。

それに俺は気づいていません！　とばかり、コウジは遠くを見てサイドシートで煙草を吹かした。

◇◆◇◆◇◆◇◆◇

災厄の卵に近づくと、泥の海が反応した。

その表面が盛り上がって進路をふさぎ、六人を呑み込もうとする。

コウジが煙をくゆらせ、マイアが空中に黄金に輝く盾を出現させる。シオンは天に向かって弓を構えて矢を放てば、そこから傘のように結界が展開する。

パートナーの煙に盾に矢の結界を、ジークが雷光、ピートが風、そしてコンラッドが青い炎でもってその結界を強化する。

三組の強大な結界は、ただ泥から身を守るだけではない。その泥を押しのけるようにして突破する。

しかし、なおも泥は触手のように無数に手を伸ばし、追いすがってきた。しかし、それもジークの握る剣の放つ雷光とコウジの放つ弾丸の爆発、シオンの放つ矢にコンラッドの得物である槍が放つ炎、そしてマイアの拳とピートが風を乗せたかまいたちによって切り裂かれる。

黒いバイクにまたがりながら剣を振るう軍服姿の俺の王子様は、相変わらずかっこいいな、なんて見ている余裕すらあった。

泥の攻撃はそれぐらい緩慢だった。その泥を突破すれば、災厄の丸い卵が浮かんでいるのが見える。

見ればびしびしとその表面に亀裂が浮かんでいた、生まれようとしているのだ。

「ジーク」

どうする？　という意味を込めて名を呼んだ。するとジークは獰猛に笑う。

「このままにしておけば、世界を滅ぼす災厄が生まれる。ならば、その前に壊せばいい」

意外とこの冷静沈着に見える王子様は脳筋だった。

まあ小細工よりも力押しは正義だ。

「だな」

コウジも同意して、銃を構える。ジークが剣をなぎ払い雷光を放つのと、コウジが引き金を引くのは同時だった。ひび割れた卵の表面に雷光と弾丸が直撃した。

「待て！」

「ちょっと！」

同時に声をあげたのはコンラッドとシオンだ。

「いきなり攻撃など！」

「相手の様子も見ないで！」

この生真面目ちゃん二人、息ぴったりだな～とコウジは思う。

「いくら観察したって、卵を壊す結果は同じだろう？」

「災厄は滅ぼさねばならない」

コウジが軽く、ジークが重々しく告げるが、内容は同じだ。

結局やられる前にぶん殴れ！　だ。

「そうですね。災厄ですからね！」

明るく言ったのはピートで、マイアのまたがるデッキブラシの後ろに器用に立ち上がって
「はっ！」とその両手に持った短剣から、風を放つ。

「どうやって戦おうかと思ってたけど、その手があったか！　あったまイイ！　ピート君！」

マイアもデッキブラシの上に立って、「はあっ！」と連続の蹴りの衝撃波を繰り出した。あの細い棒の上に仲良く立っている。息の合った良いコンビだ。

二人の風の力が卵にたたき込まれて、さらにひび割れが大きくなる。

「まったく、誰も彼も力押しだけ！」

「同感だが、ここまできたらやるしかない！」

シオンが叫びながらも、弓を引いて無数の矢を放つ。続けて、コンラッドがその手の槍から連続の突きを繰り出して、すべての矢に己の青い炎を乗せる。

炎の矢は穴に吸い込まれて、亀裂はビシビシと大きくなる。そして、卵は形が崩れるように地面に落ちた。

どろりとこぼれた中身は、あまり見たいものではない。魔法少女達は目を背け、王子達とコウジは顔をしかめた。が、それも他の災厄と同じく、たちまち実体をなくして霧散する。

「やけにあっけなくない？」

馬鹿にしたようにシオンが鼻でフンと笑う。それにコウジは「卵だからな」と答える。

「手も足も出やしない。卵に攻撃能力はまったくなくて、泥が守っていたんだろう」

そう言いながら、コウジは割れた卵の殻も消えた地面を見つめ続ける。これはジークも同じだ。

コンラッドにピートも同じく。さすがは生き残った王子達だ。

「……どうして、こんな卵のせいでみんな呑み込まれなきゃいけなかったのよ」

シオンが悔しげにつぶやく。その顔は少し泣きそうでもある。普段の強気が緩まって、本当は心優しいのだろう少女らしさをのぞかせる。

そして、案外うかつでもあるらしいと、このツンデレ魔法少女の新たな一面を見た。

コンラッドが口を開く。

「シオン、警戒をおこたるな。まだ終わっていない」

「え？　終わって……ない？　あ、まさか！」

さすがに聡い彼女は気づいたようだ。

……いや、今まで忘れていたのだから、やはりうっかりさんと言えるか。

災厄は実体をなくしても滅びない。

むしろ、卵は割られることを望んでいたかもしれない。生まれる前に実体は消えた。だが魂は……

「卵が割れりゃなにかは生まれる」

コウジの言葉とともに、ゆらりと大きな透ける闇のような影が立ち上がる。

それは天を突くように巨大な五つ首の蛇だった。

「だからいきなり攻撃するのはどうなの？　って、言ったでしょう⁉」

「卵がかえるまで悠長に待っていたら、まず実体倒してから魂を滅ぼす手間になっただろうが！」

シオンの叫びにコウジが返す。

そんなギャアギャアと言い合っているそれぞれのパートナーの会話の間にも、コンラッドとジークはそれぞれの天馬の手綱とバイクのハンドルを握り、追いかけて来る五つ首を回避した。デッキブラシに並んで立つ、マイアとピートも同じく。

「コンラッドは左、ピートは右を葬ってくれ、真ん中の三つはそのあいだ私達が抑える！」

ジークの言葉に二人の王子ともに「わかった！」とうなずく。

序列なく同格と話し合ってから、辺境での魔物退治の経験もあり、今回でも災厄をコウジと二人で倒してきたジークが、主な作戦を考え、指示を出すようになっていた。

二人の王子もごく自然にそれに従う。ここに第一王子がいたなら自分に命令するなと一悶着だっただろうなと、コウジの頭に浮かんだが、すぐに目の前の敵に集中する。

いない人間のことなど、今は考えなくてもいい。

シオンが矢を放ち、一番左端の蛇の両目を射貫く。視覚を失った蛇の頭はそれでも気配だけで天馬を追いかけ、くわりと口を開いた。しかしそこにコンラッドが炎をまとった槍を叩き込む。蛇の頭だけでなく、首まで炎に包まれて消滅する。

「さすがコンラッド兄様とシオンさん！　弱点はどの生き物でも同じだった！」

マイアとともに放つかまいたちが自らを追う首の鱗を剥がすものの、大きく傷つけることは出来ずにデッキブラシで逃げ回っていたピートが声をあげる。

「マイア、目を狙うんだ。あそこだけは固い鱗でおおえない」

「はいっ！」

マイアの拳にピートの短剣が重なり、鋭い衝撃波が、蛇の両目をムチのように切り裂く。のたうつ蛇は、それでも気配を頼りにデッキブラシの二人に迫る。

しかし二人はそれ以上避けようともしなかった。

「結界だ！　結界の盾をあの口に押し込む！」

ピートの言葉にマイアがうなずく。二人は手を握りあい、もう片方の手を前へと突き出した。

黄金に輝く盾が現れ、蛇の開いた口に押し込まれる。

限界まで開いた口を閉じることが出来ず、蛇がのたうつ。

「いまだ！　なかに叩き込むんだ」

ピートの指示に、マイアが残像のようにすら見える無数の蹴りを繰り出した。ピートも風の魔法を詠唱し、二人の魔力が小さな竜巻となって蛇の口に飛び込む。

蛇の頭と続く首は内側から切り裂かれ、ずたずたのきりもみ状態となって、地面へと落ちて消えた。

「やるねぇ」

それを横目で見てコウジは口笛を吹いたが、そんな場合でもなかった。

何しろこちらが相手にしているのは鎌首三つ。それが絡み合って追いかけてくる。

蛇の目が急所だとはシオンが矢を放つと同時に、ジークとコウジも気づいていた。

コウジは一発の弾丸で、一つの蛇の両目と、もう一体の左目を、ジークもまた得物の形を剣から、剛弓へと変えて矢を放っていた。その矢は一つの蛇の両目ともう一体の右目を貫いていた。

すべての目をつぶされた三つ首は、怒りのままにジークとコウジの乗るサイドカーを追いかけてくる。もともと蛇は視覚に頼るより、匂いと熱で獲物を追いかける。

それも三つの首だ、一つが追いかけてくれれば、あとの二つが進路を塞ごうとする。

ジークは巧みにかわしているが、このままでは避けるばかりで攻撃の機会がない。

「分かれるぞ」

「ああ」

コウジがそう言うと同時に、サイドカーはジークの乗るバイクの部分と、コウジの乗るサイドカーの部分に分かれた。

動力のバイクがなければ、切り離した部分は真っ逆さまに落ちそうだが、そこは魔法の乗り物。これ単体で飛行が可能だ。ただし、ハンドルがついておらず純粋な魔力のみで動かすので、かなりの集中力がいる。長時間飛ぶには不向きだ。

二つに分かれた獲物を、三つの首は二手に分かれて追いかける。コウジのほうが狙いやすいと思ったのか、二つの首が追いかけてくる。たしかに思念だけでは細かい操作は難しく、後ろから追いかけてきた首と前に立ちふさがる首に挟まれるが――

「こういうのがあるんだよな」

そうつぶやいて、念じる。

コウジの手に握られていた銃はたちまち形を変えて、ショットガンとなった。

ジークの武器も変形するなら、俺もできるんじゃね？　と思ったがうまくいった。

一発、目の前の頭をぶちぬく。後ろからもう一つの頭が迫ってきていたが、それは相手にしていた頭を葬り去ったジークが、バイクをひるがえして、戦斧に形を変えた得物でスパンと切り捨てた。

その見事な切り口に、巨木と蛇の頭なんて似たようなもんだよなぁ……とコウジは思う。

かくて、蛇の頭は刈り尽くされて、あとは頭を失った胴体と尻尾がのたうつのみとなったが、こちらにやってきた天馬とデッキブラシに、再び一つのサイドカーとなったバイクにまたがるジークが、振り返り「すまない」とひと言。

「三つの頭を抑えると言ったが、結局倒してしまった」

「いや、まあ、おじさんも初めてのショットガンに力加減忘れたっていうの？」

コウジがへらりと笑えば、シオンが呆れたように「馬鹿魔力」とつぶやいていた。

さて、胴体のみとなった災厄は、なおも残る尻尾をうねらせ反撃しようとしたが、五つ首を失った時点で三人の王子と、二人の魔法少女＋おっさんの敵ではない。

ジークが己の得物グラフマンデを、巨大な剣に変えて蛇の胴体に楔として打ち込み、地面に縫い付ける。そこにコンラッドが槍の炎を、シオンが矢を放ち、ピートとマイアが二人で手を握り合い、竜巻を放つ。

最後の仕上げとばかり。

「ん～これかな」

コウジが魔法道具をショットガンから、さらにロケットランチャーへと変化させて、ドカンと打ち込んだ。聖剣で実体のない魂は地に縫い止められ、炎で焼かれて、風で切り刻まれて、欠片が盛大な爆風に消える。

後ろでシオンがまた「馬鹿魔力」とつぶやいているが気にしない。

かくて、災厄の卵からうまれた蛇は、その魂も残さずに消滅したのだった。

◇◆◇◆◇◆◇◆◇

忌《い》み地《ち》を脱出すると、ジークの従者達が野営地を作って待っていてくれた。今日はここで一泊して、王都には大型馬車でゆるゆると帰ればいい。

王都に戻れば、宰相や元老院議長も将軍達から三組だけで災厄退治に出たことを当然追及されるだろう。災厄を倒したと言っても、色々と問題になるかもしれない。主にジークが責め立てられそうだ。同時にコウジも。

それまで羽を伸ばしたっていいだろう。なんなら、王都までゆっくり観光でもと思っていた。

ふとコウジが見上げると、災厄の卵を倒した直後からだが、気がつくと辺境の災厄退治にもくっついてきていた魔法記者が一人ほうきで飛び回っている。ぴかぴか写し絵の魔道具の瞬《また》きが光っているのに、コウジは内心で呆れた。

こんな決戦の地までくっついてくるとは、記者根性と言えばそれまでだが――。そこまで考えて「ん？」と気づく。

「あいつ、どうしてこの戦いを知っていた？」

サイドカーの助手席のシートに埋まりながらつぶやけば、横から答えが返ってきた。

「私だ」

「お前が？」

驚いてジークを見つめる。たしかにあれほど熱心な記者の手にかかれば、王都で今日にも号外が飛ぶだろう。そうすれば王宮がいくらジーク達の抜け駆けを責めようが、第一王子不在での討伐を握りつぶそうなんて出来ないだろう。

それどころか世論の手前、ジーク達を逆に讃えなければならないぐらいだ。

宰相に元老院議長、あのいけ好かない魔法騎士団長ハーバレスの苦虫をかみつぶしたような顔を思い浮かべて、コウジは楽しくなって、ククク……と人の悪い笑みを浮かべる。

「だが、記者どもなんかに知らせて、よくも漏れなかったな」

ジークのことだ、そこらへん抜かりはないと思いたいが。

「彼らは他の新聞を出し抜いて、どこよりも早く王都に知らせをもたらすことを、己の使命としている。とびきりの情報を漏らすことなどあり得ない」

「なるほどな」

ジークが選んだ新聞は、普段から政府批判とまではいかなくても、皮肉たっぷりの王族や貴族達の風刺画で有名なところであった。貴族からはにらまれているが、庶民からは絶大な支持を得ている。

その後、王都でのこの号外に人々は飛びつき、王宮は慌てて『公式な発表』を出し、他の新聞社が急いで南の忌み地《いち》へと記者を飛ばしたのはいうまでもない。

とはいえ、そんな王都の盛りあがりなど、いまだ忌み地《いち》のすぐ近くにいる、コウジ達は知らず、今日はゆっくり休もうと、それぞれの王子はそれぞれのパートナーとともに天幕に入ったのだが。

◇◆◇　◆◇◆　◇◆◇

「終わったな」

天幕に入って首にぶら下がっているだけのネクタイを引きちぎるように解きながら、コウジはふう……と息をついた。

「まあ、まだ終わっちゃいねぇけどな」

災厄の卵を壊しただけだ。未だ王宮には『隠れた災厄』がいる。

「そうだな」

黒の軍服に包まれた広い背中が振り返り、コウジを見る。いつもきっちりと撫でつけられている髪は、戦闘後ということで少し乱れていた。

そして、冷たく感じるはずの剃刀《かみそり》色の瞳に浮かんでいる感情は優しい。

一見、無表情に見える彼も安堵していることがわかった。短いような長いような、やっぱり短い付き合いだが、それでも四六時中一緒にいるのだ。微妙な変化ぐらいわかる。

だから、そんな感情がぽろりと出てしまったのかもしれない。

「お前が無事でよかった……」

そうこぼして、切れ長の目が軽く見開かれるのを見て、しまったとコウジは口を押さえる。

ざらりと自分の無精髭の顎を撫でて、くたびれたスーツの胸元を探って、煙草を一本くわえた。

しかし、それは伸びてきた長い指によって抜き取られ、代わりに端正な唇がコウジの薄い唇を塞いだ。

「っ、ん……」

「私もあなたが無事でよかった」

ぴちゃりと舌を軽く絡ませてから、離れる唇にそう告げられる。さらに照れくさくなり、コウジはその口を塞ぐように自ら口づけた。

青年の首に腕を回して、ちょっと……いや大分背伸びして……って、自分からキスしたのも初めてだし、この格好も照れ隠しよりはずかしい。

実を言えば、口づけはあの『泣かせてくれ』と言った夜以来、何回もした。すべてはジークからで、コウジは身体だけじゃなくて、唇くっつけ合うなんて恋人同士じゃあるまいしと思いつつ、拒否することもなくされるがままだった。

しかし、自分から……と気付いて唇を離す前に、いささか乱暴に舌を絡め取られた。

頭の後ろに手が回り、ぐっと唇の合わせも深くなる。食われるんじゃないか？　と思うほど、口中を貪られた。

「ん……ぅ……」

唇と唇をくっつけ合うだけで気持ち良くなるものだろうか。それが『経験』する前のコウジの考えだった。いや、ファーストキスの前に、ケツ掘られましたっていうのも、順番が逆だけど。

とにかく、キスは気持ちいい。いや、この王子様がうまいのか？

ふわりとした心地のまま、押し倒されてコウジはカッ！　と目を見開いた。

「ちょ、ちょい待て！　天幕の中は見えないとはいえ。隣りあっているんだぞ」

他の王子の天幕にはベッドが二つ当然あり、ジークとコウジの天幕には、これが野営地とは思えない、例の組み立て式の天蓋付きのデカいベッドが一つ、デーンと置かれていた。

設置した使用人達の気遣いに涙が出そうだが――

「それがどうした？　昨日もしただろう？」

「そりゃ昨日は屋敷だっただろうが！」

決戦前の昨夜もしっかりがっちり合体したけど。

「両隣に聞こえるだろうが！」

昼間しっかりキスしているところは見られたが、ここでおじさんのあられもない声を聞かせるほど、恥知らずではない。いや、そもそも、成人しているコンラッドはともかく、あとの未成年三人の教育に悪いだろう。

「大丈夫だ。防音の結界を張る」

そう言ったジークが言葉通り、周囲に結界を巡らせた。

防音の結界は初歩的なものだ。ジークならば朝飯前だろうが。

「そうまでして、お前、ヤりたいのかよ！」

「当たり前だ。ヤりたい」

普段は性欲なんてありませんって涼しげな顔がどアップで迫り、これまた普段は使わないだろう「ヤりたい」なんて言葉を口にされると、ドキリとする。

こんな王子にちょっと野性的な瞳で言われたら、どんな女でもイチコロだろうし、どうやらおじさんにも有効らしい。

「しかたねぇな」

厚い胸板に突っぱねていた手を緩め、するりと腕を男の首に絡ませて、自分から口づけた。

「今夜はダメなんて言っていたクセに」

「は……あっ……あぅ……お前、意地悪だ……」

するりとうっすら無精髭の頬を撫でるジークの指に、コウジはかしりと歯を立ててやった。

横たわった男は自分を満足そうに見上げている。その余裕の表情が憎らしい。

「う、動けよ……」

「あなたが好きに動けばいい」

「このっ……！」

男の腹にまたがって、ゆらゆら身体を揺らすが、毎夜のようにこの下にいる男にいじくられた身体は、すっかり開発されて、情けないことに敏感だ。イイところに当たれば力が抜ける。どうしても、もっと欲しい奥への強い刺激がないから、ゆるゆると甘い責め苦を受けているようなものだ。

「なぁ……」

懇願の口調とまなざしで、身体を下ろす。上げた前髪が乱れてすっかり下りた、いつもより若い顔。

その薄い唇にちょんと口づける。唇だけを合わせたまま、囁くように。

「お前の大きくて長くて太いのに、胎の中、もっとかき回されたい。奥の奥までな……お前の熱いのちょうだい」

おじさんのちょうだいにどれほどの威力があるのやら……と思うが、見つめ合っていた剃刀《かみそり》色の瞳に剣呑な光が宿ったと同時に、体勢を入れ替えられて突かれていた。衝撃にのけぞりながらも、もっとと、足を男のたくましく動く腰に絡めて、自らも無意識に腰を揺らす。

「あ、すげ……え……おま……え……ケダモノ……みて……ぇ……あ……うっ！」

「あなただって、ケダモノだ」

そう言われて、その通りと男の背に爪を立てた。

◇◆◇　◆◇◆　◇◆◇

翌朝。朝食はお外にテーブルを出して、優雅なひととき。日よけの大きなパラソルの下、コウジがけだるく茶を飲んでいたところへ、シオンがやってきた。

「おはよう」

「おはよう」

挨拶は大事だとコウジが返せば、彼女はらしくもなく、よれよれの黒いスーツにほっそい足を組んだおじさんから目をするりと逸らす。

「いつもだらしない格好だと思っていたけど」

「おじさんの制服はこれだぜ」

魔法少女達のひらひらミニドレスをまとったら、大惨事だろうと心の中で思う。

「今朝はいちだんとだらしないわね」

シオンの言葉にきょとんとしていると、マイアとピートがやってきた。

そして、折り目正しく挨拶をしたマイアが「あれ？」と首を傾げる。

「コウジさん、首の付け根というか、鎖骨のあたり赤くなってますよ」

その言葉にドキリとする。昨夜噛みつかれた覚えのある場所に思わず手をやってしまった。

「む、虫刺されかな～」

定番？　の言い訳をした。ただし吸い付いたのは虫ではなくて、でっかい王子様だが。

ジークはコウジの少し開いたシャツの前、だらしなく閉めたネクタイをよくわかっていて、シャツで隠れるぎりぎりのところに印を残すのだ。気遣いはありがたいが、痕をつけるのも止めてほしい。

なにが楽しいのか、ジークはおじさんのあちこち身体中に甘く噛みついたり、吸い付いたりするのだ。

いつもならばシャツに隠れているはずだが、コウジが椅子に座っているために、上からだとバッチリ見えていたようだ。

とりあえず、胸のボタンを一つしめて、いつもよりネクタイの位置を高めにする。

マイアはまだ不思議そうに見ていたが、朝食を取りにテーブルを離れた。

すると、「ねぇ、コウジさん」とピートがこそこそ話しかけてきた。

「やっぱり、その魔力接続って強力なんでしょうか？　僕もマイアと夜寝る前に、手を握り合って魔力の基礎訓練を繰り返しているんですが」

「お、お前らにはまだ早い！」

いかん、いかんぞ、おじさんの責任？　として、未成年の乱れた性は許せないと声をあげれば
「ええ、そうですね」とピートはうなずく。

「マイアの意志もありますしね。それに僕は結婚まで清い関係でいたい主義なんです！」

結婚前、清い関係という言葉はおじさんの胸にぐっさりと突き刺さった。

出会ってその日に合体していた自分と王子様は恋人同士でもなければ、結婚なんてとんでもない。

――あの王子様とおじさんが結婚。ははは……冗談でもありえん。

どう考えたって自分達の関係は魔力接続のためだけのものだ。ベッドでは睦言《むつごと》めいたやりとりもしたりするようになったけど、まあ雰囲気だ！　雰囲気だ！

そう思うとおじさんの胸はなぜかちくちく痛んだりしない！　身体だけの関係に心が痛むなんて感傷に浸るヒロインかよ！

とにかく青少年の教育に悪いったらありゃしない。

シオンの突き刺さる視線に、ピートの好奇心旺盛な眼差しを見ないフリをして、コウジは油断ならない朝食の時間を過ごしたのだった。

第七章　虚構と騒乱の祝賀会

王都に帰ることにした一行はそれこそ空も飛んですぐに帰ることも出来たが、災厄も倒したこともあってゆっくりと馬車で戻ることにした。

王子と魔法少女達＋おじさんが忌み地《いち》で災厄の卵を倒したという報は、あっという間に国中に広がり、王都までの道中、立ち寄った村や町で歓待を受けた。

特に元から辺境での魔物退治をしてきたジークの人気はすさまじく、立ち寄った村や町ではたちまち彼を囲む輪が出来た。

コウジはさりげなくジークから離れようとするのだが、必ず王子様の黒い革手袋に包まれた手が伸びてきて、がっしり細腰をつかまれるので逃げるに逃げられない。

こんなときにはどうして自分は痩せているのか、恨めしくもなる。ぶよぶよ腹の出たおっさんならば、いくら王子の大きな手、長い指でも……いや、やっぱり中年太りはいやだ。

そんなわけで、辺境の英雄から、救国の英雄となった王子様のパートナー、戦友として『コウジ様』の名もすっかり有名になってしまった。

様付けで呼ばれる柄じゃねぇ……とは思うが、素朴な辺境の村人達や田舎町の人々の、他意のない歓待の笑顔を見ていると、まあいいか……と思わずコウジの口許にも微笑が浮かぶ。

それに相変わらずの無表情だが、ジークがそんな人々の平和な姿を喜んでいるのがわかった。敵だらけの王宮では、その眼光は常に鋭い。だが、英雄と彼を讃える人々に対する眼差しは優しい。

それだけでも災厄を倒してよかったとコウジには思えたのだった。

そして、立ち寄った村や町では毎夜、歓迎の宴が開かれた。辺境の地の精一杯のもてなし料理。果実酒に野趣あふれるイノシシの煮込みや川魚の焼き物は、どれも素朴で美味かった。

それよりなによりありがたいのが、これが彼らの心づくしのもてなしであることだ。コンラッドは、最初のうちは歓迎する村人達に慣れずにぎこちなく接していたが、次第に表情が緩んでいった。

「常に誰がなにを考えているのかと気を張ってなければならない王宮と違い、ここの人々は実にまっすぐだな」

おじさんにはツンツンなシオンも「シオン様、ありがとうございます」と花を差し出してくる子供達には「ありがとう」と素直な笑顔を見せていた。

マイアとピートは言わずもがなだ。

気さくなピートと朗らかなマイアはたちまち子供達だけでなく、老人達からも気に入られていた。

「こんなお小さいのに、あの災厄に立ち向かわれたなんて」と母親達の心もくすぐっていた。そのピートを守っているように見えるマイアも「しっかりしたお姉さんね」と。

実際のところあの二人は、守り守られの関係なのだが、決戦がすんで無邪気にこのお祭り騒ぎを楽しんでいる姿に、若者はこうじゃなきゃな……とおじさんはしみじみと思う。

このままゆっくり王都への旅を半月ぐらいかけて……なんてもくろみは、しかし十日ほどで終わることになった。

王都から迎えの魔法騎士団がやってきたのだ。部隊を率《ひき》いているのは、あの魔法騎士団長のいけすかない男、ハーバレスだ。

そこからは、安全上の理由とやらで、通りかかった村や町での人々との交流は一切禁止。

三組が移動する黒塗りの大型馬車の周りは、魔法騎士団の纏う赤い軍服達が物々しく取り囲み、宿泊も決められた領主の館となった。

まるきり護送だ。

実際、コウジが試しに領主の館の外を散歩したいと言ったら、外の森には魔物が……と初めは難色を示された。ジークが「私も共に行く」と告げれば、止められないと思ったのか、三人の魔法騎士が護衛と称してついてきた。

散々、辺境の災厄退治に行かされていたのに、いまさら森をうろつく魔物が危険なんてわけもない。あきらかな監視だ。

そして、災厄を倒した英雄達をひと目見ようと、沿道に詰めかけた人々についても「危険ですから、お応えにならないように」とハーバレスは言ってきた。

しかし、それに反論したのはコンラッドだ。

「笑顔で私達を讃えてくれる民のどこが危険だというのだ？　みな、朝から道々で私達を待ってくれているのだ。ひと目なりとも姿を見せるのがその返礼であろう？」

第二王子の言葉にハーバレスは不承不承、馬車の窓を開けることを承知した。

そもそもコンラッドには王宮から差し向けられた、別の豪奢な馬車が用意されていたが、コンラッドもシオンもジークの大型馬車でともに移動することを希望したのだ。

さて、沿道での歓声は尽きることなく、こんな峠道にまで？　というところに、待っている者達もいた。

王子様や魔法少女二人はともかく、このおっさんに手を振られて嬉しいのか？　とコウジは思ったが、ジークが「あなたを呼んでる」と言ってきた。たしかに「コウジ様！」の声がしたので、くわえ煙草で手をひらひらやったら、大歓声があがってびっくり目を丸くした。

さらには差し出される菓子なんかも「ありがとな～」と手を伸ばして取って、みんなで分けた。

「どこの誰とも知らぬ者から贈られた物を、毒味もなくコンラッド様に食べさせるなど！」

騎馬の先頭からわざわざやってきたハーバレスが、馬車の窓越しに怒鳴ったので、「ちゃんと鑑定魔法かけたぜ」と返してやったら、真っ赤な顔で唇を震わせていた。

しかし、コンラッドのみを名指しでご心配とは、他の王子などどうでもいいというより、ジークあたりはなんなら毒に当たって死んでくれという本音が丸見えだ。正直でよろしいことで。

さて、あっという間についた王都の城門の前で、アンドル王子とユイが待っていた。出迎えかと思ったが……いや、たしかに出迎えではあった。

「大儀であった」

自分達に声をかけたアンドルの白々しさといったら、自分のほうがまるきり手柄を立てたと言わんばかりの尊大さだった。

そのあと彼は六頭立ての、白馬が引く、白に金の馬車にユイとともに乗り込んだ。

急かされてジーク達も馬車を乗り換える。

コンラッドとシオンは四頭立ての馬車だ。ジークとコウジ、ピートとマイアも同じ四頭立てであるが、二組相乗りとあからさまな格差をつけてきた。馬車の装飾にしてもだんだんと地味になる。

別に馬車が六頭立てだろうと四頭立てだろうと、相乗りだろうと構わない。

さらに言うなら、自分達は旅装をとかない実戦そのままの王子達は平素の軍服姿で、魔法少女達はミニドレス。コウジは当然よれよれの黒のスーツだ。

対して、アンドル王子は埃一つ付いてない儀典用の真っ白な軍服。

ユイは頭にはティアラ、ふりふりレースやリボンのついた白いロングドレスと、お姫様さながらの姿だった。

六頭立ての白馬の馬車もあいまって、先頭を行く二人はまるきり王子様とお姫様の結婚式のパレードのようだった。

そう、パレードだ。

今回の災厄討伐はアンドル王子が三人の王子達とパートナーに命じ、自分は要《かなめ》として王都を守護するためにそのパートナーのユイと残った。

そしてアンドル王子の計画のもと、見事に災厄を討伐した三王子を、序列第一位の王子、そして立案者としてアンドルは王都の門で出迎え、凱旋パレードとなった——ということになっている。

まったくよく出来た筋書きだ。アンドル王子はまるで自分が主役と言わんばかりに、先頭で街頭の歓声に応えて大きく手を振った。その横でユイも微笑む。

しかし、いくら繕おうとも民衆というのは真実を見抜くものだ。

華やかなパレードに歓声をあげて大人達は振る舞い酒に酔い、子供達はまかれる菓子に喜びながら「王国万歳！」と先頭の第一王子の豪奢な馬車が通り過ぎると声をあげる。

そして「コンラッド様！」「シオン様！」と次の馬車に乗る二人の名を声を高らかに呼ぶ。

さらに次の馬車にも「ピート様！」「マイア様！」と千切れんばかりに手を振る。

そして、ひときわ大きく響いたのは。

「辺境の英雄！」

「我らが英雄！」

ジークを讃える声だった。これがコウジには我が事のように嬉しかった。

王宮からどんな発表があろうとも、民衆はわかってくれているのだ。いままで辺境を巡り魔物の脅威から自分達を守ってくれた『英雄』を。そして、ジークは今回の魔物退治でさらに『国の英雄』となったのだ。

ちなみに「ジーク様！」の声のあとには「コウジ様」と続いた。その声に横に座るジークが柔らかな眼差しで『あなたも応えて』とうながす。

すっかり慣れたもので、声に片手を上げてコウジは応える。様付けなんて、くすぐったいが、それでも、ジークと視線を交わし、薄く微笑み合ったのだった。

◇◆◇　◆◇◆　◇◆◇

「くそっ！　愚民どもめ！」

第一王子アンドルは部屋に入るなり、舌打ちした。

パレードではにこやかに市民に手を振り、貼り付けた笑顔を崩さなかったが、自室では別だ。

マントを脱がせようとする侍従の手を振り払い、最近はずっと卓に常備されているワインを一気飲みする。

「ジークのやつ、妾腹でありながら母親のようにわきまえず、勝手に災厄の討伐に行くなど！　コンラッドまで追従しおって！」

序列一位の自分を差し置いての勝手な行動。本来ならば王子の身分であっても、軍法会議にかけての懲罰ものだが、世論があるゆえにそれは出来ない。

そう言った宰相と元老院議長の渋い顔が浮かぶ。

王都どころか国中に号外が飛んだせいで、ジーク、コンラッド、ピートは三王子と呼ばれるようになった。彼らとパートナーが災厄の卵を倒したことは知れ渡っている。

とくにジークは先からの辺境での魔物退治と、あの変わり種のパートナーコウジとの災厄討伐によって名をあげている。最初の『事故』による竜の乱入による演習しかりだ。

あのときに二人とも竜のブレスで黒焦げになってしまえばよかったのに……と、アンドルは歯がみする。

そのあとも二人きりで死地へと送り込んだのに、そのたびに生きて帰ってきて、忌々しいことに序列を上げていった。とはいえ別にアンドルは彼らの派遣先の決定はしていない。大臣達が勝手に気を回した結果だ。

自分は第一王子なのだから、なにも言わずとも自分の希望通り周りが動くのが当然とアンドルは思っていた。

しかし、それが思い通りにならない。

あの忌々しい妾腹の、弟とも思っていない男が、国の英雄と人々に呼ばれるようになっていた。

「許さない！」

アンドルは低く呻《うめ》く。本来、英雄の名は自分が得るはずだった。序列一位の王子として、最高の魔法少女をパートナーにして、あの災厄の卵を倒すのだって自分だったのだ。ジークなどその露払いにすぎないはずだったのだ。

呑み干したワインのグラスを床にたたきつけて、アンドルはもう一度「許さない……」と低い声でつぶやいた。

◇◆◇　◆◇◆　◇◆◇

華々しくも白々しいパレードから五日後。王宮にて祝賀会が開かれた。

「あなた誰？」

「絶対言うと思ったよ。シオンちゃんは」

祝祭の間と呼ばれる大広間の控え室にて、紫のドレスを着たシオンに声をかけられたコウジは、げんなりとした顔をした。

災厄の卵を討伐した戦勝記念の祝賀会ということで、シオンもマイアもいつものミニドレスではなく、紫とイエローのそれぞれの色の姫様のようなロングドレス姿だ。

シオンの第一声とは別にマイアが「わあ、本当にコウジさんなんですね」と微笑む。

「とっても素敵です」

「マイアちゃんの素直な言葉が嬉しいよ。ありがとう」

祝賀の典に参加ということで、コウジにも着替えが命じられた。

「別にこの格好でいいんじゃないか？　俺の制服なんだし」と自分のよれよれのスーツを指さした

コウジに「いけません」と返したのはジークではなく、ジークの執事のケントンだった。

「王宮での式典に、そのような普段着で行かれるなど。礼装で向かわれるべきです」

「さっそく仕立て屋を呼び寄せましょう」

そう言うケントンに、コウジは顔をしかめた。

「お貴族様のレースぴらぴらのひらひらの服か？　冗談じゃねぇ」

「死んでも着たくない」と漏らせば、ジークが「どんな格好ならばいいのだ？」と聞いてくる。一瞬考えてから、コウジはジークの黒い軍服姿をチラリと見る。

「……お前と同じ格好なら」

軍服なら、ひらひらよりはマシだ。その程度の気持ちで、コウジは口にした。

しかし、そのとたんジークの剃刀色《かみそり》の瞳がギラリと輝き、がしりとおじさんの痩せた薄い肩がつかまれる。

なにかマズイことを言ったか？　とコウジは頬の筋肉をひくつかせるが。

「私と同じならばいいのだな？」

「あ、ああ」

ジークの勢いに何も考えず反射的にうなずいてしまった。

その瞬間、ジークは傍らにいるケントンに「急ぎ仕立て屋を呼べ」と命じていた。

軍服は、ひらひらぴらぴらのレースの服を着せられるよりはマシと思っていたのだ。だが、祝賀会の仕度の朝、コウジは地獄を見た。

「助けてくれ〜」と叫んでもジークは助けてくれず、じりじりとお仕度係のメイド三人に囲まれて、婦女子相手に抵抗もできず。無精髭はつるつるに剃られ、寝癖だらけの髪も綺麗にブラシでとかされ、前髪もジークのようにきっちり後ろに流された。

額の髪の毛が後退してなくてよかったと、これほど思ったことはない。ハゲの気配はなくふさふさだ。当時中二病だった自分に、おじさんは髪の毛が寂しい属性がなくてよかった。

かくてジークと同じ、黒に銀の軍服姿の『整ったおじさん』が誕生した。姿見で一応確認はしたが、馬子にも衣装と言うのか？　そういえば、男はこの手の制服で、三割ぐらい男前度が上がるって聞いたことあるな……ぼんやりいつものごとく煙草を吹かしつつ思う。

マイアと一緒に控えの部屋にやってきたピートからも「コウジさん、兄様とおそろいなんですね！　素敵です！」と元気よく褒められて「ありがとさん」と返しておいた。

「……おそろい。そうよ、おそろいなのよね」

こちらを半眼で見ている、シオンの言葉は無視することにする。

少し遅れてジークとコンラッドが入ってきた。

彼らが控えの部屋の前で、なにやら話し込んでいたのをコウジは見ていた。

「どうした？」

そばに来たジークに聞くと、彼は一瞬周囲を見やった。それから銀の盆に並ぶプチケーキにはしゃぐピートやマイア、別に嬉しくないわという顔でケーキを皿にとっているシオンには聞こえない声で囁く。

「この五日、陛下に会えていないそうだ」

「コンラッドが？」

「ああ、災厄の卵を倒した報告にも、体調が思わしくないと断りが来たと」

フィルナンド王の身体はそんな悪いのか？　と思うと同時に、準妃の息子であるコンラッドも会えないことに疑問を持つ。それに、聞いていたことと噛み合わないのだ。

「だが、今日の祝賀会には王様は姿を現すと聞いたぜ」

「ああ、しきたり通り途中でな。今のところ、いらっしゃらないという話は、私達には届いていない」

そこまで話したところで、コンラッドがこわばった表情でやってきて「よくお似合いだ」とコウジを褒めた。褒めたが彼の視線は下へ。コウジの腰を抱く、ジークの黒革の手袋に……。離れようとしても、がっしりつかまれて動けない。

頼むから、これがコウジの趣味ではないとわかってほしい。

「どうも」

コウジは乾いた笑みを浮かべるしかなかった。

◇◆◇　◆◇◆　◇◆◇

これが日本式ならば、宴の前にはお偉いさんの長々とした『お話』があり、さらには乾杯の挨拶に招かれた主賓がこれまただらだらとおしゃべりをして、乾杯からのようやくごちそうにありつけるわけだが。

こちらではそんな無粋な長話なんぞなく、初めから乾杯にごちそうに歓談が始まった。

盛り上がってきたところで、王様がゆったりとやってきて「皆、楽しんでいるか」と言葉をかけられて終わりだそうだ。

実によいことだ、とコウジは思う。

しかし、コウジは忘れていた。というより、知らなかった。

こんなお貴族様の夜会には、ダンスというやつがあるということを。

気がつくと音楽が流れはじめて、王子と魔法少女達はそれぞれのパートナーの手を取って大広間の中央へと向かう。

コンラッドはシオンの手を取り、ピートはマイアとともに。この二組は王子様と魔法少女であり、今回の祝賀会の主役なのだから、当たり前だ。

アンドルとユイの姿がないのは、彼らは王様とともに姿を現す予定だからだという。

あくまであの王子は、自分達がこの祝賀会の主催であり、今回の災厄退治の指揮をとったのは、次期国王たるアンドルだという形を取りたいらしい。

まあ、あのプライドだけはとんでもなく高い王子様と、第一王子のパートナーだというのに近頃めっきり影が薄いユイがいないのは、正直気楽だ。

あのパレードのあと、市民達からの呼びかけに自分達の名がまったくなかったことに、気づいたのだろう。こちらを殺しそうな目でにらみつけていた。

この夜会でも、そんな視線を感じながらでは、せっかくの極上の酒も不味くなるというものだ。

今夜は気楽に、可憐な魔法少女達を後ろから見守ろうと思っていたのだが――

「コウジ、手を」

ジークが自然に手を差し出してきた。

「え？　おじさんと踊るのか？　他に女の子達がいるだろう？」

困惑してそう言い返してしまう。実際、ジークのパートナーがこんなおじさんということで、最初のダンスは自分かも……と着飾った娘達の視線が突き刺さっていたのだ。

しかし、ジークはそんな周囲を一瞥すると、あっさりと首を横に振る。

「私のパートナーはあなただ」

「い、いや、俺、踊れないし」

「私にまかせて」

手を取られ、つられて足を一歩。すると不思議なことに音に自然に合わせることが出来た。

どうやらこれも女神様が初めから与えてくださった知識らしい。そりゃ、王子様とパートナーになるなら、ワルツの一つも踊れないとな。実際、コンラッドとシオンは絵になっていたし、ピートとマイアは逆身長差があるが、両手を取り合って楽しげだ。

だけど、おじさんにまでダンスの知識、それも女性パートがしっかりくっきりインプットされているなんて、おかしいだろう！

黒のおそろいの軍服を着た男二人で、ダンスなんて。片手は互いに黒革の手袋につつまれた指をからませて、もう片方の王子様の手はがっしりコウジの腰を掴んでいる。

コウジは目の前の端整なジークの顔を見て、俺がシンデレラだったら、たしかに一目で恋する王子様だろうな……なんて逃避していた。

なので「殿方同士というのも素敵ですわね」「黒に銀の軍服が禁欲的で余計、なにか怪しい感じ？」なんて、囁くご婦人方の声は聞こえなかった。いや、聞こえていたら、もっと遠い目になっただろう。

地獄の一曲目が終わり、二曲目、三曲目になっても、ジークはコウジを放してくれなかった。コンラッドとピートもパートナーを変えていないが、あの二人はいい。

ステップを踏みながら、コウジはジークに囁いた。

「お前、こんなおじさんじゃなくて、もっとカワイイ子とか美女と踊りたくないか？」

「ない。それにあなたの手を放したら、他の者があなたと踊りたいと手を差し出す」

「こんなおじさんと？　ないだろう」

コウジは鼻で笑ったが、ジークの顔は真剣そのものだ。

「私と揃いの軍服に身を包んだあなたは素敵だが、他の者にもその魅力を知らせてしまったようだ。皆、あなたを見ている」

たしかに、ジークと踊っている最中、男女をともに視線は感じたが、コウジはそれを男同士で踊ってる自分達に対する単なる好奇心と思っていた。

「お前なあ、くそ真面目な顔して笑えない冗談、口にするなよ」

「冗談ではなく、あなたは綺麗だ」

本当にそう思っている口ぶりのジークに、コウジは吹き出したくなる。

「そういうのは意中の女の子に言ってやれ」

「私が想っているのは……」

ジークが顔をしかめて言いかけたところで、唐突に音がやんだ。

そして、国王と第一王子、そのパートナーの魔法少女の登場が係の侍従より声高に知らされる。

正妃であるアルチーナと、準妃ロジェスティラの名もだ。

アルチーナは、ジークの母が公式愛妾となってからこのような夜会に一度も顔を見せていないと聞いていたから、驚いてしまう。正妃アルチーナの妹である準妃ロジェスティラもまた、姉に遠慮するように式典への参加は控えているはずだった。

コウジはジークとともに、広間の奥、黄金の扉に視線を向ける。

白地に金糸を散らした豪奢なドレスに、輝くティアラ姿の正妃が開いた扉の向こうから進み出てくる。

それは、とても十数年このような公式な場に出たことがないようには思えない、堂々たる姿だった。

十代二十代のような輝く若さはないが、十分に美しい。その後ろからこちらは姉より抑えて濃紺に銀のドレスに身を包んだロジェスティラが出てくる。彼女も美人ではあるが、姉の存在感に圧倒されているようだった。

「——ん？」

そこでふとアルチーナの顔を見て、コウジは一瞬眉間にしわを寄せた。

どこかで見たような気がする。

思い出そうとしたところで、アンドルの姿が目に入り、集中が途切れた。

正妃と準妃の後ろを行くのが、あのパレードと同じく儀式用の白と金の軍服に身を包んだアンドルだ。自分が主役とばかり胸を張って歩いている。その根拠のない自信はどこから来るのやら。

王子の横にはユイ。ピンクの髪に輝くティアラに今日はピンクのドレスだ。しかしうっすら微笑みを浮かべた顔はどこか虚ろで、ただ綺麗なばかりのお人形に見える。

次に王妃と準妃の後ろから侍従達に支えられるような形でやってきた、フィルナンド王の姿に息を呑む。

——なんだ？　あれは？　あれじゃまるで……

夜会では招待客に椅子など用意されてないが、王は別だ。

侍従が用意した黄金の椅子に、彼は力なく座りこんだ。

王の顔を見るのはこれで二度目だ。すべての王子が美形なのも納得できるほどの男ぶりだ。このところ病《やまい》がちとはいえ、そのやつれた様子さえ退廃的な魅力として映る様子だったはずだが。

今の彼はまるで死に行く病人だ。いや、もうすでに……？

コウジがジークを見る。

ジークもコウジに向かいうなずき、父王に改めて見たそのとき。

「こたびの災厄の討伐、みな大儀であっ……た……」

そこまで言い、ずるりとフィルナンドが椅子から崩れ落ちた。そばにいた侍従が慌てて「陛下！」と抱き起こし「息をされていません！」と叫ぶ。

「侍医を！」という声を遮るように「謀反だ！」と叫んだのはアンドルだった。

彼はジークと、その横に並ぶコンラッド、ピートを指さして言った。

「そこの三王子が私から玉座を簒奪せんと、実の父親まで手にかけたのだ！」

◇◆◇　◆◇◆　◇◆◇

「つまり、これは叛逆、謀反ってヤツだ」

薄暗い地下牢にコウジの声が反響する。壁際の石のベンチにコウジは躊躇《ためら》うことなく腰掛けたが、ドレス姿の二人の少女、シオンとマイアはかびて汚れた床に突っ立ったままだ。

「わたしもコンラッド王子も、そんなこと考えてさえいないわ！　あなた達だってそうでしょ⁉」

その生真面目な性格らしく憤るシオンに、コウジは石のベンチで細長い足を組んで、口の片端をつり上げる。

「そうだな。だいたい、俺達は王様に指一本触れてないんだぜ」

「おかしいです。それなのになぜ、わたし達が犯人だなんて、アンドル王子は言いだしたんでしょう……」

マイアが不安そうな顔でつぶやくのに、コウジが返す。

「だから、あの王子様は俺達を謀反人にしたいのさ」

「証拠もなにもないのに⁉」

さらに憤るシオンに、コウジが静かに首を横に振る。

「なくたって構わない。この王宮は『隠れた災厄』にとっくの昔に取り込まれていたんだろうからな。あの王子様が俺達を犯人だと決めつければ、それがまかり通るだろうさ」

「そんなことって……」と悔しげに唇を噛みしめるシオンと「ピート君は今頃どうしているでしょう？」と俯くマイアに、コウジは続ける。

「そう、だから、これは俺達の謀反じゃなくて、第一王子の叛逆って奴だ。小難しい言い方をすれば、王位簒奪って奴か？」

その言葉にシオンが息を呑んだ。マイアはその意味がうまく呑み込めない表情ではあるが、呆然と問いかける。

「それって、大変なことじゃないですか？」

「大変だな、いくら王位継承順位一位の王子様だって、父親たる国王から強引に王位を奪えば、立派な簒奪者で国家反逆罪になる」

王が倒れ、騒然となった大広間でアンドルが叫んだ。それを合図にしたかのように、コウジにシオン、マイアを魔法騎士達が取り囲み、剣を向けた。

王子達の周りも同じくだ。

壁のように立ちはだかる赤い軍服の群に、王子達と、魔法少女とおじさんは引き離された。

そして、コウジとシオン、マイアは王宮の地下牢に問答無用で放り込まれたというわけだ。

「あの虚栄心だけの王子様にしちゃ、ずいぶんと周到に計画したもんだ。ここまで来れば裏に『隠れた災厄』って奴がいるのは確実だろうがな」

「それじゃあ、アンドル王子やユイは災厄に取り込まれているってこと？」

シオンの問いにコウジは「あの王子はな。パートナーのほうは知らない」と返す。

とはいえ、毒には侵されているんじゃないか？

夜会の時に見た、意思のない人形のようなユイの姿をコウジは思い出す。

「それに、災厄の正体も見えてはきたな。アンドル王子が魅入られ、魔法騎士団長もとなるとな……」

今回の謀反で王子に従い、積極的に動いていたのはあの魔法騎士団長だ。王族のそば近くに仕える軍人であり将軍格。王宮の中心にいる災厄もさぞ毒に侵しやすかっただろう。

もっとも、もとからそういう資質——権力にへつらい、自らも権勢欲が強い、小物を意識的に選んだのかもしれない。

あの騎士団長はその最たるものだ。逆に宰相達官僚は事なかれ主義もいいところであり、元老院議長以下の貴族の長老は古めかしい因習に囚われている。今回、広間での騒動に彼らはなにも出来なかった。赤い軍服の壁の向こうで青ざめるばかりで、最高位の文官として口を出すことなく日和見を決めた。

王国という機関がこれほど酷い人材にまみれていたとは考えたくない。長く『隠れた災厄』がこの国の中枢にいたことで少しずつ王宮の人間が影響されたのだろう。

コウジはパンと軽く手を叩く。

「さて。ここでカギとなるのは、コンラッドもシオンちゃんもその災厄に取り込まれていないってことだ」

「あたりまえよ。わたし達は女神アルタナに選ばれた者達よ」

「同じ王宮にいるピート王子もなんともなかっただろう」

これにはマイアが「わたし達は王宮の端っこにいましたから」と言う。コウジは「だから『隠れた災厄』の力が及ぶのはその程度だってことだ」と続ける。

「コンラッド王子は生真面目で正義感の強い人間だ。シオンちゃんも同様。この二人の心に毒を吹き込むほどの力は災厄になかった」

コウジは軍服の胸元を探り、煙草をくわえる。黒いスーツじゃなくても、自分が着ていれば無限に出てくるのだ。このおじさんにはくわえ煙草がなければ。

「だが、アンドルのそばにはあった。あいつは第一王子という地位にしがみつくばかりの、虚栄心の固まりに育った。そしておべっかにへつらいばかりのあのハーバレスを魔法騎士団長としてとりたて、上からの命令にはただ従うばかりの宰相や官僚達を採用した」

元老院議長以下の貴族達は、元から階級意識に凝り固まった石頭ばかりだ。当然、放置したって正妃の息子であり第一王子のアンドルを支持する。

ただし、会議では沈黙を保っていた国軍をあずかるロンベラス将軍はたたきあげの軍人だ。貴族の出ばかりの魔法騎士達と違って、全軍を掌握するには家柄とおべっかにへつらいばかりでは通用しない。

だから、魔法騎士団長のハーバレスに将軍格という地位を与えて二人を同格とし、ロンベラスを抑え込んだのだろう。

魔法騎士団長は王族の近衛を務めるということで、事実上将軍であるロンベラスよりも格上ということになっている。

この国を掌握する、そこまでの布石を災厄はずっと打ってきたのだ。

「こうなると長年のフィルナンド王の病《やまい》さえ怪しいものだ。魔術なのか遅効性の毒なのかわからないけどな」

王を政治から遠ざけて、この王宮の実権を実質握ったのは誰か考えれば、災厄の正体はわかる。

「それって、まさか……」

シオンが言いかけたところで、地下牢の扉が開き、赤い軍服を来た魔法騎士達が三人入ってきた。

「そこの男、こちらに来い」

三人のうち一番年配だろう男が、顎をしゃくりながら言う。

「いやだね。こんなときの一人だけの呼び出しってのはロクなことはないって決まってる。俺だけ殺されるとかな」

はっきり口に出せば、シオンとマイアは息を呑み、そして、コウジに向かい口を開いた男は「これも命令なんでね」と言う。

「お前だけはさっさと始末しろという上からの指示だ。他の魔法少女は使い道があると」

「そりゃ、第一王子より力を持つジークを弱めるためか？　ああ、ジークも一緒に処刑か？」

その言葉に「しゃべりすぎだ」と男が剣を抜き、他の二人もそれに倣《なら》う。

コウジに向かい、剣が振り下ろされようとするが。

「すまんな、あいにくおしゃべりなんでね」

コウジの手には黒光りする拳銃があった。魔法騎士達の目が大きく見開かれる。

もちろん身体検査はあった。

そもそも王が臨席する祝宴には、武器である魔法道具の持ち込みは禁止されていた。マイアはその体躯が魔法具みたいなものだが、その能力が発動するのはイエローの魔法少女のミニドレスをまとっているときのみで問題がなかったのだ。

王子達も帯剣を許されておらず、だからこそ簡単に魔法騎士達に制圧されてしまったのだ。

だが、コウジは違う。あのときバイクを作り出したのと同じように、ジークの屋敷においてきた相棒もこうして作り出すことが出来る。

「じゃあな」

コウジが引き金を引く。

石の床に着弾した弾丸が放電して、ぱたぱたと彼らは倒れた。

「し、死んだの？」

シオンが青ざめながら訊く。魔物相手に矢を放つことは出来ても、相手が人間となれば別だろう。魔法少女とはいえ、元は平和な日本で暮らしていた女の子達だ。魔道具をたとえ持っていたって、彼女やマイアは人を傷つけることは出来ないだろう。

コウジは「いや」と肩をすくめた。

「スタン弾だ。ただしびれて気絶してるだけさ」

魔法ならば、弾の種類も変え放題だ。

「行くぞ」とコウジは言い、地下牢の薄汚い床に倒れている男達をまたいだ。シオンとマイアもあとに続く。

「あなたはこういうことに慣れているのね。一体、いままでどんな生活していたのよ？」

後ろをついてくるシオンの言葉に、やっぱりこの嬢ちゃんは鋭いなとコウジは苦笑する。

たしかに現代日本で暮らしている普通のおじさんならば、こんな風に命の危機にさらされる暮らしなんてしてないだろう。

魔物相手ならば勇気をふるう魔法少女達が、人に剣を向けられて震えていたように、平和な日本で暮らしていた男ならば立ち尽くしていたはずだ。

しかし、コウジは『修羅の街中目黒』で暮らしていた。銃弾が飛び交うのは日常茶飯事。ふところに銃があるのが当たり前って……警察どうした？　と自分の中二病設定に頭が痛くなるが。

凄腕掃除屋ならば、危機に陥ってもあくまで余裕で煙草をくゆらせて、皮肉の一つでも言わなければならないのだ。

「まあ、そういう設定だからな」

「『設定』ってなによ！」という声を背に、コウジは地下牢から上がる階段を探した。

◇◆◇　◆◇◆　◇◆◇

「しかし、王宮ってのは迷路みたいだな」

一階に上がったのはいいが、二階の大広間までの道は遠い。たとえ迷路でも、傭兵上がりで街の掃除屋だった『設定』のおじさんは、地下牢までつれて来られた道順を覚えてはいるが。

「大広間にジーク達はいねぇな」

気配を探り、コウジは顔をしかめる。強力な魔力回路でつながっている二人は、互いの位置がわかる。ジークがいるところは、もっと上だと示していた。しかし、そこまで行く階段をえっちらおっちら上るのは時間がかかる。

「やけに静かね」とシオンが漏らし「そうですね。さっきから人に会いません」とマイアがこたえる。

大広間に集った招待客達はそのまま閉じ込められているのかもしれない。もしくは別の部屋に分散させているだろうか。コウジ達が放り込まれた地下牢でないことは、これまでたどってきた道筋にいなかったことでわかっていた。

たしかに衛兵一人うろついていないのはおかしいが。

「……なんか、騒がしいような気がするけど」

そこでふと、シオンが言った。

遠くでわあわあと大声が聞こえる。

国王が崩御したという知らせが、もう市街に伝わっているのだろうか。

「兵隊さん達は外の対応で忙しいんだろう。そろそろだろうからな」

「「そろそろ?」」と魔法少女二人が声をそろえるのに「ん」と答えにならない返事を返し、コウジは長い回廊の中央で立ち止まる。

「まあ、ここらへんだろう」

「なにが?」

「この上にジークがいる。おそらく他の王子達もな」

シオンが訊ねるのに、コウジは天井を指さす。シオンは紫の目を見開いて、瞬きをした。

「上? 二階?」

「いや、もっと上だ。この王宮で一番目立つ塔があっただろう。そのてっぺんだ」

「――そこって、聖王の間じゃない! 黄金の玉座が置かれている……」

さすが第二王子のパートナーであるシオンだけあってよく知っている。コウジはその聖王の間とやらは知らなかったが、この王宮でもっとも神聖で重要な場所とあとで聞いた。

歴代国王の戴冠式はそこで行われるのだと。

そんな大切な場所と知っていたら、ぶち抜か……いや、やっぱりそうしたか。

自分の『大切な王子様』を助けるために。

「いちいち上まで上がるのが面倒だ。一直線に道を作るぞ」

「道って？」と聞くシオンに答えず、コウジは自分の銃の銃口を上向きにして、トンと床に置いた。

普通なら倒れるはずの銃はそのまま直立して、ぐわりとその形を変える。

「うそ！」

マイアが声をあげる。

銃が変身したのは長い砲身を持つカノン砲だった。回廊の高い天井すれすれにそびえ立つ。

「ぶっ放すぞ！」とコウジが言えば、触れずともカノン砲は火を噴いた。連続で轟音が響き、次々と王宮の天井をぶち抜いて、塔の最上階まで貫く大穴が空く。

ぱらぱらと崩れるがれきが、コウジ達の頭上に降りそそいだが、それは煙草の煙をくゆらせた結界で弾き飛ばす。

「……ちょっとやりすぎたか？」

整えられていた髪に節くれ立った指をいれて、ぐしゃりとかき回すコウジに「ちょっとでなく……やりすぎです」と珍しくもツッコんだのはマイア。シオンは呆然と上をみあげて「馬鹿魔力だわ」とつぶやいている。

「まあ、反省はあとにして跳ぶぞ。シオンちゃん、マイアちゃん、おじさんとお手々つないで輪になって」

王都郊外の森から、忌《い》み地《ち》の境界まで転移した、それの応用だ。今は王子達がいないから次元跳躍は出来ないが、物理的に跳ぶことは出来る。

短い距離ならば、たとえば王宮の一番高い塔のてっぺんまで。

そして、二人の魔法少女とおじさんは、王子様達の元へと跳んだ。

◇◆◇　◆◇◆　◇◆◇

大広間にて捕縛され、コウジ達と引き離されたジーク達は手には魔封じの鎖を巻き付けられて、王宮で最も大きな塔の最上階――聖王の間へとつれて来られていた。

青ざめた顔の宰相に式典に参加していた上級官僚達、元老院議長以下の議員達。

逆に誇らしげに胸を張る魔法騎士団団長。

正妃アルチーナの後ろに従う準妃ロジェスティラは、己の息子が叛逆者として捕らえられたことで、その顔色が紙のように白い。

そして父王を亡くしたばかりだというのに、こちらも騎士団長同様、どこか浮かれている表情のアンドル。その後ろに従うのは、虚ろな表情のユイだった。

フィルナンド王の遺体は、黄金の椅子に座らされ、その椅子ごと魔法騎士達に担がれて運ばれていく。

最上階まで着くと、五段の階《きざはし》の先にある玉座の前に、フィルナンド王の亡骸を置いた椅子が設置された。

フィルナンドの頭に、侍従の手によって戴冠式のみに使われる宝玉に彩られた王冠が載せられる。

アンドルは階《きざはし》の前に跪くと、頭《こうべ》を深々と垂れた。それから立ち上がると自分の父の亡骸の頭上から、王冠をとって己の頭に載せる。

そして、階《きざはし》を昇り、重々しさを出そうとでもいうのか、ことさらゆっくりと腰掛けて足を組んだ。肘掛けに肘をついて顎を乗せる様は、自分がすでに堂々たる王だと思い込んでいるように見える。

滑稽で白々しい即位式ごっこだ。

魔法騎士団長のハーバレスが「アンドル国王陛下ご即位万歳！」と雷のように馬鹿デカい声で叫び、それに赤い制服魔法騎士団の者達も「万歳」「万歳」と従った。青ざめた顔のままの宰相や官僚、元老院議員達も「ご即位万歳……」と弱々しく口にする。

自分の息子の即位式を見届けた正妃アルチーナは「陛下、ご即位おめでとうございます」と頭を下げ、準妃で彼女の妹であるロジェスティラもまた、いまだ蒼白の顔で「おめでとうございます……」と従った。

ユイはそんな彼女達の横にぼんやりとただ立っているだけだった。

そして、三人の王子達はなにも言わず、この茶番劇を眺めていた。

「私が即位して最初の詔《みことのり》を発する。我が父であり前国王たるフィルナンドを弑逆《しいぎゃく》した謀反人、ジーク・ロウをこの場にて処刑せよ」

その言葉にロジェスティラが「コンラッド！」と常に姉の影で控えめだった彼女らしくなく、取り乱す。アルチーナが妹の肩に手を置き「陛下にも御慈悲はあります」と静かに告げる。

アンドルはそれをちらりと横目で見て、次にコンラッドを見て告げた。

「コンラッド。それにピートも。お前達はジーク・ロゥにそそのかされただけで、今回のことには直接手をくだしていないことも、よくわかっている。これからは私に従い、従順なる下僕となるならば、命は助けてやらないこともない」

当然受け入れられると思っている響きだった。

「「お断りします」」

しかし、図らずも二人の声が揃った。コンラッドが続ける。

「ジーク・ロゥが父上を殺害した証拠などなにもありません。このような理不尽な裁定。たとえ、兄上が仮の王だとしてもとても従えません」

その言葉にアンドルは不快そうに眉を寄せた。そこにピートが「おかしいです」とはっきり言う。

「いきなり父様が亡くなって、その犯人がジーク兄様だとみんなが決めつけるのもおかしいし、亡くなった父様を前にして、誰も涙を流さないし、アンドル兄様は王冠を頭に載っけて得意げだ。こんなの誰も認めません」

「認めないだと！　私が王だ！」

アンドルが吠える。

「奴隷にでも身分を落として命だけは助けてやろうと考えていたが、気が変わった。その子供の首もジークの首と並べて城門にさらしてやれ！」

王子達の周りを囲んでいた魔法騎士達が一斉に剣を抜く。

「コンラッド！」

またロジェスティラが悲鳴をあげるが「叔母上、我が愚弟も目の前で愚か者達が斬首されれば、叛逆の心など消えるでしょう」とアンドルがへらりと笑う。四方から剣や槍で刺し貫かれ、倒れた二人の王子の首が胴と切り離される運命かと思われたそのとき――

「来い！　グラフマンデ！」

ジークの声に応えて、彼の黒い得物が宙に現れた。

その剣は手首の魔封じの鎖を断ち切って、ジークの手に吸い込まれるように収まる。

彼は返す剣でコンラッドとピートの鎖を断ち切り、さらにはもう片方の手で、そばにいた魔法騎士達の手から槍を奪い取りコンラッドに投げた。同じく短剣二つも次々に騎士達の腰から抜き取って、ピートに投げる。

普段の自分の得物ではないが、二人の王子はすぐさまそれを巧みに操り、自分達に剣や槍を向ける魔法騎士達を叩き伏せる。

「なにをしている！　たかが三人、パートナーもそばにいないんだぞ！　捕らえろ！　いや、殺せ！　コンラッド共々殺してしまえ！」

自分を長兄として常に立ててきた弟まで切り捨てて、アンドルがわめく。

ジークは魔法騎士達の一人を蹴りとばして、黄金の椅子に力なく座る父の亡骸に駆け寄る。「失礼します」と答えを返せぬ死人に断りをいれて、その上着の前を開く。

「これはどういうことだ？」

王の胸には深い刺し傷があり、白いシャツには血がにじんでいた。

そして魔法を使える者ならばわかる。

その傷口にはくっきりと魔法の残滓があった。それも光魔法のだ。歴代の国王は正妃ないしは準妃の息子であり、代々の魔法少女と大魔女達の血を受けている。フィルナンドとて強力な魔法騎士であり、たとえ病《やまい》の床にあっても、常人では彼を傷つけることは出来ないだろう。

強力な魔法騎士を傷つけられるのは、同格の強力な魔法騎士のみ。

そして、この世界で光魔法を使えるのは第一王子のパートナーの魔法少女と、その魔法少女と魔力連結したアンドルのみだ。

「違う。——その男がすべての元凶だ！」

誰が王を本当に殺したのか明らかとなった。魔力の残滓が見える魔法騎士達もアンドルが国王を殺した明確な証拠に動きを止める。疑惑の眼差しにさらされて、叫んだのはアンドルだった。

「父上こそが、元凶なのだと何故わからん！　正妃や準妃を蔑《ないがし》ろにして、あちこちの女に子胤《こだね》をばらまいて有象無象の庶子を作ったあげくに、貴族でもなかった娘を公式愛妾だと！　さらにはその子供に聖剣のグラフマンデまで与えるなど！」

ジークがグラフマンデの主《あるじ》となったのは、彼しか使いこなせるものがいなかったからだ。しかし、それが第一王子であるアンドルの矜持を傷つけたのは事実だった。これをジークが受けたときに、彼に対する風当たりがよりいっそう強くなったのもたしかだ。特に風当たりを受けたのが正妃とアンドルであることも、だが。

「第一王子の私こそが次のフォートリオン国王だ！　それなのに父上は勝手に抜け駆けをした。災厄の卵討伐で三王子の名が高まり、私が出陣しなかったことを責めた。あげくに私も含めての王子達の序列を考えなおすと！　私は正妃の子で揺るがぬ第一王子だぞ！」

それを聞いて、ジークは目を細めた。

あの虚構のパレードの夜に、アンドルは久々に父の病床に呼ばれたという。

二人きりで話があると言われ、人払いをして告げられた言葉。

病床にあった父王の耳に誰が外の状況をいれたのか。病《やまい》を得て、政《まつりごと》から遠ざかっていた父王は、あの日だけは目に力があり、アンドルに第一王子たる自覚をうながし、なぜ災厄の討伐に三王子とともに向かわなかったのか？　と咎めたそうだ。

そしてフィルナンドはため息を一つつき「世論や状況次第ではお前も含めた、王子達の序列を考え直さなければならん」と言ったのだと、アンドルはぎらついた眼で叫んだ。

「今からでも遅くはない。お前も第一王子としての責任を果たせば……」と言いかけたフィルナンドの言葉は、逆上しその胸に剣を突き立てたアンドルの前に途切れた──

「殺す……殺すつもりなどなかった、父上が悪いんだ」

つぶやいてよろめき、アンドルは振り向く。

「母上！　そうでしょう？　この私が第一王子で、いまやこのフォートリオンの王だ！」

あの夜、後ろに立つ彼女のドレスのスカートにすがりついたように、アンドルは玉座から立ち上がり、階《きざはし》の下に立つ母を見つめる。

アルチーナはこの混乱の中に表情一つ変えず「ええ、そうです」と答えた。

「アンドル。第一王子のあなたこそが、唯一のフォートリオンの正統なる王。他の者など王子ではありません。ただの庶子です。準妃にしても妾の筆頭。その子供も正妃の子になにかあったときの予備に過ぎない」

「姉上……」

ロジェスティラが愕然と震える声をあげて、姉のそばから離れる。

「母上！」とコンラッドが彼女に近寄り、その背にかばう。

「そうだ。私が正統なる王なのだ！　その叛逆者達を殺せ！」

アンドルは魔法騎士達に叫ぶ。が、彼らは前王を弑逆《しいぎゃく》した本当の犯人たる彼の命令に従うべきか戸惑っている。魔法を使うものだからこそ、黄金の椅子に座る王の亡骸に刻まれた傷が、誰によるものか明らかにわかっているだけに。

「ええい！　陛下の命令だぞ！　王の近衛たる魔法騎士団はただ王命に従うのみ！　その者達を斬れ、討ち取るのだ！」

魔法騎士団長が叫び、魔法騎士達は迷いながらも三王子に再び刃を向けようとした、そのとき。

ドン！　ドン！　ドン！　と立て続けの轟音に、聖王の間が揺れた。

なにが起きたと人々が戸惑う間もなく、部屋の床の中央に大穴が開いた。

そして、二人の魔法少女と一人のおじさんがその穴から三人、手を繋いで輪になった形で跳んできて降り立った。

「ジーク、生きてるか？」

いまだもうもうと土煙があがるなか、コウジは周囲を見回し、その黒い長身が立っているのを確認してホッと息をついた。ジークなら大丈夫と思っていたが、心配してなかったといえば嘘になる。

ジークとコウジは互いに大股に歩み寄った。

「あなたも無事でよかった」

「当たり前だろう」

ジークの言葉に、コウジは不敵に口の片端を上げる。

それを見て、魔法騎士団長が瞠目した。

「なあっ！　お前は死んだはずでは！」

「あいにく悪運が強いんでな」

驚くハーバレスにそう返す。彼は魔法騎士団団長だ。自分を始末するように直接あの三人の魔法騎士に命じたのはコイツだろう。

「なぜ魔法少女達を逃がした！　ハーバレス！」

「も、申し訳ありません」

叫ぶアンドルを見ると、ハーバレスが他の者達への傲慢な態度とは正反対にぺこぺこ頭を下げる。

「そのくたびれた男などゴメンだが」

アンドルがコウジを苛ついたように指さす。

今にも足をジタバタし出しそうなその様は、身体は大人だが、癇癪《かんしゃく》を起こしたワガママな子供のようだ。

「あとの二人は私のモノとするはずだった！　三人の魔法少女をパートナーとした、聖王以来の伝説に私はなるというのに！」

伝説の聖王グラフマンデは、異世界から呼び出された二人の魔法少女を同時にパートナーとした。そして、二人ともを妃に迎えた。これが王国で正妃と準妃が置かれるようになった始まりだという。三人の魔法少女を己がモノとすることでアンドルはそれ以上の存在となろうとしたらしい。しかし、それは二人の魔法少女の意思を無視してのことだ。

「あなたみたいな、王子の責任も果たせない無責任で自分勝手な男、死んでもゴメンだわ」

「わたしもピート君がいいです」

シオンが呆れたように腕組みし、マイアもピートと顔を見合わせてうなずきあう。

二人の魔法少女にハッキリ振られたアンドルは、一瞬狼狽《うろた》えたように一歩よろめく。

「生意気な女達め！　全員殺せ！　殺してしまえ！」

羞恥なのか怒りなのかあるいは両方だろう。アンドルは真っ赤な顔で叫んだが、そこへさらなる来訪者があった。ロンベラス将軍が現れたのだ。

「ご報告もうしあげます」

彼は、背後に国軍をしめす深緑の軍服の兵士達を引き連れている。

「なんだ!?　貴様には招待客に紛れ込んでいるかもしれない不穏分子の監視と、王宮の警備を任せたはず！」

ハーバレスが声高に叫ぶ。

しかし、ロンベラスはそんな横柄な態度のハーバレスを無視して報告した。

「王宮の外に市民達が詰めかけて、いまにも雪崩《なだ》れこもうとしています。王宮の衛兵だけではもう止められません」

「なんだと！　どういうことだ!?」

アンドルが問う。

「フィルナンド王を弑逆《しいぎゃく》したアンドル王子に処罰をと市民達は叫んでいます。どうもこの聖王の間で起こったことはすべて、市街の中央広場に置かれた映し鏡に、流されているようでして――」

その言葉に、コウジは視線をジークへ投げた。

ジークも軽くうなずいてみせた。

第八章　張りぼての女神様

「し、市民が叛乱だと」

「いいえ、アンドル王子、これは革命です」

ロンベラスの言葉に「私は王子ではない、王だ！」とアンドルが叫ぶ。この報告を受けてまだそんな些末なことにこだわっているのかと、コウジは呆れる。

「この聖王の間の様子が流れているだと、一体誰がそんな……」

「もう王宮の正門に市民が迫っております。どうされますか？　アンドル王子」

犯人捜しよりも目前に迫る市民達をどうするのか？　と聞いた将軍の言葉は正しい。

もはや、ジークやコウジ達にかかわっている場合ではなくなったアンドルはせわしなく足を踏み鳴らしている。

「どうするだと？　私は王だぞ、そんな、そんな……」

「……造作もないこと。王宮に石を投げるような者など、我が国の民ではありません。すみやかに討伐、鎮圧しなさい」

冷ややかに言葉を発したのは彼の母である正妃アルチーナだった。その言葉にロンベラスが眉を寄せる。

「市民を攻撃せよ？　と」

「市民ではなく、反乱軍です。国軍を率《ひき》いる将軍として鎮圧するのは当然のことでは？」

そのとき、聖王の間にも市民達のひときわ大きな怒声が響いた。

「――民に攻撃するのか！」

「――国王を殺した王子が、王になることなんて許せない！」

「――アンドルを出せ！」

もはや、王子という尊称もなしに呼び捨てる者もいる。

さらにはガチャン！　という高い音が耳をつんざいた。

市民が投げた石が王宮の窓を破壊したに違いない。

アンドルはますます顔を青くして、ロンベラスに向かって命じる。

「市民を、いや反乱を鎮圧せよ！」

しかしロンベラスは黙して動かない。その様子に拳を震わせて焦れたように「ハーバレス！」とアンドルは叫んで、ギラギラした目で告げた。

「魔法騎士団で叛逆者どもを討ち取れ。有象無象の群に魔法をたたき込めば、奴らはすぐに臆病風に吹かれて逃げ出すだろう」

「丸腰の市民に魔法？　それはただの虐殺だ」

こう言ったコウジに構う余裕もないのか、アンドルとハーバレスは二人とも無視をした。

しかし騎士達を率《ひき》いて聖王の間を出ようとしたハーバレスの前にロンベラスが立ちふさがる。

「な、退かぬか！」

驚きの顔となるハーバレスにロンベラスは「否」と答える。

「コウジ殿が言う通り、市民に国軍や騎士が武器を向けるなどあってはならぬこと。国を守る我らが民を虐《しいた》げることはあってはならない」

ロンベラスの言葉に、アンドルが怒りに顔をどす黒く染めて怒鳴る。

「――国王たる余に石をぶつける民など、民ではない！」

しん、とその場が静まる。

ジークが一歩進み出て、アンドルを見据えた。

「民に認められぬ王など、王ではない。貴様はもう後戻り出来ぬだけのことをした」

ジークが静かに告げる。それにうろたえる態度を隠しもしないアンドルに対し、今のいままで自ら命の危機にあったのに、堂々と顔をあげ続けたジーク。

もはやどちらが王なのかわからない姿だ。

「貴様がなにもしなければ、私もなにもしなかった」

「お前か！　お前が広場の映し鏡にこの場のことを流したのか⁉」

アンドルが目を見開く。

まあ馬鹿王子でもこれぐらいのことはわからないとな……と、コウジは内心でつぶやく。

ジークの魔力を感じ取れるコウジには、今回の主犯が分かっていた。ジークの軍服の衿元には密かに魔石が仕込まれている。コウジもこれは知っていた。

たとえ魔力が封じられたとしても、魔石がジークの魔法を補助する。彼本人が魔法を発動させれば、たちまち中央広場に現場の映像が流れるように仕組まれていたのだ。

まったく脳筋のくせに、切れる頭も持っているから厄介だ……と口の片端をつりあげれば、ジークもまた一瞬流し目をくれる。見慣れているコウジでもドキリとする色っぽさに、くやしいがイイ男だぜとコウジは思う。

これが俺の王子様だと、目の前で狼狽《うろた》え続けるバカ王子様と家来達を眺める。

「ええい！　そこを退かぬか！」

ハーバレスが繰り返し苛立ったようにわめいている。

いつの間にかロンベラスが率《ひき》いてきた深緑の軍服を着ていた兵達が、赤い制服の魔法騎士達を壁のように取り囲んでいた。

手出しすることはない。だが、市民を傷つけるならば自分達は一歩も退かないというロンベラスと兵達の決意の表情に、ハーバレスもそして部下の魔法騎士達もすっかり圧されている。

額にびっしょりと脂汗をかくハーバレスを前に、不動のロンベラスが口を開く。

「私もです。アンドル王子、あなたがなにもなさらなければ動くことはなかった」

ロンベラスは腰の剣に手もかけておらず、ただ立っているだけだ。その背後の兵士達も武器は構えていない。あくまで同胞と戦うつもりはない。だが、壁として立ちふさがり続けるという気迫だけで周囲を圧倒していた。

「市民に武器を向けるなど、もはや国軍ではなく賊軍です。そのようなものに、我らは成り下がるつもりはない」

――祝賀会が行われる前夜のことだ。

ジークは王都にある誰も知らない別宅に、ロンベラスを招き、今回の計画を話していた。

「私がこれをアンドル殿下に密告するとお考えにならないのですか？」

そう訊いたロンベラスに対して、ジークは答えた。

「私は兄上がなにもしなければ、なにもするつもりはない」

「ならば、我らも何事もなければ動くことはありますまい」

将軍は返事をして、その場を立ち去った。

コウジは当然そこにいた。彼が消えた扉を見つめながら、くわえ煙草をくゆらせて告げる。

「……あの将軍は第一王子様に話すことはないだろうな」

軍人らしいカチコチではあるが、信じるに値する男だと、ジークとの短い会話で見てとれた。

ジークがここに呼び寄せた時点でわかる。

「民を利用、扇動したくなどないが……」

ジークが眉間に皺を寄せて苦しげな声でいう。

計画は立てた。ただし、アンドルが操られていなければ、魔石の仕込みも、ロンベラスが兵をそろえていても何かをするつもりはない。本当に何事もなければ発動しないものだ。

しかし、ことによれば暴走した魔法騎士達によって市民が傷つけられる恐れもある。民に直接の害が及ぶとなると、さすがのジークも迷いの表情を見せる。

「だったら俺達が守ってやればいい」

なんてことないようにコウジは言った。

「大人しく国に殺されることもない。もしもこの国がどうしようもなかったらお前と二人で本気で国外に逃げるつもりだった。その数が、ちょっと、いや大分増えるだけだ」

「なんなら、この国を半分にして新しい国でも作るか？　お前が王様で」ととんでもないことを言うコウジに、ジークは微笑して「あなたが言うなら、なんでも出来そうだな」と答えたのだった。

◇◆◇　◆◇◆　◇◆◇

「ロンベラス！　お前まで、ジーク・ロゥとグルか！」

アンドルはすっかり取り乱し「ハーバレス、まずはその叛逆者どもを討ち取れ！」とわめきちらす。

しかし、その魔法騎士団長も将軍に立ちはだかられ、彼らの率《ひき》いてきた部隊を前に動けない。

魔法騎士団の数より、国軍の兵士のほうがはるかに人数は多い。

ロンベラス将軍は武力で勝っているのだ。その全軍を掌握する将軍の支持を得られず、民をも敵に回した仮の王の末路など、考えずとも明らかだった。

「ええい！　なぜ、誰も私の命を聞かぬ！　私が今やこの国の王なのだぞ！」

なおも玉座と王冠にしがみつき、アンドルがみにくくわめく。

壁際に張りついた宰相や上級官僚達にアンドルは血走った目を向けたが、彼らは顔を背けて俯いた。官吏として優秀だが、もとから事なかれ主義で日和見の風見鶏達だ。

元老院議長以下の議員達も同様。前例がない、格式がなどと二言目には口にしながら、ここでなにがあろうとも王位継承権第一位の王子だからと支持するなんて強者はいない。

「誰も動かないならば、あなたが動けばいいのです」

その中で再び冷たい声をあげたのは、アンドルの母、正妃アルチーナだった。

彼女はこの争乱の中でも、その氷のような表情を一つも動かさなかった。

やはり彼女が――と、コウジは内心で思う。

「母上……なにを？」

「王たるもの、従わぬ僕《しもべ》などことごとく打ち据えておしまいなさい。命《めい》を聞かず役にたたぬものなど不要。あなたは序列第一位の王子として最強の光の力を持ち、最高の魔法少女をパートナーにしているのですから」

アルチーナはそう言って、自分の後ろに従うピンクのドレスのユイをちらりと見る。

彼女もこの争乱の中というのに、虚ろな表情のまま立っていた。

「さあ、アンドル。この聖王の間にいる叛逆者共を王自ら始末なさい。そのあとに王宮の外で騒ぐ猿共に、聖王たる光の鉄槌を振るうのです」

本来なら災厄に振るわれるべき聖なる力を、無辜《むこ》の民を虐殺するのに使えと言うアルチーナに、壁のように立ちはだかっていたロンベラスさえぴくりと眉を動かした。

コンラッド王子もピート王子もそして、シオンにマイアも信じられないという表情となる。

そして、コウジはジークと視線を交わした。

「ようやく黒幕が顔をお見せになったか？　その裸の王子様にこの国の人間をすべて殺せっていうのか？　そうなりゃ、もはやそいつ自体が災厄だな」

「最大の災厄たる卵は割れて滅んだ。だが、最後の災厄はこの王宮に残っている。隠れた災厄はあなただ。正妃アルチーナ」

正妃が災厄であると、このジークとコウジの告発に場がざわめく。

「アルチーナ様が？」

「まさか！」

すると、それまで氷のような表情だったのに、アルチーナは口に手を当てて「ほほほ……」と笑った。しかし目はまったく笑っていない。光のない深淵のような目がひたりとジークとコウジを見据えた。

「よくも、わたくしの正体を見破ったこと。褒めてあげるわ。妾腹の子にそこの男よ」

「……ずいぶんとあっさりと認めたな」

「ええ、だってもう終わりですもの」

そう言って、彼女は艶然と微笑む。

「あなた達もこの王宮も、外で騒ぐ愚民どももね」

その途端、コンラッドにシオン、ピートにマイアは身に異変を感じ、大きく目を見開いた。魔法騎士達の中には突如として崩れ落ちる者すらいた。

聖王の間にいる全員から、すべての魔力が失われているのだ。

コウジは内心で納得する。

これがこの災厄の力だったのだ。今までジークとコウジに向けられた刺客は、魔物を利用した間接的なものばかりだった。だから『隠れた災厄』自身は、直接相手を攻撃する力を持たないだろう、というのはジークと話して予想していたことだ。その代わり、魔物や災厄を操り、周りのごく近しい者達の心に毒を吹き込んで時間をかけて、汚染していくのだろうと。

ただ、それだけではあるまいと思っていた。おそらく一時的にしろ、彼女のいる場所で魔力を制限できる。これがこの災厄の切り札だったのだ。

「さあ、アンドル。全員始末しておしまいなさい。そうしなければ、逆にあなたの身の破滅が訪れるのだから！」

アルチーナが高らかに告げる。完全に母の傀儡《くぐつ》となったアンドルは「うぉおおおっ！」といままで聞いたこともない声をあげて、光の魔力をその身体からまき散らした。

それまで沈黙したまま人形のように動かなかったユイも虚ろな瞳のまま、その魔道具のお花のスティックをふわりと宙から取り出す。浮かび上がる光の花と舞い散る花弁は、美しく幻想的だ。

しかし、その光を受けた人間は全員喉元を押さえ、口を開閉させた。

「い、息が――」

そう呻《うめ》き、くずおれる者の中には、宰相や元老院議長、さらにはハーバレス以下の魔法騎士達の姿もある。味方でさえ容赦はない。すべての命を根絶やしにし、破壊せよという災厄の本能に完全に取り込まれているようだ。

そこにアンドルが光をまとった剣を振り下ろす。序列最高位の王子に与えられた力は、この聖王の間の人々を一瞬にして消滅させるには十分だ。

そして、その次には王宮の正門に詰めかけた民にも放たれることだろう。

剣の一閃から放たれた光線は無慈悲に人々を消滅させる――はずだった。

「なあっ！」

だが、その光は同時に放たれた雷光の柱によって阻まれた。

「ジーク。またしてもお前か！」

黒い剣を手に立つジークにアンドルが激高する。

「いつもいつも、お前が私の前に立ちはだかる！」

ジークは無言のまま、アンドルの剣を受け止めた。

ほとばしる光と黄金の雷光がぶつかり合って相殺されていく。

そう、ジークの雷もまた光なのだ。

「なぜ！」

アンドルが血を吐くような叫びをあげる。

「なぜ、どうして妾腹の生まれであるお前が、私と同じ力を持つ！」

「知らぬ！」

ジークの答えは簡潔だった。黒い剣からひときわ強い雷光がまたたき、光の剣の輝きを圧倒する。

ジークに弾かれたアンドルの剣が宙に飛んだ。その一瞬を縫って、ジークが彼の喉元に黒剣を突き付ける。

「――――コウジ」

ジークの自分の名を呼ぶ声に、コウジもまた応えるように皮肉に微笑んだ。

ユイの美しくも恐ろしい光の花は、既に無効化されていた。

息が出来ないと苦しんだのは一瞬。コウジの口にくわえられた煙草の煙の結界がぶわりと広がって、光の花を次々と消滅させていく。

ユイは虚ろな表情のまま、最高位である光の魔法少女の力をなおもまき散らす。

コウジの手には愛用の黒光りする銃が握られていた。

その銃口は、まっすぐに彼女の白い小さな顔に向けられる。

「コウジさん！　まさかユイちゃんを！」

マイアが声をあげるが、コウジは躊躇《ためら》うこともなく引き金を引いた。飛び出した光の弾丸が、彼女の額を貫こうとした瞬間。

――パァン！

銃弾はぷわりと光る水風船となって彼女の顔に直撃すると、割れてその顔をびしょ濡れにした。

「あ、あれ……？　わたし」

虚ろだった表情のユイは戸惑いの表情でぱちぱちと瞬きした。まるで悪い夢から覚めた、というような表情だ。

彼女の手からお花のスティックが消えると、同時に光の花も消滅する。

それを見届けてから、コウジは煙の結界を解いた。

それから、アンドル王子は兵士達に囲まれ、その手に魔封じの鎖を手早く巻かれる。

ユイは混乱した様子だったが、シオンとマイアが寄り添ううちに少しだけ穏やかな表情になる。

一件落着、としたいところだが、そうはいかない。

コウジとジークは、アルチーナへと真っ直ぐに歩み寄る。

「どうして、どうして、お前達は魔力が使えるの！」

高らかに勝ち誇ったように笑っていたアルチーナが一転、うろたえて後ずさる。

「そんなの知るかよ。女神様に聞いてくれ」

コウジは答えて、彼女に銃口を向ける。

そしてジークも聖剣グラフマンデの切っ先を彼女へと同じく向けた。

壁を背に逃げ場のなくなった彼女は「わたくしは正妃ですよ！」と叫ぶが、二人は一笑に付した。

「その前に災厄だ。初めからそうだったのか、それとも正妃アルチーナその人を乗っ取ったのかわからないが、災厄を滅ぼすのが我ら王子とそのパートナーの役目だ」

「このまま置いとくだけで、毒をまき散らす存在なんて、危険極まりないからな。牢屋に閉じ込めておいたって、看守を誘惑して復活してきそうだ」

ジークの言葉にコウジがうなずく。

黒い剣が振り上げられ、銃の引き金が引かれようとした瞬間——

「それまでです。ジーク、コウジ、よくやりました」

天から光が降り注いだ。

アルチーナの姿はその光の中に消えたように、人々の目には見えた。

同時に聖王の間に降り立ったのは、古代風の白い衣装を纏《まと》った若く美しい女神だ。波打つ黄金の髪の頭上には花冠、口許には優しい微笑みが浮かんでいる。

あまりのことに、その場の全員が瞠目した。

「女神アルタナ様……」

そうつぶやくと同時に、シオンが床に片膝をついて頭《こうべ》を垂れる。

コンラッドも、ピートもマイアも同様。そして他の者達もだ。

「我がフォートリオンの子らよ、よくやりました。すべての災厄はうち払われ、ふたたびの平安がおとずれたのです。しかし、いつの日にか、災厄はまた現れるでしょう。ですが怖れることはありません。魔法少女達の子たる魔女の子、勇気ある魔法騎士の王子達が生まれれば、また魔法少女達は異世界より舞い降り、どのような絶望の災厄さえ討ち果たすでしょう」

女神の呼びかける声は、まさしく慈愛に満ちた麗しいものだ。頭を下げる人々は女神の輝きを目に映し、陶然とした表情を浮かべている。

それはゲームならラスボスを倒したあとの感動的な場面だっただろう。めでたしめでたしのあとに荘厳なエンディング曲でも流れ始めるのかもしれない。

しかし、コウジとその横のジークは、頭を下げもせずに、そんな女神様を凝視していた。

「わたくしはいつでもあなた達を見守っています。フォートリオンの子らよ」

そして花をまき散らしながら、光の中に消えようとした女神様の手を不作法にもひっつかんだのは、コウジだった。

「おい」

もちろん、コウジとてそれが周囲に見えている『女神様』ならそんな無作法は犯さなかっただろう。

いや、コウジにもその姿は見えてはいた。見えてはいたが。

ただし、すけすけのホログラムのようで、その中身が丸見えだったのだ。

隣でコウジと同様、珍しくも呆然とした顔で女神様を凝視していたジークにも、彼女の本当の姿が見えているのだろう。

「ぶ、無礼な！　お放しなさい！」

女神様は焦った顔でコウジの手を振り払い、小声で「じ、実体のないわたしをどうして、この男はつかめるのよ」と毒づく。

コウジは微妙な表情を浮かべて、彼女に聞いた。

「あんた、本当に女神アルタナ？」

「な、なにを言うのです。あなたを魔法少女……魔法おじさんという言葉も妙ですね。と、とにかく、この世界に召喚したときに、その使命を告げたはずです」

そう言われて、コウジは嘆息する。『使命』とやらを告げられたのは、事務机しかない殺風景な空間だ。そこには事務机にしがみついている髪をひっつめた事務服の——若いことは若いが、すっかり疲れたいかにも社畜の女がいた。

「……いや、俺はあんたに『へ？　あ？　なんで男？』とか『召喚された者は送るのが規定』とか言われたあげくに『資格あり、行って！』とこの世界に放り出されたんだけどな」

コウジの言葉に美しい女神は——いや、その内側に透けている事務服の女は——これ以上ないほどの驚愕に目を見開く。そして、わなわなと唇を震わせて言った。

「あなた、わたしの姿が見えているわけ？」

「疲れた事務服の姉ちゃんがな」

確認のためにジークを見れば、彼も無言でうなずいた。

「……ついでに言うなら、あんたの顔はあの正妃様の顔にそっくりだよな」

「さらに言うならば、私には正妃がどす黒い影に変わって、女神の中に吸い込まれたように見えたが」

コウジと続けてのジークの言葉に、事務服を着た女神アルタナが一歩下がる。

「ああああああーーーーっ!!」

そして、とんでもない絶叫をあげた。

その瞬間に景色がぐにゃりとゆがんで、一瞬後にはコウジは聖王の間ではなく、白い空間にいた。フォートリオンに来る前に来た事務机しかない場所だ。横にはジークが立っている。

「え？　ここ、どこ？」

マイアが声をあげている。シオンもそうだ。

それぞれのパートナーであるコンラッドとピートの姿もあった。

それになんと立ち尽くすユイに、腕を魔封じの鎖でぐるぐる巻きにされて床にへたり込むアンドル王子もだ。

そして、相変わらず書類がうずたかく積まれた事務机でくたびれた女……もとい、事務服にひっつめ髪の女神アルタナが、据わった目で魔法少女と王子達を見つめていた。

「……関係者全員そろったわね」

そう言う女神様を見て、シオンが「あの人、誰？」と小声で訊ねる。

コウジは肩をすくめて、シオンに答えた。

「あれが本当の女神アルタナ様らしいぞ」

「え？　わたしが会ったのは、こんな何にもない場所に事務机で事務のお姉さんみたいな人がいるシュールな空間じゃなくて、いかにも神聖な白亜の神殿だったわよ？」

「ほう」

こそこそと話を聞いてみると、シオン達はこの世界に転移する前に、荘厳な光の神殿みたいな場所に呼ばれたそうだ。

そこで、後光を背負った美しい女神に「あなたこそ、運命の王子様とともに世界を救う魔法少女」と頭の中で囁かれ、あのキラキラ魔法少女のコスチュームへと一瞬にして着替えさせられたという。そこまでされたら送り出される頃には、すっかり「わたしは魔法少女！」の使命感に燃えていたんだそうだ。ある意味洗脳じゃね？　とコウジは思ったが――

「そこ聞こえているわよ」

二人の囁きに女神が尖った声をあげる。

コウジは、特に何を思うでもなく女神に向き直る。さて、なにから訊ねようか？と思ったところで、ジークの声が割り込んだ。

「それで女神アルタナ。あなたと正妃アルチーナとの関係は？　なぜあなた達は同じ顔をしていて、あなたの中にアルチーナが吸い込まれた？」

こんなときでもジークはあくまで冷静だ。俺の王子様はやっぱり肝が据わっているなと、コウジは思う。

ジークの問いに、女神はぐっと歯噛みするような表情になった。

「……せっかく、みんなが理想とする女神の姿を見せて、すべてが丸く収まると思ったのに、どうして、あなた達二人には、わたしの本当の姿が見えてしまっていたのよ」

「女神様にもわかんないのに、俺達が知るかよ。それよりこの状況の説明が先だろう？」

大きくため息をつくアルタナに、コウジが煙草をくわえながら催促すれば、彼女はギッとこちらを見る。

それから彼女は再び長いため息を吐き出した。

「そもそもあなたの存在自体が、わたしの計算外だったのよ。わたしの真の姿が見えるだけじゃない。災厄がみんなの魔力を消したというのに、あなた達だけは魔力が使えた。これはあなた達が、女神たるわたしの管理外ってことだわ」

――管理外。

その言葉に、コウジは目を瞬《またた》かせる。

それをまったく無視して、女神は事務机に顔を伏せた。

「お兄様ったら、なんてことしてくれたのよ」

そうぶつぶつ言うアルタナに「あの女神様、ご説明をですね……」とコウジがまた続きをうながせば、彼女はガバリと顔を上げた。

「ええ、こうなったらぶっちゃけるわ！　災厄はわたしの『影』よ！　アルチーナだけではない、すべての災厄はわたしと、あなた達人間が生み出したものなの！」

彼女はやけくそのように叫び、自分の両脇に積まれた書類を両手でぐしゃりとくずした。

とたん舞い散る紙、紙、紙。

それはコウジ達の目の前を次々に通り過ぎて、床に落ちていく。一瞬でありながら、その内容は一目で読み取れた。というより頭の中に響いた。

呆れるほどに積まれていた紙に書かれていたのは、人々の祈りと願いだった。

家内安全に無病息災、頭がよくなりたい、モテたい、大金持ちになりたい、えらくなりたい。

なんてのは可愛いほうだ。

憎い女に夫をとられた。二人とも死んでしまえばいいなんて元妻の恨み節。自分のほうが才能があるのにあいつが出世した。あいつが失脚すれば、今度こそは自分が……という嫉み。

憎い、妬《ねた》ましい、死んでしまえばいい、自分さえ良ければ、他はどうでもいい。

人間のどす黒い感情がそこにはあふれていた。

女神が肩で息をしながら、じっとりとした視線をコウジ達に向ける。

「……こんな願いはもちろん却下よ。神頼みの都合の良いお願いもね。だけど、あなた達の願いや欲望は、毎日、毎日、山のように届く。それを仕分けして、これは叶えるべきか叶えないべきか判断して、力の行使をして——わたしには休む暇もないわ」

コウジの元いた世界では神様なんていているかどうかわからなかったが、こちらの世界では実際に女神様の奇跡とやらが、ごろごろ転がっているようだ。

一夜にして目が見えた、病《やまい》が癒えた、女神様のお告げで生き別れの兄弟と出会えた、エトセトラエトセトラ。

ずいぶんと世界に過干渉な神様だとは思ったが、当の女神様は本当に疲れ果てた表情を浮かべている。

「目の回るような忙しさのうえに、こんなどす黒い負の欲望を見てご覧なさい。いかに強靭な女神の精神だって、けっこうくるのよ。それだけならよかったのだけど、ついにわたしの身体から、ため込んだそのドロドロとしたのが、下界に落っこちるようになってしまった。——それが災厄よ」

女神様はそこまで言って、はあはあと肩で息をついた。

さすがに予想外の災厄の正体に、ジークやコウジでさえ絶句した。

他の面々は言わずもがなだ。

女神は少し息を整えてから、椅子の背にもたれかかった。

「世界を守護する女神として、世界を滅ぼす災厄をこのままにしてはおけない。だけど、元はわたしから生まれたものだから、わたしが直接打ち消すことは出来なかったの。この世界の魔法騎士達の力だけでもだめだった。だから——」

「魔法少女か？」とジークが問えば「そう」とアルタナはうなずく。

「それでお兄様やお姉様がたに協力を求めたのよ。助けてくれたのは、あなた達の『世界』のお兄様だけだったけどね。お兄様いわく『こちらの世界には魔法少女も実在はしないけど、子供の頃からみんなよく親しんでいるから、あっさり受け入れるだろう』って」

ずいぶんとノリの軽い神様だ。それでほいほいと四十四人の少女＋おっさんを送り込んだのか。

たしかに現実には、魔法も奇跡もなくても、アニメや漫画の中にはそれがありふれている現代日本人なら、順応性は高いのかもしれない。

そこで、ふと気になったことがあり、コウジは口を開く。

「しかし、王子と魔法少女の話ってのは、かれこれ千年前からだろう？　そうなると俺達の世界では平安時代ってことになる。魔法少女も魔法もないぞ」

いや、安倍晴明ならいたか？　しかしそうなると、千年前の魔法少女って十二単でも着ていたのか？

疑問符にまみれていると、女神は肩をすくめた。

「神々にとってはたかだか千年よ。この世界は生まれたてで、わたしはお兄様やお姉様達に比べたら駆け出しもいいところだから、まだ時間に縛られているけどね」

「だけど、あなた達の世界の兄様はずっともっと年上よ」という女神アルタナの言葉に、コウジは妙に納得する。中目黒の掃除人に信心はなくたって、お正月には雑煮は食うし、初詣ぐらいはする。それなりに歴史があることも……まあ知ってる。

フォートリオンの魔法少女の歴史は約千年前というから、最近っていえば最近なのか？　神様なら、千年は最近かもしれない。

「つまり時間だって超越してるわ。送り込まれてくるのは、多少の誤差はあれ、あなた達の時代の少女達よ」

「なるほど神様パワーか」とコウジはつぶやくが「納得出来ないわ！」と声をあげたのはシオンだ。

「そんな神様の勝手な都合でわたし達は呼び出されて、戦わされていたっていうの？」

「ええ、そうよ。わたし達は神だもの。自らが創造した世界の都合で、あなた達の願いを叶え動かす」

開き直りとも言える女神の発言にまた口を開こうとするシオンを見て、コウジはそっと彼女の肩に手を置いて「よしな」と止めた。

「相手は神様だ。俺達人間の考えとは違うのさ。シオンちゃんは前に言っていただろう？　このフォートリオンは王様がいる世界で、現代日本のような表向き自由平等の国とは違うってな」

ところ変われば常識だって変わる。まして、相手が神様となりゃ、その精神構造は……違うとも言えないか。

なにしろこの女神様、生真面目な社畜根性らしい。

思ったよりも人間味のあった姿と行動に、ふとコウジの頭に思いつくことがあった。

そこにつけいる隙はあるかもしれない。コウジは再びポケットに手を突っ込んだ。

それから少々うかがうような視線を女神に向ける。

「……とはいえ、生き残ったのは俺達、ここにいる八人だけだ。他の王子と異世界から召喚された四十一人の魔法少女は死んだ。あんたから出た災厄によってな。これはどう思う？」

「そ、それは……。今回の災厄はとうとう、わたしの影になって、アルチーナ王妃まで乗っ取られてしまって……あれは想定外だったわ。まさか災厄が人の形を取るなんて」

女神はコウジの言葉に怯んだように、視線を下げた。

やはり罪悪感は少々あるらしい。

コウジはわずかに頬に笑みを刻んで、言葉を続けた。

「だいたい、こんなことずっと繰り返すつもりなのか？　あんたがストレスをためるたびに、世界に災厄が現れて、それを王子と異世界から召喚された魔法少女が倒すと？」

「仕方ないじゃない。願いごとは毎日届くのよ。放り出せというの？」

「そうすりゃいいじゃねぇか」

「はあ？」

コウジの言葉にアルタナは大きく目を見開く。

煙草をくゆらせて「神様は勝手だって言ったのはあんただぜ」と口の片端をあげて皮肉に笑う。

「事実、俺達の世界では神様なんているかどうかもわからねぇ。人間の言うことなんて放置しておけばいいのさ。幸福も不幸も、どうしようもない理不尽も世界にはいくらだって転がってる。それをいちいち取り合っていちゃ、神様だって疲れるぜ」

実際、目の前にはくたびれた社畜、事務服の女神様が一人だ。いや、一柱っていうのか？

コウジは、女神に甘い毒を吹き込むように囁いた。

「普段は放置しておいて、本当に世界が滅びそうなときにでも、手助けしてくれればいい。もっとも、滅びるままに放置するのもあんたの自由だけどな」

「神様なんだから、世界なんてまた創れるだろう」とコウジは締めくくる。

女神アルタナは呆然としていたが、やがてはっと目を見開いた。

「そうよね……たしかに人の願いごとの一つ一つに目を通す必要なんてないわよね。ほっといていいのよね。あなたの言う通り、世界が滅びたって創り直せばいいんだし！」

そしてこの世界の女神様の生真面目さが災厄を生み出していたんだから、なんとも皮肉だがその通りだ。

「そうよ、そうよ、願いごとを叶えるなんて、気紛れでいいんだわ。こんな風に毎日、真面目に仕事する必要なんてない」

女神がパン！　と手を叩けば、机の上から崩れて床に散らばっていた紙も事務机も消えてなくなる。

その机のかわりに、座り心地のよさそうな寝椅子が現れる。

事務服から一転して、あの聖王の間に現れたゆったりとした古代衣装のドレス。頭に花冠を被った女神が、足を伸ばして座っていた。

「あ～すっきりした。あなたのおかげで千年かけてようやく気づいたわ。そうよね、適当でいいのよね」

女神様の変容にシオンなどあんぐり口を開けているが、コウジはなにげない風に、さらに言葉を続けた。

「俺のおかげっていうなら、一つ願いごとを叶えてくれないか？」

「いいわよ。今なら、なんでも叶えてあげたい気分だわ」

「――じゃあ、死んだ王子と魔法少女達、だけじゃねぇ。この災厄に巻き込まれて亡くなったすべての人間を生き返らせてもらおうか」

「へ？」

花冠の女神はとんでもなくマヌケな顔となった。

「なんでも、と言ったのは女神様だろう？」

コウジは人の悪い笑みを浮かべて、長椅子に横たわる女神に向けて首を傾げる。

するとすごい勢いで首を横に振られてしまった。

「そ、それは無理よ。全員を生き返らせるなんて！」

「いままで散々女神様として奇跡をふりまいておいて、人の一人や二人や百人や千人生き返らせたって構わないだろう」

「一人や二人から千人は増えすぎよ！」

「別に災厄が現れる前にすべて綺麗に戻せなんて言ってねぇよ。あんたが時を操れないのはさっき聞いたからな。ただ、死んだ人間を生き返らせるだけのことだ。簡単だろう？」

起きたことをコウジはなしにするつもりはない。

自分達が戦った記憶も、上の無能とおごりによって、王子達と魔法少女の命が一旦は失われたこともだ。もう一つ言うなら、自分とジークが死ねとばかりに辺境に放り出されて災厄を倒して、序列九位から三位まで上がった記録も、消すつもりはない。

ただ、女神のせいで失われた命だけはどうにかならないものか。

「この世界の女神様なら、それぐらい朝飯前じゃないのか？」

「フォートリオン限定ならね。王子達や災厄の被害者はわたしの管轄よ。だけど召喚された魔法少女達は……え？　あ？　お兄様？」

女神はいきなり見えない通信でも受け取ったように声をあげる。いや、まさしく彼女だけに聞こえる神様通信でも受け取ったのだろう。『いいよ〜』なんて、そんな安請け合いしてお兄様」とつぶやいている。

どうやらコウジの世界の神様とやらはたいへんノリがよく、死んだ魔法少女達を生き返らせることに同意したようだ。

この調子ならばまだいけるんじゃないだろうか。

コウジは軽い調子で添える。

「ついでに彼女らをあっちの世界に戻してやってくれ。こっちの世界で生き返っても途方に暮れるだけだろうしな」

それからあちらの世界に帰るとするなら――

「あと、彼女達が戻るとき、この世界の記憶は綺麗さっぱりなくして、召喚される前の時間に戻すことも俺達の世界の神様なら簡単だろう？　なにしろずいぶん長く生きてらっしゃるようだし」

こちらで起きたことは残すが、向こうに戻る魔法少女達『だった』彼女達には不要な記憶だ。

なにごともなく平凡に日々は過ぎていく。つまらないと思うかもしれない。

だが、災厄の泥に呑み込まれて死ぬなんて夢は見ないほうがいいだろう。

コウジの言葉に、女神がまた唖然とする。

「また無茶ぶりを！　え？　お兄様！　それもオッケーですって？　もう、全員生き返らせて戻しちゃった⁉　そ、それならわたしもバランスを取るために、王子達と被害者を生き返らせないといけないじゃないですか！」

花冠を被った女神様の変顔百面相に噴き出しそうになるが、コウジはぐっとそれを堪える。

おじさんらしい軽薄な声を作って、女神にニヤリと笑った。

「奇跡の連発ついでにもう一つ、いや、三つぐらい頼みたいんだけどな？」

「ええい！　ずうずうしいわね！　いいわよ！　こうなれば！」

アルタナはやけくそ気味に叫ぶ。

さて、実のところ、ここからが本題だ。

コウジは後ろを振り返って、シオンにマイア、そしてユイを見る。

「彼女達、三人のことだ。元の世界に戻るかどうかは個々人の選択にまかせる」

「わたし、戻りたいです！」

叫んだのはユイだ。それまでいつも受動的で大人しかった彼女の強い主張に、コウジは軽く目を見開く。

ユイはくしゃりと顔をゆがめて、両手で顔をおおい泣き出した。

「本当は、帰りたいってずっと思ってました。いきなり魔法少女ですって女神様に言われて、知らない世界にやってきて……でも、わたしはお父さんとお母さんとお兄ちゃんのいる家に戻りたかった。魔法少女の力も、綺麗なドレスもいらない」

その悲痛な声は、弱々しいただの少女のものだった。

コウジ、ジーク、それからその場にいる者達が痛ましげな表情になる。

そうだ。いきなり異世界に放り出されて、魔法少女だからわけのわからないバケモノと戦えと言われても、戸惑い怖いと、家族の元に帰りたいと思うだろう。それが普通の少女の感覚だ。

「ユイ！　私を捨てていくのか？　私に選ばれたとき、君は薔薇色に頬を染めていた。君は私からのたくさんの贈り物にも喜んでいたし、仲良くやっていたじゃないか！」

相変わらず手を鎖で縛られ、床にへたばったままのアンドルが叫ぶ。こいつどこまでも救われねぇなあ～とコウジは哀れな生き物を見るような目を向ける。

ユイはぴたりと泣くのをやめて、顔を上げた。床でわめく男を見ることなく口を開く。

「わたしも生き返った子達のように、この世界での記憶なんていりません。全部忘れてなにもかもなかったことにしてください」

「ユイ！」

アンドルは叫ぶが、女というのは少女だってしたたかで潔《いさぎよ》いのだ。捨てた男の記憶なんてリセットして綺麗さっぱり消してしまいたい。いや、この場合捨てるもなにもない。

ユイにとってアンドルは街ですれ違った人程度だったのだろう。

ユイがそう言ったとたん、彼女の姿は消えていた。

「ユイぃいい！」

アンドルは絶叫したが、女神アルタナの「うるさいわよ」というひと言でピタリと黙り込んだ。

女神様の力で口を塞がれたらしい。そんなアンドルを見下ろして、コウジは口を開く。

「あと、こいつのことなんだけどな女神様。正妃アルチーナがあんたの影ってことは、こいつは間接的だけどあんたの息子ってことだよな？」

「不本意だけどそういうことになるわね。どうしようもないクズだけど」

「そう育てたのはあんたの分身だろう？　責任とって、こいつはあんたのところで引き取ってくれないか？」

女神様はあきらかに不快そうな顔をした。アンドルは声が出せない代わりに、駄々っ子のように足をじたばたさせている。どうやら、自分はフォートリオンの第一王子だぞと、叫んでいるようだ。

いや、一応仮の王様だったか。

コウジはそんな男に睨みをきかせる。

「あんた、あれだけのことをしておいて、国に戻って無事でいられると思っているなら、ずいぶんおめでたい頭だぞ」

「国王を弑逆《しいぎゃく》、王位簒奪。立派な重罪人だ。国法に照らし合わせれば、生きながらの火あぶりのうえにその遺灰も川に流され、さらには記録抹消刑が妥当なところか」

コウジの言葉に続けてジークが淡々と告げるのに、アンドルの顔色がみるみる真っ青になる。救いを求めるようにコンラッドを見るが、彼もまた無言で首を振る。

ピートが場違いに陽気な声で割り込んだ。

「記録抹消刑とは、王侯貴族にとってもっとも不名誉な罰ですね。王家の系図から名前が消されることで、ただのアンドルという悪逆非道な罪人として語り継がれることでしょう」

まるで吟遊詩人が語るような調子で言う。アンドルはとうとうガタガタと震え出した。

「アンドルさんよ。あんたには二つの道がある。ここに残るか、元の世界に戻って処刑されるかどちらかだ。潔く今回の責任を取って命を散らしたいならそれもよし。でもあんたのその様子だとここに残りたいよな？」

こくこくアンドルがうなずくのに「だってよ」とコウジがアルタナを振り返れば、女神様は長椅子で身を起こし、やれやれといった様子で腰に手を当てていた。

「しょうがないわね。影が生んだとはいえ、わたしの子でもある。どうしようもないクズでも、百年も根性をたたき直せばなんとかなるでしょ」

女神様が床にうずくまるアンドルを見ると、ぽんと白と金のはでな軍服が一転、地味な事務服となる。鎖の外れた両腕には代わりになつかしの黒いアームカバーが、そして髪型はきっちり七三分けになっていて、思わずコウジは噴き出してしまう。

それから、また一瞬経つと、いったん消えたはずの事務机が復活し、アンドルがそこに座らされていた。

「これからはわたしの代わりに皆の願いごとの仕分けをしなさい。一日の作業が終わるまで、その机からは離れられないし、無駄口を叩くことも出来ないわ」

「一日で作業が終わるとは思えないけど」とアルタナは続ける。まあ、神様の息子なのだから二十四時間休みなしでも働けるだろう。

これで二人済んだ。

コウジは、シオンとマイアを振り返り「どうする？」と訊ねる。

元の世界に戻るかどうかだ。

「戻らないわ」

シオンが答え、コンラッドが明らかに安堵の表情を浮かべた。恋愛感情のない仕事仲間のように見えた二人だが、この堅物王子様のほうは案外そうではないのかもしれない。

コウジは、強気に見えるが案外少女らしい彼女の顔を見つめ返す。

「意地を張ってないか？」

「そうじゃないと言いたいところだけど、……正直不安はあるわ」

その言葉を聞き、コンラッドが「シオン」と背後から彼女の肩に両手を置く。

「――災厄を祓《はら》っても、王子と魔法少女の絆は絶対だ。君のフォートリオンでのこれからの暮らしはすべて私が保証する」

「そうね、助かるわ」

おいおい王子様、もっとロマンチックな言葉で口説けよ……とコウジは内心で思うが、彼を振り返ったシオンは凛とした表情で微笑んでいた。

「でも、ただのお姫様暮らしなんて、わたしはいやよ。ちゃんと仕事をしたいの」

どこまでも色気がない。この二人、これで大丈夫かな、なんて思いつつコウジはもう一度問うた。

「本当に戻らなくていいのか？」

ユイと同じく、しっかりした良家のお嬢様だろうシオンだ。

まさか身寄りがないとは思えない。しかしその問いにも、シオンはあっさりと首を縦に振った。

「ええ。わたし、養女なのよ」

シオンの言葉に息を呑むと、彼女は淡々と「虐待なんてされてないわ。ちょっといいお家に引き取られて、『跡継ぎ』として大切にされてた」と続ける。

「だけど、あちらの世界に帰れば、何一つわたしは選べないわ。通う学校も就職先も、おそらく結婚相手もね。時代錯誤でしょ？　飛び出そうと思えば飛び出せたのかもしれない。でも、安定した暮らしと生活を捨てられる勇気がわたしにはなかった」

それは不幸ではないが、本当に幸福と言えるのだろうが？　はたから見れば何一つ不自由ない暮らしではある。本人もそこから出るのを躊躇《ためら》っていた。だが……

「でも、この世界に来て使命だと言われて、戦って……これも強制かもしれないけど、初めて自分で人生を選べたような気がしたのよ。だから、わたしはここで生きていくわ」

後悔はしないと決意した少女の紫の瞳に、コウジはうなずいた。

その隣で、おなじく決意を秘めた表情を浮かべ、マイアが口を開く。

「わたしは元の世界にいったん戻ります」

「マイア！」

ピートがくしゃりと顔をゆがめる。

小生意気な少年だが、頬に伝うのは本当の涙だ。

「ぼ、僕、マイアが元の世界に戻りたい気持ちはわかるし、止められない。だけど、だけど……」

「ピート君、誤解しないで。わたしはいったん戻ると言ったの。パパとママと弟にお別れを言ってから、こっちの世界に戻りたい」

「マイア！」

ピートはマイアに抱きついて、彼女は優しくその身体を受けとめる。マイアは弟にしてやるようにピートの髪を撫でた。

「ぜったい、みんなに納得してもらって戻ってくるから、待っていてくれる？」

「うん、うん、マイア。僕はいつまでも待っているよ！」

この二人らしいやりとりにコウジは思わず微笑する。女神アルタナは「はあ!?　いったん戻って、また帰ってくるなんてワガママ……はいはい、お兄様、それもオッケーですね」と、また頭の中の神さま通信に返事をしている。

「それで、あなたはどうするの？」

女神アルタナがコウジに視線に向ける。

自分のことを考えていなかったコウジは、軽く目を見開いた。

「俺か？　俺は……」

言いかけたところで背後から長い腕が伸びてきて、囲むように抱きしめられた。

低い声が、耳元で響く。

「行くな」

「ジーク……」

「――行かせない。行かないでくれ。私とずっとともにいてくれ」

振り返ろうとしたら、さらに強い力で抱き込まれ、すがるような声で乞われてしまった。

どうして？　と思う。

自分は四十四人の魔法少女達のオマケで、残りで、遅刻した彼が律儀にも拾ってくれたに過ぎない。身体を重ねたのだって、魔力接続を強固にするためだったはずだ。

それなのに、どうしてこんなイイ男がおじさんに懇願しているんだ？

いや、このおじさんの姿だってかりそめのものだ。本当の自分はもっと平凡でどこにでもいる将来に夢も希望もないコンビニのバイトで。

あの日の帰り道、突然。

突然に――

そこでぐらりとコウジの視界も意識もフェイドアウトした。

第九章　王子様の口づけでおじさんは目を覚ます

『あの人、なに考えて生きているのかしらね？』

残酷な言葉だ。たしかになにも考えてない。考えられない。安アパートの家賃と食って行くことと最低限の身だしなみに、息抜きの漫画とスマホのゲームのために稼ぐ、それが自分の生活のすべてだ。

夜明けの道、バイト帰りにコンビニのビニール袋をがさがさ言わせながら、家とも言えない部屋に戻る。

袋の中には明日の朝食のおにぎりに昼の菓子パンが入っている。

今日の夕ご飯は、バイト先の廃棄寸前の弁当をもらった。本当は違反だが今日は目こぼししてくれる副店長しかいない日だ。がめつい店長がいるとこうはいかない。

今日は焼き肉弁当にラーメンもついていると、ささやかなごちそうを思い浮かべて、それから切なく薄笑いを浮かべる。

昨日の夜。シフトの交替時間、バックヤードの控え室で女子二人が自分のことを話しているのを聞いた。

最近の女子高校生は辛辣だ。

彼女らは言っていたのだ。

――なにも話さないし、暗いし。理由はないけど正直苦手。

さらに、もう一人が続けたのだ。

『あの人、なんのために生きているのかしらね？』

学生のバイトならともかく、そうじゃない男が深夜のコンビニでバイトしている時点でお祭しだ。

受験に失敗して、都会の予備校にもなじめず、かといって田舎にも帰れずに、こうしてだらだらとコンビニのバイトで食いつないでいる。

ただ生きているだけだ。

それのどこが悪いと、開き直りも出来ない。

子供の頃はもっと夢も希望もあった。自分はなんにでもなれると思い込んでいた。

あの根拠のない自信はどこから来ていたんだ？　と思うほどに。

とくに中学生時代なんて暗黒の歴史だ。「勉強しなさい」という母親の声を無視して、自分はすぐに人気漫画家になれる！　なんて夢見ていた。だから高校なんて通う必要はないと、来る日も来る日もノートに上手くもならない、顔ばかりの下手くそな絵を描いていた。

絵が本当にうまいヤツってのは顔ばっかり描かないし、クレヨン握ってたもっとガキの頃から、手も足も身体も描ける。

お前は一生ヘタクソだと、あのときの自分に言ってやりたい。

無駄な落書きをしていた時間を勉強に回していれば、そこそこの高校に行けて、そこそこの大学に入れていたかもしれない。

自分の頭じゃ、あくまでそこそこの大学程度だっただろうとは、二十二歳にもなれば見極めがつく。

そういえば、あのとき描いていたのは、可愛い女の子と、煙草くわえたおっさんばかりだった。これからはおっさんが主人公だって息巻いていた中二病の自分よ。今年一番のヒット作もやっぱり少年が主人公だったぞ。大半の人が好むから王道は王道なんだ……うん。

そして、可愛い女の子はやっぱり鉄板だ。

そんなことを考えながら、道の角を曲がれば、目の前に某お嬢様学校の制服を着た女の子が、大きく目を見開いていた。

――あれはシオン？

なぜ彼女の名がわかったのか。

そう思う前に、彼女の姿が目の前から消えた。

同時に、自分もアスファルトの街路じゃない、見知らぬ森の中に立っていた。コンビニの袋を片手に。そして消えた女子高生の代わりに、目の前にいたのは、昔、映画で見たようなひらひらのお貴族様の服を着た男の子だった。

鏡のように光を反射する銀色の髪に剃刀《かみそり》色の瞳を持つ、見惚れるぐらい美しい、奇跡みたいな子だ。

その少年は、どこか諦めたような、少年がするには乾き切った表情で言った。

「お前も私を殺しに来たのか？」

「へ？　いや」

いきなり子供に言われて戸惑った。

しかも、どう見ても日本人じゃなさそうだけれど、聞こえてくるのは日本語のように思える。

銀色の瞳を見つめていると、子供の腹が盛大に鳴った。少年がしまったというような表情を浮かべるのを見て、慌ててしゃがみ込む。

「腹、減ってるのか？」

「……昨日から森をさまよって、ずっと食べていない」

その子供はぽつりと言った。

周囲を見渡せばどこともわからない森の中だ。俺も何もわからないとは言いづらく、唯一の持ち物ではあるビニール袋をガサゴソと探り、立ち上がって中身を持つ。

「とりあえず飯でも食うか」

知らない場所に放り出されて一人でいたら、きっと途方に暮れて恥も外聞もなく泣き叫んでいただろう。

だが、今は一緒に自分よりもっと小さな子どもがいるのだ。それも腹を空かせた。

かつかつの暮らしの中で学んだのは、腹が減っていれば暗い考えになるし、腹が満ちていれば、明日もまあなんとかなるさ……と思えることだった。

銀髪のいかにも外国人という子供にはこっちがいいだろうと、菓子パンの袋を開けて渡してやった。

一瞬、少年が訝しむような顔でこちらを見た。さぞかし自分は怪しく見えているのだろうと思いつつも、ツナのおにぎりを取り出す。それにかじりついてみせると、少年も恐る恐るパンを口に含んだ。

「パンなのに甘い。菓子か？」

クリームパンにかじりついてそう訊ねてくる。

怜悧な顔の口元にクリームがついているのが似つかわしくなくて、少し笑いそうになる。

椅子もなにもない森の中、お互い大きな木に寄りかかって立ったままのお食事だ。

「菓子パンっていうから、半分は菓子みたいなもんだろうな。この際お腹がいっぱいになりゃいいだろう？」

「間違いない。……お前の食べているのは、石か何かか？」

ツナマヨのおにぎりを口にする自分を見て、子供が言う。知らない外国人が海苔を見ると、たいがいカーボン紙かなにかと誤解すると、テレビで言っていたなと思い出す。

「食えるし、俺の好物だ」

好物というより常食だ。一番安いおにぎりだし、中身がイクラなんて高級おにぎりには、手が出ない。数十円の差だって痛いのだ。

それからしばらく無言で食べ物を口に運んでいると、かじりかけのクリームパンを見つめて、子供が言った。

「皆、私の死を望んでいる」

子供が言うには重すぎる言葉に、顔をしかめる。

食い物を口に詰め込むのをやめて、子供を見つめると、彼はぽつぽつと言葉を続けた。

「亡き母の子である私が憎いと、消えてしまえと。お前など生きる価値もないのだと――」

「それは違うだろ」

暗い顔でそんなことを言う子供に、きっぱりと言う。

少年は驚いたような顔で俺を見上げた。そのまま、なんだか引くに引けなくなってしゃべり続けた。

「他人がどう言おうと、簡単になんか死ねるか。息を吸って吐いて、生きていくしかないだろう」

ああ、これは自分に対しての言葉だ。

夢も希望もなにもない。現状生きていくので精一杯だ。

それでも、それでもだ。

『あの人なんのために生きているのかしら？』

なんのためだって？　それは……

「生きろよ、少なくとも俺は目の前の子供に死んでほしくなんかないぞ」

お前はなんのためでもなくたって、ここにいていいのだと。

誰かに必要とされるとかそんな意味なんてなくたっていい。生きるのに理由なんて必要ない。

自分は、そう言われたかったのだ。

「生きているから死ねないんだ。他人がなんて言おうと俺は生きていたい……」

最後は独り言だ。

知らない人間に熱く語られても困るだろうな、なんて思いながら、それでも言わずにはいられなかった。

「いたぞ！」という声は唐突だった。

何かが飛んできて、子供をかばったのはとっさにだ。いや、我ながら良く出来たとは思う。

背に衝撃が走り、痛みというより灼熱の感覚が広がった。急速に息が苦しくなり、こほりと口から血を吐いた。

背に突き刺さった矢に毒が塗られていたなんて、現代人の自分は知ることもなかった。

ただ、抱きしめた目の前の子供の顔が蒼白になり、ぽろぽろ涙を流したことに、ダメなんだな……と悟る。

痛いし苦しいし、自分一人だったら地面をのたうち回ってさぞ無様だっただろう。

だけど、目の前には子供だっていうのに本当に綺麗な顔が、自分のために涙を流している。お迎えの天使様かな？　と思う。自分はどこの宗教にも入ってないけど。

「……生きろ……よ……」

そう告げる。襲撃者に囲まれたこの状況で自分は死ぬというのに、この子供はどうやって生き残るというのか？　それでも。

「生きて……くれ……」

なんのために生きている？

そう言われた自分の代わりに。この綺麗な子供には生きていてほしいと願った。

◇◆◇　◆◇◆　◇◆◇

名も知らない得体の知れない男だった。

見た事もない奇妙な服装に、差し出された食べ物も奇妙なもの。

毒が入っているかもしれないと思ったけれど、どうせ誰もが自分の死を望んでいると、やけになって口にした。

手渡されたそれには甘いクリームが入っていて、ささくれだった心をふわりと癒してくれた。

男は石みたいな食べ物を口にして「うまいぜ」と言った。その口調につられて、従者達にも誰にも言っていない本音を漏らしたら「それは違う」と強く否定された。

すべての子は女神アルタナの愛し子なんて、神官達の飾り立てた言葉でもない。「お母上亡き今、坊ちゃまこそが、この家のご当主」なんて執事や従者達の慰めでもなく。

生きているから生きなければならない。そう言われて、たしかに死にたくはないと思った。

皆が自分に死ねと望んでいたとしても、どうして死なねばならないのか？

諦めから、ふつふつと怒りすら湧き出た。

そして男が言った。自分は少なくとも目の前の子供に死んでほしいなんて思ってないと。

生きていいのだと認められた気分になって、驚きと嬉しさに男を見つめた。

だがそんな時間は唐突に終わりを告げた。

――刺客達が自分を見つけたのだ。

生きろと言っていた男は、自分をかばった。死ぬのがわかっていたのか、いなかったのか。自分をただ抱きしめた男の動きが、戦い方なんてまったくわかっていないのは明らかだった。背に突き刺さる何本もの矢。口から血を吐く男を見て、彼が助からないと悟ると、自然に涙がこぼれた。

「生きろよ」と彼は言った。

そう言って事切れた、目を見開いたままの男に口づけたのは、魔女の息子としての本能だったのだろうか？

男にも生きてほしかった。

口づけは血の味がして、そして、なにかがぶわりと自分に流れ込んできた。

――力だ。魔力。

並以上の魔女の息子である自分には、もとより魔法騎士としての才能があった。母親の庇護をなくした自分が魔力を手に入れたことで、さらに命を狙われることになったのはなんとも皮肉だ。いままでの自分は身体が小さくて、練習用の剣しか握れなかった。刺客を前に、ただ逃げるしかなかった。

だが、この力は今までの比ではない。

今ならば――

「まったく、どこの男だ？　余計な手間かけさせやがって」

「いいさ、どっちにしろ、このガキの死体と一緒に放置すれば、骨まで魔物達の腹の中だ」

足音と声が近付いてくる。

少年は、視線を上げて声の主を見た。現れた刺客達は、少年を抱きしめたままの男の身体を「ガキを殺《や》るのには邪魔だな」と押しのけようとする。

――させるものか。

だが、その手はパチリと跳ねた雷光にはじかれた。

「薄汚れた手で彼に触れるな！」

少年が声をあげると同時に、あたりに雷光が瞬《またた》いた。天から降り注ぐ光に貫かれ、刺客はパタパタと全員地面に倒れた。だが、そんな男達を少年は見ていなかった。

「ああ……やだ……」

自分をかばって抱きしめていた男の身体が消えていく。

必死にしがみつこうとした手は、すかっと空を切る。

少年の剃刀《かみそり》色の瞳に再びぶわりと涙が浮かぶ。だが己の中にあるたしかな力にぱちぱちと瞬きをする。

男は死んだ。そして死体も消えてしまった。

だけど、彼と繋がって、得た力はたしかにここにある。

――異世界の魔法少女をパートナーにすることによって、魔法騎士である王子は強くなる。

それは古《いにしえ》からの言い伝えだ。

災厄の兆候はすでに各地に現れ始めている。自分が成人する頃には召喚の儀が開かれることだろう。

異世界から魔法少女達がやってくる。

男は死んで、死体はなくなった。けれど、彼の力がまだ少年のもとにあるということは、彼の魂は消滅していないということだ。

――ならば、どんな姿でこの世界に来ることになろうとも、きっと自分は見つけられる。

そして、今度はその手を離さない。

そのときまで自分は生きなければならない。何度殺されかけようとも、この国に留まり続けなければ。

『生きろよ』と彼は言った。

「だから、あなたを待つ……」

少年は未来に会えるだろう彼に向かって言った。

◇◆◇　◆◇◆　◇◆◇

「……君があっちの世界に、しかも時を遡《さかのぼ》って跳んだのはまったく予想外の事態だった。神様だって、たまには間違えるんだよ」

重役室にあるようなでっかい机、黒い革張りのいわゆる社長の椅子に座っている男の顔は、なぜか見えない。

「まさかねぇ、魔法少女の召喚に巻き込まれる人間がいるとは。それも不幸なことに君はあっちの世界で死んじゃった上に、運命の王子様と契約しちゃった」

だから、君はすぐには転生できないのだと、その神様は続けた。

これは自分の世界の神様なのだと名乗られずともわかった。

身体を失った自分はぼんやりと魂のみで、その重役机の前に浮かんでいる。

「契約はあっちの管轄だからね。こちらも勝手に切れないんだよ。だから、君も魔法少女としてあっちの世界に行ってくれないかな?」

ハワイかなにかの南国でも行かないか？　という調子で神様は言う。自分はそこの世界でいきなり殺されたんだけどな。

「もうすでに運命の王子様はいるし、彼はまっすぐに君を選ぶよ。なに、君らすごく強いから災厄なんてすぐに倒せる。そしたら、あっちに骨を埋めるもよし、こっちの輪廻の輪に戻るもよし、自由に選べるから」

あくまで軽い調子の神様の口調に、ちょっと腹が立った。

自分は神様のうっかりに振りまわされてこんなことになってるのに、その魔法少女とやらになってバケモノ退治をしろと?

「うーん怒ってるね。もっともだ。そうだ。特典に君の望む姿と力をあげよう。ひらひらキラキラの誰よりも可愛い魔法少女もよし、とびきりのイケメンでもよし。それとも元の身体のままがいい？」

望みのままの姿とか？　それならば強くなりたいと思う。

「強く？　って具体的になにかあるの？」

夢も希望もない冴えないコンビニ店員の自分が嫌だった。

いや、本当に嫌だったのはそんな自分を認められず、その生活から抜け出す力も勇気もない弱さだ。

なれなかった漫画家の夢。だけどあの中で思い描いていた男は誰よりも強かった。街の掃除屋という日陰の身の自分をあるがままに受けとめていた。皮肉屋で斜に構えていて、そのくせ困っている人を放っておけない。よくある設定だ。

でも、強くありたいと願っていた自分には、いつだって彼はスーパーヒーローだった。

だから少年の日の妄想を忘れることはなかった。

誰にも聞こえないはずの思考をたしかに聞き取って、目の前の顔が見えないはずなのに、神がうなずいたことが分かる。

「そう、それが君のなりたい姿なんだ。では、行っておいで。あ、一度あっちに飛ばされたことと、ここでの記憶は色々と支障があるから、消去しておくよ。必要なときに思い出すといい」

誰かが『コウジ』の背を押した。

こうして、コウジという男は誕生したのだ。

◇◆◇　◆◇◆　◇◆◇

「……前の『俺』の記憶は曖昧なんだ。自分の顔も名前さえ覚えちゃいない」

残っているのは将来なんて考えずぼんやり生きてきたコンビニのバイトの姿だ。田舎の両親はいたという記憶はあっても、それだけだ。やはり彼らの顔も名前も浮かばない。

改めて、自分の手の平を見つめてから、コウジはわずかに目を閉じた。

「あげく、こっちの世界にもう一度来たら、キラキラの魔法少女じゃなくて、こんなおっさんだ。お前、よくそれでわかったな？」

目の前のいつ見たって、完璧な顔だなぁ……と思う、銀髪に剃刀《かみそり》色の瞳をした男に話しかける。

最初見たときから彼は美しかった。子供の頃も今も。

だから、どうしてもこんな存在が世界からなくなってもいいなんて思えなかった。

「あなたならわかる。私達は魂で繋がっているから」

「お前のそれは吊り橋効果っていうんだぞ」

危険な場で出会い命を救われたから、それを恩義に思うのはわかる。

だからってこんなおじさんのナリした男に、恋愛感情なんて抱くか？

「そうかもしれない」

「そこ、あっさり肯定するか？」

「私があなたに救われたのは十歳のときだ。それから十年。あなたを忘れたことは一度たりともなかった。あなたが『生きろ』と言ったから、刺客達をはねのけ続けた」

以前の自分がただ『生きたい』という想いを、目の前の綺麗な少年に託した。それだけを胸にこまでの男になったのか……と、コウジはジークの顔をまじまじと見る。

ジークは一切視線を揺らすことなく、コウジを見つめ返した。

「国から出なかったのも、あなたがいつか来るとわかっていたからだ。この国のことなど、どうでもよかったが、国が滅んでしまっては召喚の儀式は行われない。だから、辺境の魔物を退治して回った。神殿で一人残っていたあなたを見た時の、私の歓喜がわかるか？」

「わからねぇよ。残っていたのはむさいおっさんが一人だぞ」

「あなたがいい」

そう言って長い腕が伸びて、自分の痩身を抱きしめるにコウジはまかせた。

目の前の男の顔を見つめる。

「お前、本当に変わってるな」

「あなただけでいいんだ」

端整な顔が近づいてくる。そっと髪を撫でられたのに目を閉じたところで――

「感激の再会のところ、悪いんだけどね」

気の抜けた声が遮る。

相変わらず重役机を前に社長の椅子に座る、顔の見えない神様がそこにはいた。

先ほどまでシオンやマイアのいた空間ではない。また別の空間に飛ばされていたようだ。そして、『消されていた』記憶が戻った今ならばわかる。

ここは、コウジが生きていた世界の神の座する場所のようだった。

慌ててジークと身体を離す。するとジークが一瞬、不満げな顔になり、コウジを抱き寄せた。

それをどこか楽しそうに見つつ、神様は二本指を立てた。

「君には二つの選択肢がある。元の世界には君の身体はもうないのだから、輪廻の輪に還って転生する。転生後の君は容姿も身体もなにもかも完璧。富も名声も約束しよう」

「妹の世界を救ってくれた返礼だよ。どうだいお得だろう？」という神様の言葉を聞き、ジークがコウジを抱く腕に力を込める――どころか、コウジの肩口に顔を埋めている。

「行くな」とも言わない。ただ無言で放さないとすがりついてくる様は、あのとき出会った子供と変わりないように思えた。

「もう一つは……」

「――それ以上は訊かなくたってわかるだろう？　神様なんだから」

自分をぎゅうぎゅう抱きしめる男の髪をくしゃりと撫でてやる。

くせ毛の自分と違って、この男の銀の髪はさらりとまっすぐだ。十年間、ほんの一瞬通り過ぎただけの冴えない男を想い続けたように。

「俺はこのまま、こいつとこいつの世界に帰る」

口に出したのは目の前の神様にではなく、自分の身体にがんじがらめに腕をからませる男に聞かせるためだ。これは自分の意志なのだと。

そしたらますます腕に力がこもる。

「いてて、おじさんの背骨を折るつもりか？」

グシャグシャ髪を撫でてやったら、少しは力は緩んだが、しかし、絶対に放さないとばかりに腕はほどかれない。

「仲良くね」なんて声が聞こえて、気がつくと一瞬後には、床に大穴が開いた聖王の間にいた。

「女神アルタナ様が降臨なされた」

「アルチーナ正妃とアンドル王子の姿がないぞ！」

「ユイ姫様も！」

なんて戸惑った声が聞こえる。

そのなか、ひときわ大きくどよめきが起こる。

「へ、陛下が……」

「目をお覚ましに！」

自分達と一緒にこの世界に戻ってきたのだろう。コンラッドが慌てて「父上！」と黄金の椅子に座る王に駆け寄る。たしかにフィルナンド王は生きていた。それどころかここ最近病《やまい》がちだったのが嘘のような、健康的な顔色だった。

「皆の者、大事ない」

フィルナンドは自らの足で立ち上がり、回りを堂々と見渡す。

たしかにすべての王子と魔法少女達を生き返らせ、災厄で亡くなった人々も蘇らせろとコウジは女神に要求したのだから、この王も生きていて当然だ。正妃だったアルチーナ――その実災厄にして女神の影――からの悪影響もなくなったのだろう。さすがの神様パワーだ。

「我が正妃に化けていた災厄とその息子である男は、女神アルタナの降臨により消えた」

王の言葉に人々がどよめく。

侍従に両わきから支えられなければ歩けなかったフィルナンド王は今やしっかりした足取りで、ロンベラス将軍と国軍の兵士達に囲まれたままの魔法騎士隊長のハーバレスに歩み寄った。

ハーバレスは顔色を失い、床に膝をついている。

「へ、陛下。私は欺《あざむ》かれていたのです。まさか正妃と第一王子が災厄だったとは知らず、その命に従ったまで……」

「お前には失望したぞ、ハーバレス」

おろおろと言い訳する男に、王はきっぱりと言った。

「余が死んでいたあいだのことは、蘇るときにアルタナ様がすべて教えてくださった」

あの生真面目女神様。さすがアフターケアも万全だな。

「主に盲目的に仕えることが、真の臣下のすることか？」

それはハーバレスだけでなく、いまだ壁に張り付いたままの宰相や上級官僚、それに元老院の貴族達にも向けられたものだ。王はギロリと彼らを見てから、ハーバレスに視線を戻した。

「まして守るべき民に武器を向けるなど、高潔たる魔法騎士にあるまじき行為だな」

「ま、まだいたしておりません」

ハーバレスは悲鳴をあげる。

「そうしようとした時点で、貴様は栄光あるフォートリオンの魔法騎士ではない」

王は雷鳴のような声で一喝する。

「魔法騎士団長解任は当然のこと、永久の魔力封じのうえ、すべての勲章、騎士の称号も剥奪。その記録も消去する」

「なっ……！」

騎士としてその称号が剥奪されるのがどれほど不名誉か。さらには魔法の能力も封じられ、そのうえに記録抹消刑とは、死刑ではないが存在そのものを否定された極刑同然だ。

ハーバレスがわなわなと唇を震わせるが、フィルナンド王は一顧だにしない。

「命だけは取らぬ。お前も災厄に踊らされていたのであろう。間近にありながら気づかなかった、余も不徳の致すところよ」

「お待ちください！　王よ！」

追いすがるハーバレスにフィルナンド王は背を向ける。

「その者を牢へと連れていけ」

ハーバレスは魔封じの鎖で両手をぐるぐる巻きにされると、兵士達に引きずられるようにして聖王の間から消えた。

フィルナンド王は残された人々を見渡して、つぶやく。

「――災厄のそばにいても毒に染まらぬ者もいた。理不尽に屈することなく己が信念を貫き通し、この国を守った英雄もな」

フィルナンド王は三人の王子と、その横にいる二人の魔法少女、そしてコウジに歩み寄った。

「この国を救ってくれたこと、王として感謝する」

王が片膝をつき頭を垂れれば、広間にいたすべての人々もそれに従った。両膝をついて頭を垂れる最敬礼で示す。人々が静かに目を伏せている。その隙を狙うかのようにこっそりと、コウジは隣に立つジークに耳打ちした。

「言っとくけどお前に絆《ほだ》されて戻ったわけじゃないからな。俺がお前のそばにいたいんだ」

あのときの、みんな自分の死を望んでいると暗い顔をした子供はもういない。ジークが『わかっている』とばかり、軍服のマントの陰で手を握ってくる。長い指を絡ませてしっかりと。

コウジもまたその手を握り返したのだった。

第十章　こうして、おじさんは王子様と幸せになりました

戦いすんで日が暮れて。

王都郊外のジークの屋敷に戻ると、執事のケントン以下、使用人達が「おかえりなさいませ」と出迎えてくれる。それにただいまと答えて、コウジはどこかホッとしている自分に気づいた。

ここは仮の宿で、災厄を倒したなら元の世界に戻るのだとどこかで思っていた。

それがごく自然に「ただいま」なんてな……

考えていたら、揃いの軍服を着たジークに顔をのぞき込まれていた。相変わらず無口で、でもだいたい考えてることはわかるように、いつのまにかなっていた。

「ん、ジークもお帰りな」

「ただいま」

そう律儀に返してくれる彼に、いつものくわえ煙草の口の片端をつりあげる。

ここが自分の家だと思うのはなにかくすぐったいが、悪くない気持ちだった。


そして、夜、寝室にて。

「おい、待て」

「？」

自然な流れで服を脱ぎ、自分に口づけようとした男の胸を手で突っぱねて、押しとどめる。『どうした？』と怪訝な顔をするジークに首を横に振る。

「いや、お前、当然のようにしようとするからさ」

災厄は討ち果たしたのだ。魔力接続だけなら、こんなこともうする必要ない。

いや、そもそも初めから他の方法だってあったのに、この男は迷うことなく、これを選んだ。

流された自分も自分だが。

そう言って止めると、ジークは不思議そうな顔で首を傾げた。

「今夜もあなたを抱きたい。ダメか？」

「い、いや、ダメじゃねぇけど。改めて考えると急に小っ恥ずかしくなってきたというかだなぁ」

男の胸に突っ張っている左手ではなく右手で、今は無精髭のない頬をさらりと撫で上げる。

そのまま顔の半分を覆うように当てると、ジークはきょとんとした表情になった。

「恥ずかしい？」

「いままでは魔力接続のためと割り切ってたから……」

「あなたはそう思っていたのか？」

ぐっと美しい眉間にしわが寄る。空気がひりっとするのを感じて、コウジは慌てて首を横に振った。

「それだけとは言わねぇよ。だけど、今夜からはその意味がなくなるし」

想いを確認し合った、なんて考えるとさらに恥ずかしくなる。

真っ赤になっているだろう顔を隠したまま逃げたいが、その前に男の手が「そうだな」と自分の胸にあるコウジの手首を握りしめた。そして、そのまま、その手を自分の口許に近づける。

「あなたを愛している」

「うわぁっ！」

手の平に口づけられ、コウジはムードもへったくれもない声をあげてしまった。

「ま、真顔で王子様がおじさんに言うか？　というか、初めて聞いた」

「言っていなかったか？　私はあなたを愛している」

そう言ってジークは、おじさんの細く節くれ立った銃を握るタコもある指に口づける。

「この一生をあなたに捧げる。いや、生まれ変わったその先も」

「うわ〜二度目に聞いても、破壊力すごいな。王子様の告白！」

照れ隠し半分、本音半分で叫んだ。

こんなくさいセリフを吐いて様になるのも、まさしくこの顔だからだ。

コウジの言葉を受けて、きょとんとしているジークを見て思う。

それから、ときおりコウジだけに見せる二十歳の青年らしいこんな顔もだ。自分の指になおも唇を当てたままのジークにもう片方の手も伸ばして、その精悍な頬を包み込むようにして。

「うん、俺もお前が好きだ。じゃなきゃ、足なんて開かねぇよ」

照れ笑いを浮かべてそう告げれば、じっと銀色の瞳に凝視された。

「な、なんだ？」

「私も初めてあなたの言葉を聞いた。願わくば、もう一度」

「二度と言えるか！　こんな小っ恥ずかしいこと！」

言って、目の前の端整な唇に唇を押し当てて、塞いでやった。ちゅっちゅっとバードキスを繰り返しているうちに合わせが深くなり、舌をするりと絡め合う。上顎を舌先でくすぐられてゾクゾクする。混ざり合った唾液をこくりと呑み込んでもなお、口の端からこぼれたそれを追いかけるように、ぺろりと舐められた。

顎の先に口づけられて、そのまま浮かんだ喉仏の線をたどるように唇が下へ。

「はあ……」

キスだけでたまった熱を逃すようにコウジは息をつく。首の付け根にちりりと甘い痛みが走り、男の頭を抱きしめた。

シャツを脱がされ、ベッドに転がされる。

銀色の頭がごそごそと左の乳首に吸い付く。もう片方は指で転がすようにされると堪えきれない声が漏れた。

「おじさんの乳首……吸って……楽し……い……か？」

事の最中に饒舌になるのは照れ隠しだ。答えの代わりでもないが、軽く歯を立てられて、あられもない声をあげてのけぞる。散々舐めて、吸われて、そこはすっかり性感帯だ。

昼間、ふとした瞬間にシャツにすれて、夜を意識してしまうのは、自分の胸に吸い付いている王子様には内緒だ。

イタズラな唇はさらに下へと下りて、薄い腹、それでもうっすら浮き出た腹筋の線をちろちろと舌先でくすぐられて、熱い息を吐く。この先への期待に背筋にぞくりと震えが走る。

太ももの内側に口づけられて、すでに頭をもたげていたそれを口に含まれる。ぬるぬるした口中に含まれるのは、たまらなく気持ちいい。男の頭をもっととばかりに押しつけ、無意識に腰が跳ねる。

「っ……あ……っ……！」

早いんじゃないか？　と思うが、比べようもない。なにしろ、このおじさんの設定は、女関係はからっきしで、この王子様が初めてって……空しく感じたのは過去のこと、今は自分に初めて触れたのがこの男であることがどことなく気恥ずかしくもうれしい。

顔を上げた男の喉仏がごくりと動くのをぼんやりと見る。

最初飲んだのを見たときに、その衝撃に思わず「そんなもの飲むな！」と言ったのに、この男はやめなかった。

今なら見つめるジークの瞳に宿った熱の意味がわかる。自分の全部を喰らいたいと……まったく物好きな。

「っ……あっ！」

ずるりと男の指が三本、内側から抜き取られて、声があがる。まったく手際がいい。

この王子様、おじさんを抱くまで童貞だったんだよな？

いや、不毛なことは考えないようにしよう。

今は気持ちいいことだけだと、片脚に自分の手をかけてぐいと広げる。なにもかも男の前にさらして挑発するように不敵に微笑む。

「来いよ……っ、うあああっ！」

若い男はまったく素直だ。ずるりと剛直が入り込んでくるのにのけぞり、そのたくましい腰に足を絡める。突き上げられて、ずり上がりそうになる身体に腕が絡んで、放さないとばかり抱きしめられた。

「いきなり……はげし……ぃ……」

「あなたが望んだ」

普段は冷たささえ感じる玲瓏《れいろう》な美貌が、欲望にゆがんでいる。こんなケダモノみたいな顔をしていても、この男は美しい。

手を伸ばして、すっかり降りて目元に被さる銀の髪を指ではらってやる。

「ああ、壊しても……いや、壊されちゃ、明日もこんなことできない……」

あとは言葉にならず嬌声となる。ぐっぐっと力強く突き上げながら、ジークが「当たり前だ」と言う。

「今夜も、明日も、明後日も、私はあなたと抱き合う」

「……お、おじさんの歳……考えろ……よ……！」

そんなこと言いながら、結局、明日も一緒のベッドで夢を見ているんだろうと思う。

◇◆◇　◆◇◆　◇◆◇

朝。

いつものように夢うつつで、ジークの腕のなかで目を覚ました。

今日の朝食はどうする？　と聞かれて「ポリッジじゃない、甘いの」と答えた。

ミルクがたっぷり入った温かなお茶を渡される頃には意識が浮上して、積まれたクッションに背をあずけて、ほんのり甘く温かなそれをこくりと飲む。ほう……と息をつく。

「なんだ？」

ジークがじっと自分を見ているのでたずねる。起き上がるときに「おはよう」という言葉に「……はよう」と返したようなと思ったのだが――

「今日もあなたを愛している」

「ぐっ……！」

お茶を喉に詰まらせるという器用なことをしかけた。むせるコウジの手から、ジークがカップを取って、その背中を大きな手でさする。

「い、いきなりなんだ、お前！」

自分でも耳まで赤くなってる自覚がある。朝の光の中で受ける王子様からの告白は、おじさんの心臓に悪い。

「いや、昨夜、あなたに初めて聞いたと言われたから」

「何度も聞かなくてもわかる！」

「私が何度でも言いたい。これからは朝の挨拶の一つにしよう」

「するな！」

そう叫んだが、しかし、この王子様のことだ絶対明日も言うな……と覚悟を決める。

そして、もう二度と言わないとコウジは昨夜言ったが。

「あ、あのな……まあ、俺もあ、愛しているぜ」

「…………」

昨日は「好き」だったよな。愛してるって、口にするのはさらに踏ん切りがいるな……と思ったところで、両手首を捕らえられて寝台に押しつけられた。

「お、お前、朝だぞ！」

「今のはあなたが悪い」

朝食のリクエストのポリッジじゃない甘いの……パンケーキを食べられたのはだいぶ後のことだった。

◇◆◇　◆◇◆　◇◆◇

さて、女神の降臨で隠れた災厄である正妃アルチーナ……もとい、正妃の称号は剥奪されて王家の記録からも抹消された女とアンドル王子もとい、これも記録抹消された災厄の息子は消滅したとされた。

あの聖王の間での正体をあばかれた女神とコウジ達のやりとりは、綺麗さっぱり人々の記憶から消えていた。さすがの女神様パワーだ。

災厄の正体がなんなのかを知っている三王子と魔法少女二人＋おじさんも、このことに関しては、沈黙を守った。女神アルタナへの信仰は、この国の根幹を成している。その女神への不信を招くようなことは出来ない。

それに女神様はストレスから解放されたのだから、もう災厄が現れることはないだろう。その代わりに、あちこちでの奇跡はぐんと減るのだろうが、そこはまあ人間どもでなんとかするしかない。

そして、玉座での騒動から半月後。復活した王様も交えて王宮にて会議がおこなわれた。

会議といっても宰相、元老院議長、将軍は抜きで、王様に三王子とパートナー達を交えた、ある意味家族会議のようなものだ。

場所もお堅い円卓会議場ではなく、王家の私的サロンで行われることとなった。巨匠が描いたのだろう豪華な天井画に装飾過多な内装、飾られている皿一枚でも割ったら大層な金額だろう部屋に、マイアなどは緊張の色を隠さなかったが、コウジは気にせずに猫足の椅子にどっかり座って、細い足を組んだ。その隣には当然のようにジークが姿勢正しく座っている。

侍従が「お飲み物は？」と聞くのにコウジは「パフェあるか？」と聞いた。この王宮で食べたイチゴパフェは絶品だったな〜と思いながら。

「本日はちょうど、南から届いた新鮮なマンゴーがございます」

「んじゃ、それのパフェ一つ。あ、ジークお前も食うか？」

「いや、私は飲み物だけで十分だ」

「あ、僕もパフェください」

ピートが頼み、「マイアもだね？」と聞く。

それにシオンが「これから王様と会うのに緊張感がない」と言いながら、自分も頼んでいた。

そこにコンラッドが咳払いして、お、この生真面目王子様がなにか言うか？　と思ったら「私も同じものを」と頼んでいた。

コンラッドよ、お前もか？

そうしてオレンジ色の甘い果実のパフェを食べていたら、王様がやってきた。

さすがのコウジもみんなと同じく立ち上がる。

ずらりと並んだ細長いパフェのグラスにフィルナンドは目を丸くして、そして彼も侍従に「私も同じものを」と頼んだ。

王様、お前もか！

どうやら王家は甘党の血筋らしい。そんな中一人、深く煎《い》った豆の茶――珈琲《コーヒー》を砂糖も入れずに飲んでいるジークに、俺の王子様はやっぱりかっこいいよな～とコウジは思う。

さて、話し合いの議題は王子達の序列に関してだった。

序列一位だった名前も記録も消された王子の空席を埋めるのは当然、準妃の息子であるコンラッドと思われたが、彼は自分はその資格はないと固辞した。

「私は準妃の息子です。母ロジェスティラの疑いは晴れたとはいえ、いまだ疑惑の目で見る者がいることはたしかでしょう」

準妃ロジェスティラは正妃アルチーナの妹だ。

当然、彼女もまた疑われた。その息子であるコンラッドもだ。

だが、コンラッドが三王子と呼ばれて、災厄をうち払った一人であること、そして王命によって行われた大神殿にての神明裁判で無実が証明されたことで形式上の疑いは晴れた。

とはいえ世間の目が未だ厳しいことはたしかだ。ロジェスティラにしても王宮にいることは出来ず、離宮に静養のため問いって引きこもっている。コンラッドも微妙な立場だろう。

聖王の間での出来事は、最後の最後の女神降臨の部分が女神様パワーで記憶を修正されているとはいえ、それ以外の真実は皆の知るところだ。

これを王都の広場の巨大な映し鏡にて公開したジークに、王宮内から非難の声がないわけではない。

実際、元老院の貴族達から「王子が王家の恥をさらすなど」と非難の声が出ている。

「醜態をさらしたのは、今や名前もここじゃ言えない災厄の女の息子だろう？」

それにコウジが皮肉に返して議場が騒然とするなかジークが「たしかに今回のことは、無断で行った私にも責はある」と口を開き、「罪を問われるというならば、その沙汰があるまで私は所領にて蟄居《ちっきょ》する」と言って退席しようとした。

さりげなくおじさんの腰をこのとき抱き寄せていたのは、置いておいてだ。

「ジーク・ロゥよ、待て」

フィルナンド王、自らが呼び止めた。

「余はお前の罪を問うつもりはない。災厄の残した傷痕はまだまだ各地に残っている。王国の復興のため、蟄居《ちっきょ》などゆるさぬ。働け」

その言葉にジークは静かに頭を下げて「御意」とひと言、コウジと一緒に席に戻った。

茶番劇に見えるが、ジークとしては本気でコウジを伴って所領に戻るつもりだったらしい。

「あなたとゆっくりするつもりだった」

そう語るジークを見てからは、元老院の長老達はうんともすんとも言わなくなった。

今や民の絶大なる支持を受けている英雄を、自分達が本当に蟄居《ちっきょ》謹慎などさせたのなら、屋敷に民衆からの無数の投石を受けるのは確実だったからだろう。

◇◆◇　◆◇◆　◇◆◇

「私は序列第一位には準妃の御子であるコンラッド王子がなるのが順当であると考えております」

家族会議が行われているサロン。コンラッドの言葉を受けてのジークの発言に、そのコンラッド自身が驚きに軽く目を見開いている。

コンラッドが第一王子となることを辞退したならば、序列一位となるのは当然ジークだ。

しかし、コウジはこの男にそんな欲がないことは知っている。

「王様なんてやりたくないもんなぁ」

思わずつぶやいてしまったら、フィルナンド王に「そなたも王にはなりたくないか？」と聞かれてしまった。

「俺は王様なんてガラじゃないですし、四十五人の王子の種付けに無理矢理盛《さか》らされたあげく、毒を盛られるなんてまっぴらなんで」

王様の前だというのに平気でパフェをぱくつき、あげく柄の長いスプーンをひらひらさせながら、とんでもないことを言い出したコウジに「そなた！」とコンラッドが尖った声をあげたが、フィルナンド王は「よい」とひと言首を横に振った。

「その点に関しては、まったく余の不徳の致すところだ」

王様は顔の下半分を隠すように手を当てて、ため息を一つつく。

フィルナンド王があれほど好色家だったのも、最高の魔法騎士になれる王子の力を分散させようという、災厄のたくらみだったと、生き返るときに女神から告げられたという。

この点に関してはどうだか？　とコウジは思っている。

四十五人は作りすぎだが、そもそも正妃と準妃という制度がある時点で、この国は王が複数の妻を持つことを認めているのだ。そういう状況ならたいがいの男はあちこちに手を出すだろう。

とはいえ、今や王様もすぐに新たな愛人を作ったなんて話が出たら、民に白い目で見られるのは確実なのだから、当分は大人しくしているだろう。

「僕は序列第三位で十分です」

なんてピートはこんなときもちゃっかりしている。控えめなようでいて、元は序列四十五位から今や三位に確定なのだから。

「お前さんは王様になる気はないのか？」とからかい半分でコウジが訊ねれば「やめてくださいよ」とピートは続けて、肩をすくめた。

「そうじゃなくたって、僕は単に運がよかっただけで、ジーク兄様とコンラッド兄様にくっついていただけのオマケなんて言われているんですから」

ただのラッキーボーイなだけで、この混乱を生き残れたとは思えないが。「ピート君が頑張っていたこと、わたしが一番よく知っているよ」とマイアに言われて、二人、顔を見合わせて笑い合っている。うん、この二人は微笑ましい。

しかしつまり、三王子の一人も、王にはなりたくないということだ。

三人の王子様の言葉を聞いて、フィルナンド王はしばらく考えてから口を開いた。

「裁定を下す。——現状序列第一位を空位とする。コンラッドの序列二位はそのまま、ジーク・ロゥを同格の第二位とし、ピートを三位とする」

三人の王子は同時に「御意」と胸に手を当てて頭《こうべ》を垂れた。

曖昧な決着だなと思うが、現状はこれがベストだろう。

民意におされてジークを第一位とすれば、元老院と貴族達の反発は必至だ。コンラッドを同格の二位としておけば、周囲はほとぼりが冷めたらコンラッドが第一位に上がると勝手に期待するだろう。

明日のことは明日考えればいいさと、コウジは思うのだった。

さて、そのように国王関連の物事が片付き、マイアのことだが。元の世界に戻って家族にお別れを言ってから、こちらに来るという彼女は、さらに女神様にお願いしたのだ。

「でも、いまこの場所でお別れなんて出来ません。今回のことがどうなるのか見届けて安心してからでないと」

それも女神アルタナは「こうなったらもうなんでもいいわよ」とため息交じりに受け入れた。

かくてピートの序列も決まり、王宮に開いた大穴はそのままだが、家族会議の三日後、大神殿の召喚の場にて彼女は帰ることになった。

しかし、ピートと「絶対戻ってくるから！」「僕も待ってる！」と涙のお別れのあと――

彼女の姿が一瞬消えたと思ったら、また、すぐに現れたのだ。

「ピート君！　ただいま！　あれ？　みんななんで、驚いているの？」

マイアの話によると家族の元に帰り一年過ごし、最後まで首を縦に振らなかった父親と根気強く話し合って認めてもらったのだという。

それが消えた一瞬後に戻ってくるとは、これもやっぱり神様パワーか？　とコウジは目眩《めまい》を覚えた。

ここでいち早く順応したのはピートだ。

「マイア、すぐ戻ってきてくれて嬉しい！　僕、本当はマイアと一瞬だって離れたくなかった！」

「わたしもピート君のこと一年ずっと考えていたよ」

すかさずマイアに抱きつき、ぎゅうぎゅう、お姉さんの胸に顔を埋めて役得だな……と思う。

「なんつーか、良かったけどどっと疲れたな」

神殿の回廊をくわえ煙草で、コウジはジークと並んで歩く。そういえば召喚初日も、ここを歩いた。

あのときは肩を並べてではなく、前を歩く男の背でなびくマントを見つめていた。これからどうなるんだ？　と不安がなかったわけではない。

「まあ、いい。ピート王子とマイアちゃんも王宮に仲良く帰ったし、俺達も帰ろうぜ」

「……ああ」

くわえ煙草をひょいと口から引き抜かれて、回廊の柱の陰、連れ込まれて口づけられた。ぷはっと口を離して。

「いきなりなんだ？」

「『帰ろう』と言った」

「ああ、うん」

いや、実のところあの居心地のよいジークの屋敷にも愛着があるが、この男とならばどこだって……とくさいことを考える。

「帰っておじさんと仲良くしようぜ」

口の片端をつりあげて上目づかいに言ってやれば、剃刀《かみそり》色の瞳がギラリと輝く。

途端に歩く速度が上がったのに対して、コウジは慌ててジークの袖を引いた。

「おい、飯食って、風呂入ってからだぞ！」

そうじゃないと、すぐにベッドに放り込まれかねない。

すると「神殿では静粛に」と通りかかった神官の注意を受けて、コウジは無言で肩をすくめる。

「帰ろう」というジークの声に「ああ」とうなずいて歩き出した。

番外編　おじさんのなんでもやります課

災厄が倒され、フォートリオンには平和がおとずれた。

病《やまい》がちだった王は完全復帰し、政務に精を出している。それを補助するのは、災厄を祓《はら》った三王子と呼ばれる、ジーク・ロゥ、コンラッド、ピートの三人だ。

ジークは英雄と名高き武を生かし、軍を取りまとめている。コンラッドは内政を、そしてピートはコンラッドを助けている。その内容といえば、表の顔は災厄によって困窮した民への慈善事業。裏の顔はその活動を生かした諜報だ。

シオンはコンラッドの秘書として働いていて、マイアもピートを助けるように、孤児院の慰問や貧民への炊き出しなどを手伝っている。

で、コウジは……といえばだが――

「『働かざる者食うべからず』って言葉が、俺達の世界にはあってな」

天井までのガラスから、朝の光が降り注ぐ食堂にてコウジが口を開くと、ジークの太く形の良い眉がぴくりと動いた。

ちなみに食堂というが、ここは朝食用の食堂だ。別に昼食用と夕飯用、さらには客を招いての晩餐用なる部屋もある。飯ごとに部屋を変えるなんて、お貴族様の生活はめんどくせぇなと、最初は思ったコウジだが、こんな生活にも慣れた。なにより、朝の光の降り注ぐテーブルで食べる、焼き立てのパンや料理はうまいものだ。

もっとも朝食をとる場所はこの食堂と、寝ているうちにジークが去ったベッドの上と半々のコウジだ。なんでベッドの上になることがあるかといえば、目の前の年下の男が前の夜にしつこくコウジを放さないからに他ならない。

「その言葉はなんだ？」

昨日、そこそこにおじさんの身体を撫でたりいじくったり舐めたりした王子様の眉間には、朝の光の中、くっきりと深い皺が浮かんでいる。

理解不能という顔と、不機嫌が半々。

――いや、不機嫌が七割か。

どうしてそんな顔をするのか、と思いつつコウジは隣のジークを見やる。

「俺達の世界でよく言われるんだ。働かなきゃ、金も得られねぇし、飯も食えねぇのはわかるだろう？」

「たしかに皆が額に汗して働くからこそ、人々の暮らしは回っている。が、あなたは働かなくていい」

「おいおい、いきなり結論を出すなよ」

実のところここ数日は、同じ話題を繰り返している。

「働く」と言うコウジと「働かなくていい」と言うジークだ。

当初はこんなに頑《かたく》なに反対されるとは思ってなかったコウジだ。ジークのことだから、あなたの好きにしていいとうなずくに違いないと。

「あなたはあなたの好きにすればいい。無理に働くことはない」

しかし、返ってきたのは、好きにしろ……と言いながら、まったく予想とは正反対の内容だった。

今度はコウジの眉間に皺が寄る。

「毎日ぶらぶらしてるのも暇でつまんねぇから、働きたいと言っているんだよ。王宮の廊下掃除でもなんでも引き受けるぜ」

「……私とともに災厄を倒し、国を救ったあなたを掃除夫にしろと？」

「じゃあ、お前専用のお茶くみ係」

くわえ煙草でニヤリと笑ってやれば、ジークが無言で少し考えた。

え？　そこでぐらつくのか？　おじさんがお茶運んできて嬉しいか？

「その話についてはまた夜にしよう。王宮に向かう時間だ」

そう言って、ジークは立ち上がり長い足を動かして、食堂を出ていった。

「あいつ逃げたな」

そうつぶやくコウジだが、追いかけるようなことはしない。

食後の一服は楽しむもんだと、煙草を吹かした。

しかし、ジークがどうしてああも頑《かたく》なに反対するのかは、気になる。

「コウジさん」

足の向くまま、王宮にあるピートの執務室へと向かった。入ってきたコウジに笑顔を見せるマイアに「よお」とコウジは片手を上げる。

するとピートはマイアを何気ない風に見て微笑んだ。

「マイア、この書類を届けてきてくれないかな？」

「え？　せっかくコウジさんが来てくれたのに」

少し不満げな声をあげつつ、マイアはすぐに書類を持って立ち上がる。自分がピートの私室ではなく、この執務室にわざわざ来た時点で、ピートはなにか聞きたいことがあると悟ったのだろう。

それはマイアにわざと仕事を言いつけたことでもわかる。

やはりこの王子は食わせ者だな、と思いつつコウジは肩をすくめた。

「早く終わらせてこい。もうじき茶の時間だ。茶菓子は持ってきたぜ」

コウジの言葉にマイアがパッと表情を明るくした。

「やった。コウジさんのところのお菓子美味しいんですよね」

「それを言うなら、ジークのお抱えの料理人だろう？」

「だから、コウジさんのお家でしょ？」

当たり前のようにマイアは答えて「じゃあ、楽しみにしてますね」と出ていった。

ジークのあの馬鹿デカい邸宅が自分の家ってのもな……と思いつつ、なんともくすぐったい気分で振り返れば、赤毛の少年がイタズラっぽい笑みを浮かべている。

「マイアは良い子でしょ？」

胸ポケットから煙草を出してくわえる。

「なんだ？　ノロケか？　ガキが一丁前に」

くわえたまんま話せるおじさんの器用な口が動く。

本題がジーク関連であることは、もうバレバレのようだから隠すこともあるまい。直球でたずねることにした。

「ジークの奴はなんで俺が働くのが嫌なんだ？」

「ああ、それはですね」

唐突な質問だが、ピートは戸惑うことなくうなずいた。

これがあの堅物のコンラッドでは、こうはいかない。シオンにしたって、自分も話を聞くと言い出すだろうし。

まあ、適材適所だ。情報通は情報通に聞くに限る。

この王子様は素直な子供の仮面を被りつつ、その実、抜け目ない。

相手も子供だとあなどって、つい、その前ではボロを出すのだろう。

コウジが肩をすくめると、ピートが続けた。

「まず、王宮でのあなたの悪い話が一つ。他のパートナー達が、それぞれの王子の手助けをしているのに、あなたはなにもしていないと」

「そりゃまあ、言う奴はいるだろうなぁ」

コウジの耳には入っていないが、これは想定内のことだ。少しでも人のあらを探して、言う奴はいるものだ。まして、こんな王宮お貴族様の社会ならば。

「それから、それ絡みの陰謀が一つ」

「陰謀？」

ずいぶんと物騒だ。災厄が倒れたばかりだというのに、もう陰謀？

眉をひそめると、ピートが頷いた。

「ええ、そんな風に騒ぎたててる連中の中には、あなたが働きに出たなら出たで、恥をかかせてやろうと言っている者がいます」

「それは俺じゃなくて、ジークの顔に泥を塗りたい奴ってことか？」

「ジーク兄様には昔から敵が多かったですからね。国の英雄になったからと言って、いや、だからこそ、少しでも蹴落としてやろうという輩《やから》が絶えない」

ピートが肩をすくめる。

「完全無欠の英雄殿の唯一の疵《きず》が俺ってわけだな。他の魔法少女達のように可憐でもないおじさんで、その上に働いてない。しかしそれなら、余計、俺がなにかしねぇとまずいだろう？」

「そうなりますね。だけど、ジーク兄様はあなたを守ろうとしているから、それだけあなたの仕事に対して反対しているんだと思いますよ。それこそ、あなたを屋敷に軟禁しかねない」

「やめてくれ、シャレになんねぇぜ」

実際、あの馬鹿は思い詰めると、それぐらいやりかねない。コウジは苦笑する。

そこでピートが「でも不思議なんですよね」と腕組みした。

「なにがだ？」

「あなたがそうまでして、働きたがる理由ですよ。僕からすると、なにを言われようと働かないですむなら、ずっとお昼寝してそうなのに」

「ひでぇな。まあ、そこらへんはな……」

たしかにおじさんの怠惰なキャラならそうなのだろう。のんべんだらりとネコとでも寝っ転がって……というのもイメージに合うが。

「まあ、これはジークに聞かせることだな」

口を開きかけて、コウジは止める。

「え？　僕には内緒ですか？　ひどいな」

「大人には大人のお話があるのだよ、ピート君」

「ベッドの上で？」

「ませたこと言うんじゃないぜ、ガキ。マイアちゃんとなんて考えるなよ、百年早い」

「ご安心を。僕とマイアは結婚するまでは清く正しい関係ですからね」

そこにマイアがちょうどよく帰ってきて、お茶の時間となった。ピートもマイアも、木の葉の形のパイクッキーが気に入ったようだった。甘い物好きのおじさんとしても、これは好物だ。

◇◆◇　◆◇◆　◇◆◇

「『あの人、なんのために生きているのかしら？』」

ジークとコウジの寝室。一戦終えて、くったりとうつ伏せのコウジの背中に落ちる、いくつもの口づけ。かすれた声でつぶやくと、ジークはその端整な唇をコウジの背に押し当てたまま、ぴたりと動きを止めた。

「なんだ？」

大きな手が伸びてきて、コウジのくせ毛の後頭部に長い指を入り込ませてくしゃりと撫でる。

大の男の頭を撫でるなよ……と思うが、この大きな手の感触が心地好いのはたしかだ。

子供の頃にすり込まれた、イイ子イイ子って撫でられるあのくすぐったくも嬉しい安堵感っては、抜けないものだ。

「あっちの世界での記憶」

「…………」

あっちの世界、という言葉に固まる青年の気配を背後に感じて、コウジは振り返った。腕を伸ばして、男の頭を引き寄せ、銀髪の頭を撫でる。今度はこっちがイイ子イイ子してやる番だ。

『気にするなよ、お前のせいじゃない』なんて言葉は口には出さない。

「……昔の俺はしがないコンビニバイトだった。ああ、こっちの世界じゃ、日雇いの下働きみたいなもんだ」

実のところコウジにとって、あっちの世界の記憶は、夢のように曖昧だ。よく覚えているところもあるし、すっかり思い出せないこともある。

だが、あの言葉だけは鮮烈に覚えている。傷つくというより、ただ空《むな》しかったこと。文字通り胸にぽっかりと穴が空いたようだった。

「将来に夢や希望なんてありゃしない。食うために働いて、ねぐらに返って寝て、起きて、人に言われた通りにまた働いての繰り返しだったな。たしかにはたから見りゃ、なんのために生きているかわかんねぇな」

「私はあなたが生きていてくれるだけでいい。ここにいるだけで」

胸に抱きしめた頭からくぐもった声がする。痩せた背中に回った腕にぎゅっと抱きしめられる。ちょっとキツいぞ、おじさんの背骨をへし折るつもりか？　と苦笑する。

同時にあなたがいればいいのだと……自分の全部を肯定されることに、胸にじんわりとした温もりが広がる。ここまで執着されて、切ないような嬉しいような。

「俺だって、お前がいりゃいいよ。別に英雄様でも王子様でもなんでもなくな」

「あなたが望むなら、私はすべてを捨ててもいい。二人で誰も知らないどこか遠くへ……」

青年ががばりと顔を上げて、真顔で言う。

それにコウジは端整な唇に唇を一瞬押し当てて、黙らせる。

「先走るな」

いつもは上げている前髪がすっかり下りた少し幼い顔を、ぴたんと両手で挟んでやる。

それから銀色の瞳を見つめて、首を傾げた。

「暇で暇でしょうがねぇから、なにかやらせろって言ってるんだよ」

「しかし……」

「お前に守られるほどヤワじゃねぇぞ」

そう告げてやると、ジークは一瞬気まずげな顔をして「ピートか」とつぶやく。

「陰謀好きの連中がなんだっていうんだ？　そんなものは『最強の街の掃除屋』には通じないぜ」

掃除屋のコウジは設定上ではあるが、今や本物でもある。

「裏でこそこそ噂話を流すしかない、腰抜け貴族どもに俺が負けるとでも？」

「あなたなら、そう言うと思った。だから、私の腕に閉じ込めて、放したくなかったんだ」

「俺が大人しく閉じ込められるかよ。嫌になりゃさっさと飛び出して……うあっ！」

声をあげたのは肩口に噛みつかれたからだ。結構な痛みに、こりゃ歯形どころか血もにじんでいるんじゃないかと思う。

それさえ、背にぞくぞくと冷たいんだか熱いんだかわからない電流が走って、のけぞる。

「痛いのすら気持ちいいって……俺、終わってんじゃねぇか？」

「……あなたに苦痛は与えたくない」

「そう言いながら噛みつくんじゃねぇよ、このワンコ。ま、お前だからいいんだけどな」

「………」

一瞬の沈黙に悪い予感がして「おい」と声をかければ、また、ガリッと噛みつかれた。

「おい、馬鹿！　痛いだろ、こらっ！」

「あなたが悪い！」

いや、だからどうして!?

そう問う間もなく、無茶苦茶に噛まれたり舐められたり、噛まれたり、吸われたりした。

「……まっ……たく……しつけぇ…ぞ……」

あぐらを掻いた膝の上に乗せられ、後ろから抱きしめられ揺さぶられながら、途切れ途切れコウジは文句を言う。

ぐちゅり……と結合部から卑猥な音がする。下を見れば、吐き出すものは吐き出して、半ばうなだれてぶらぶら揺れる、半勃ちの自身が見えた。

それでもまだ感じるなんて終わっている。

自分の開発された身体にそう内心で語りかけながら、ジークに視線を送った。

すると再び、ぐっと身体を押し付けられた。

「あなたが悪い……」

「お前、そればっかかっ……！」

ぐぷりと入っちゃいけない場所に入り込まれて、のけぞる。脳天までしびれる快楽に声が出た。

その声に興奮するかのように、ガツガツと後ろから突かれる。

「あはっ！　イテェだろうがっ！」

突かれて軽くイッて、甘い吐息が出ると同時に、がぶりと肩に噛みつかれた。この痛みさえ、ぞくぞくと背をのけぞらせるって、やっぱ、いっちゃいけないところにまで、いってないか？

こらと叱るように形の良い後頭部を後ろ手に張り飛ばしてやるが、それも力が入ってない。まったく、明日は身体中、歯形だらけだろう。いや、それは治癒魔法で腰の痛みとともに、綺麗さっぱり消え……ないかたぶん。

緩いネクタイを締めたシャツギリギリのラインとか、骨が浮き出た手首とか、そこらへんにうっすら残しておくのだ。このむっつりスケベが。

そういう、若い男の独占欲も可愛いと思っているのだから、自分だって大概だ。……と、肩に埋まる頭。これまたここまでハンサムかよ、と、形のよいつむじにキスしてやるコウジだった。

◇◆◇　◆◇◆　◇◆◇

そんなわけで「おじさんのなんでもやります課」が出来た。

ジークは初め、シオンやマイアと同じくコウジに自分の副官という名の秘書をやらせる気満々だったが断った。

軍部を総括しているジークの副官となれば、当然、制服を着なければならない。

ジークはおそろいの衣装というのに、密かに浮かれていたらしいが、毎日きっちり制服なんて、おじさんの猫背が崩壊の危機だ。

そこで、以前の職である街の掃除屋さんよろしく「なんでもやります課」という名で緩く仕事を募集する。

その名の通り、お困りごとはなんでもうけたまわります……と王都の各新聞にも広告を出したが——

「ま、待ってて仕事が、来るわけねぇよなあ」

コウジは誰もいない部屋でつぶやく。

王宮にある官舎の二階。その空き部屋を借りた、なんでもやります課。ジークの指示で立派な机やらなにやら運び込まれたが、コウジが指示したのはただ一つ。

部屋の天井に丈夫な鉄の棒を一つ渡してくれ。

だった。

で、その棒に足を引っかけて、コウモリよろしく逆さまにぶら下がったまま、コウジは首をかきりと鳴らす。いや、別に逆さまになるのが趣味ではない。「よっこいしょ」と声を出して、腹筋のみで起き上がる。

こういうときに「どっこいしょ」とか言っちゃうのは、やっぱり歳かね、やだね〜なんて思いながら、軽快な動きでネコのようにくるりと一回転。くたびれた革靴で、すたんと床に着地する。

「なら、こっちから御用聞きに行くまでだ」

そして、気楽にすたすたと王宮を抜け出した。

◇◆◇　◆◇◆　◇◆◇

「困ってること？　裏の下水が細くてすぐに詰まってね……」

昼間からやっている王都の酒場兼食堂。

カウンターで一杯ちびちびやりながら女将に聞けば、そう言われた。

さっそくの業務の予感に、思わず少々顔がほころんだ。

「じゃあ、俺がいまからさらってやるか？」

「それは心配いらないよ。早朝にみんなで裏通りを掃除するついでにやっているさ」

「お前！　英雄の盟友様にドブ掃除をさせるつもりだったのか？」

奥で料理していた親父が慌てて顔を出すのに、女将は振り返り「困ったことがないか？　って訊かれたからさ」と返している。

それから申し訳なさそうに手を振られてしまった。

「いくらなんでも盟友様にドブさらいはさせられないよ」

「その盟友様ってのはくすぐってぇなあ」

「盟友様は盟友様でしょう？」

盟友様、というのはコウジのことだ。英雄ジークのパートナーとしての呼び名。

くすぐったい呼び名に肩をすくめつつ、コウジは女将に微笑んだ。

「ま、裏の下水が細いって苦情は王宮に言っといてやるよ」

「ありがとよ」

コウジは酒代をカウンターに置いて店を出た。

後日、この裏通り一帯の下水の拡張工事が行われて、コウジは一杯奢られることになる。と、まあ、なんでもやります課は、こうして街の声の汲み上げ役になるのだが、それは後日のこと。

結局、最初の仕事はなんだったかといえば――

「頑固爺さんの幽霊屋敷？」

「ええ、みんな困ってまして」

「草はぼうぼう、煙突からは黒いもやがもうもうと。あの家だけでなく、周りもススだらけで」

街角で、仕事を求めているると喧伝しているコウジを「あのぅ……」と呼び止めた、いかにも善良そうな市民の夫婦からの依頼だった。

彼らが言うのには、近所にあるいかにも幽霊が出そうな屋敷が見た目通り荒れているそうだ。しかし、その館の主《あるじ》のせいで、誰も苦情を言えないのだという。

「隠居されたとはいえ伯爵様ですから」

「それに偉い軍人さんでしたしね」

顔を見合わせる夫婦に納得する。貴族に文句を言えば、何をされるか分からない、と言いたいのだろう。

「とりあえず行ってみるぜ」

そうコウジが答えれば「ありがとうございます」と笑顔で言われた。

さて、言われた屋敷を訪ねてみれば、出てきたのは頑固親父ではなく、老齢の執事だった。

彼は、三王子の盟友であり、『なんでもやります課』をしているコウジの話を聞くと、一度奥に引っ込んでから、困り顔で戻ってくる。

「盟友様とはいえ、突然のご訪問。旦那様はお会いにならないとおっしゃっています」

「まあ、そりゃそうだな。ところであんた、困ってることないか？」

「はい？」

そのまま扉を閉めようとするのを、くたびれた革靴を挟んで止め、ずいと顔を寄せる。戸惑っている執事にたたみかけた。

「たとえば草ぼうぼうの庭とかさ。あんた一人じゃ手が回らないんじゃない？」

「それはまあ、狭い家とはいえ、私一人では……」

「引き受けた！」

コウジはくわえ煙草でニヤリと笑った。


「……あなたはなにをしてるんだ？」

「ん～草取り」

邸宅の鉄柵越しに声をかけられて、コウジは答える。

しっかりと根を張った、根性のある雑草を俯いたまま引き抜くと、土に汚れたコウジの指先を見てジークが眉をひそめていた。

「お前こそ、なにしてんの？」

「あなたが街に出たと聞いた」

「仕事はどうしたんだよ？」

「午後は休みにした」

「ずる休みかよ、おい……」

ジークは槍の穂先のような鉄柵が並ぶ塀を、ひょいと越えてコウジの横にかがみ込むと、草をぶちりと引きちぎった。

「こら、葉っぱだけ千切るんじゃねぇ。こういう雑草は根っこから引き抜かねぇと、またすぐ生えてくるんだよ」

「そういうものなのか？」

「というか、お前なにしてんの？」

「あなたの手伝い」

「英雄様がお仕事お休みして草取りか？」

そう言いながらも、コウジは雑草の根をめがけて指を土に潜らせる。ジークも真似するように地面に触れた。手慣れていないながらも、その目はまっすぐ地面に向かっている。

コウジは苦笑しながらその手伝いを受け入れた。

数時間後、雑草だらけの庭はジークのおかげもあってすっかり綺麗になっていた。

様子を見に来た老執事は、コウジの姿のみならず英雄ジークもいるのにすっかり慌てていた。

ジークは「私はコウジの手伝いだ」と生真面目に返した。とんでもなく豪華な手伝いだな……とコウジがくわえ煙草で苦笑する。

「すっかり庭が綺麗になり助かりました。あのお礼は……」

「礼なんていらねぇよ。こりゃ『なんでもやります課』の仕事だからな。あえて言うなら、明日は煙突の調子を見せてもらいてぇな」

「はあ……私から旦那様にお口添えはいたしますが……」

そのとき、庭に面した窓が突然開いて、何かが飛んだ。ジークがその長身でコウジを庇う。

彼の黒の軍服の肩口が、ぴしゃりと濡れた。

「外が騒がしいと思ったが、いつもの野良猫ではないのか」

「だ、旦那様！」

白い髭を蓄えたいかにも偏屈そうな老人がそう言い捨てて奥へと引っ込む。老執事は平謝りだったが、ジークは「間違いは誰でもあることだ」と済ませた。

その後、ジークは疲れただろうから、と馬車を呼んでくれた。

コウジが乗り込み、馬車が走り出すと、ジークが囁くように事情を伝えてくれる。

「――あの館の主《あるじ》であるモロー伯爵は、天敵と言われるほど母と対立していた相手だ。当時は将軍職にあって、直接陛下にも畏れず諫言するような御仁でな」

「なるほどなあ。いかにもな頑固爺さんに見えたもんなあ」

ジークの話にコウジはうなずく。

ジークの母は公式愛妾という称号を得て、その権勢を振るった。そんな愛妾に溺れる王……つまりはジークの父に、堂々と意見したというのだから、なかなかの傑物と言える。

紅茶をぶっかけられたジークが評価していることからも分かる。

もっとも、こいつは滅多に人を悪くなど言わないが。

コウジがうなずいていると、ジークが首を傾げた。

「明日もあなたはあの屋敷に行くのか？」

「ああ。お前はついてこなくていいぜ」

「私もすることがある」

そのやりとりだけで十分だった。そもそも、コウジがあの屋敷にいるとわかって、ジークはやってきたのだ。王宮からずっとこっそりと護衛がついてきていたのに違いない。

まったく過保護だと思うが、そういう年下の男の心配性が可愛いと思う自分も大概だな……とコウジは内心で苦笑した。

◇◆◇　◆◇◆　◇◆◇

翌日、やってきたコウジに老執事は大変驚いた様子だった。

「もう二度と来ないと思ったか？」

「いえいえ、そのようなことは……」

慌てながらも、執事はコウジを屋敷に入れてくれた。すると玄関ホールにて、例の頑固爺さんが待ち構えていた。

「まったくしつこいな。煙突を見たなら、さっさとこの屋敷を去れ」

「だ、旦那様！」

執事が慌てているが、コウジは気にせず「これも仕事でしてね」と返す。

「仕事ならば客でもない。茶の用意など不要だぞ、ヘルマン」

主人の言葉におろおろする執事に「お構いなく」とコウジはヘラリと笑う。

「わざわざ冷ましたお茶なら、昨日ごちそうになりましたよ」

その言葉に、老主人の白く太い眉がぴくりと動く。

コウジはその反応にニヤッと笑って、さらに続けた。

「ドラ猫のケンカなら、冷水をぶっかけるのが一番ですけどね。客でもない奴を追い返すなら、飲めないような熱いお茶にすべきですよ」

昨日ジークにかけたお茶は、火傷しないほどまで冷まされた茶であった。それを、暗に指摘すれば、老主人はそれこそ熱い茶を飲んだような顔をして、ふいっとそっぽを向いた。

「茶の風味を台無しにするような淹《い》れ方をうちの執事はせん」

そう言い捨てて、老主人は去っていった。

その背を見送って、コウジは執事に向き直った。

「で、黒い煙がもくもく上がるようになったのはいつからなんだ？」

「はあ、それが五日ほど前からでして」

「ふぅん、ごく最近のことだな」

コウジは無精髭の顎に手を当てて考える。老執事はさらに言う。

「真っ黒な煙が突然上がりだしまして……慌てて火を消して、それ以来この暖炉は使っていません」

「使っていない？」

「はい、煙突掃除人を手配しようにも、旦那様は他人を家に入れるのを嫌う方ですから……」

領地から顔なじみの人手を送ってもらうにしても、時間が掛かっているという。

コウジはうんと肩を伸ばすように腕を後ろにやって、うなずいた。

「とりあえず見てみりゃわかるか？　ちょっと預かってくれ」

と二階に向かい、くたびれた黒いスーツの上着を脱いで執事に渡す。ネクタイも解き、白いシャツを腕まくりする。

「な、中にお入りに？」

暖炉の中を覗き込むコウジに、老執事が不安そうに背後から声をかける。

「ん、黒い煙が出るってのは、何かが中に詰まっているんだろうからな」

そう答えて、ごそごそと中へと入っていく。当然真っ暗だが、くわえた煙草の先がぽうっと明かるく照らす。暖炉に半分身体を入れて、先を見れば――ぎょろりと動く二つの目玉と視線が合った。

何者かがくわりと口を開けてコウジの鼻先に噛みつこうとする。

そこへ、ぶわりとコウジの煙草の先が火を噴いた。それにあぶられて、正体不明の化け物がぎゃあああ～とすさまじい声をあげて、煙突を駆け上っていく。

コウジは転げるように暖炉から半身を抜いて、「な、なにごとですか!?」と慌てる老執事を横目に、二階の居間の窓から外へと飛び出した。

バルコニーの柵を蹴って、三階の屋根へと飛び移り、煙突から飛び出たそれに向かい、銃をぶっ放す。

今度は悲鳴もあげずに黒い影は落下した。

それを追ってコウジも、屋根から飛び降りる。

「なんだこりゃ？」

思わずつぶやく。昨日、ジークとともに草取りをして綺麗になった庭に落ちているのは、銃弾によって打ち抜かれた魔石が一つ。力を失った証に、魔力の光も灯っていない。

「これはなにごとだ!?」

魔石を見つめていると、いきなり男に怒鳴られた。身なりからして貴族だとわかる。コウジを追いかけてきた老執事が「これはヨンス様」と声をかけた。

「伯父上はご無事なのか？」

「はい、三階のいつもの書斎にいらっしゃいます」

「ああ、なに、ちょっと煙突掃除をしただけの話ですよ。あの爺さんは無事です」

二人の会話にコウジが入ると、ヨンスと呼ばれた貴族の男は、彼を見てわざとらしくも驚いた表情を浮かべた。

「これは盟友殿。なぜ伯父上の家の庭先に？」

「仕事ですよ」

「ほう、あの『なんでもやります』とかいう、よくわからない部署の？」

馬鹿にしたように男は言う。そこに「やあやあ、これはこれは」とやけに軽い声がして、パシャリと魔道具の写し絵の音がした。小さな光に、コウジは目をすがめる。

そこには写し絵の魔道具の箱を構えた記者の姿があった。厄介な奴がやってきたとコウジは顔をしかめた。

記者は無遠慮にパシャパシャと絵を撮りながら、ニコニコと笑みを浮かべる。

「盟友様が真っ黒なお顔でどうされたんですか？　まるで煙突掃除をされたようなお姿で」

「そうだ。いくら盟友殿といえど、勝手に人の屋敷に上がり込んで、暖炉を爆発させるなど。その姿では居間も真っ黒に違いない。あそこには先祖伝来の売れば高い……いや家宝があるのですぞ！　その弁償はどうしてくれるのですか！」

「『なんでもやります課』の初仕事が早速失敗ですか！」

記者はなぜか嬉しそうだ。

コウジに迫る貴族の男と、真っ黒なコウジの姿を、写し絵の箱を構えて撮り続けている記者。

こりゃハメられたな。

まるで暖炉の爆発を待ち構えていたかのようにやってきた二人にコウジは内心苦笑した。

貴族の男は、部屋がススで真っ黒だと決めつけているが違う。煙突内でぶっ放した瞬間に、暖炉側には結界を張って部屋を守った。だから、コウジはススを被ったが部屋は無事だ。

しかし、そんなことを言ってやる義理もない。

言うのも面倒くさいし、そろそろあいつも来るだろうし――

「失礼」

そう思っていたらやってきた。

後ろを振り返った甥と記者は、現れたジークを見てぎょっとしている。

なんなら、ジークの後ろには彼付きの騎士達まで並んでいる。……さらに、その先頭の騎士達に男女二人が捕らえられている。それを見て、ヨンスの顔が青ざめた。

その男女はコウジにここを幽霊屋敷でみんな困っていると訴えた夫婦だった。

二人は本当の夫婦でもあるが、場末の劇場の役者だったそうだ。

昨日、コウジに護衛を密かにつけたジークだ。当然コウジに接触したこの二人の身元も、しっかり洗い出していた。

「こ、この人です」

夫がヨンスを指さし言った。

「お金で雇われて、この屋敷のことを盟友様に訴えるようにと」

妻が続けて言う。

「な、なにをいきなり！　お前達のことなど知らん！」

男が叫ぶ後ろで、記者がマズイという顔でこっそりと身を引こうとした。が、ジークの連れてきた騎士の一人に、がっしりと肩を掴まれて「話を聞かせてもらおうか？」と捕らえられた。

「知らん、知らん、知らん」

ヨンスは大声で否定している。その狼狽《うろた》えようを見れば嘘をついているのは明らかだが、相手は貴族だ。身分制度のあるこの世界で、貴族と平民、どちらの言葉が通るかも明らかだ。

役者夫婦の証言はあっても、甥から金をもらったという証拠はない。ヨンスの企みは失敗したが、残念ながら彼の罪を問うことは出来ないかもしれない。

コウジがざらりと無精髭を撫でたところ、老主人が現れた。

「まったく騒がしい」

老主人は甥――ヨンスの姿を見るなり、ぎろりと鋭い目を向ける。

「顔も忘れそうなほどこの屋敷に寄りつかなかった男が、このところずいぶん頻繁に訪ねてくるな」

「そ、それは伯父上の身を案じて。幽霊屋敷などと良くない噂のうえに、今日の騒ぎが……」

「ああ、そういえば煙突に不具合が出る前日だったか。お前はいきなりやってきて、暖炉の前に座り込んで、なにやらごそごそやっていたようだが」

「そ、そんな！　伯父上は私の顔も見たくないとばかりに書斎に上がられて、居間には私以外誰もいなかったはず……」

そこまで言って甥は、自分の失言に気づいたように口を押さえたがもう遅い。

「ほぅ、ワシはたしかにお前が暖炉になにか放り込んだのは見なかったが」

「だ、騙したのですね！　お、伯父上！」

叫んだ甥は、またもや口を押さえた。

これでは自分が暖炉になにか仕掛けたと白状したようなものだ。

「そのお話は王宮にてお聞きしましょう」

ジークの言葉に、騎士二人が、甥の腕を両側から掴む。

「お、伯父上、助けてください！」

「一度博打の借金を肩代わりしてやった。そのときの二度と手を出さないという誓いを破った惰弱者を助ける義理がどこにある？」

「あ、悪所には通っていません！」

「ふん、その悪所でどうせこの老いぼれの遺産は自分のものになると豪語して、またも借金を重ねているらしいな。残念だがワシの遺産はお前のものにはならん。すでに公証人を呼んで遺言状は書き換えてある。領地は王家にお返しし、遺産は貧民の救済に役立ててくれとな」

「そ、そんな……」

そんなこんなで、ヨンスはあっさりと騎士達に両脇を抱えられて、引きずられるように出て行った。

「ご協力ありがとうございます」

ジークが老主人に礼を言う。コウジも口を開く。

「まさか助けてくださるとは思いませんでしたよ」

「ふん！　身内の不始末を処分しただけのこと。お前達のためではない」

鼻を鳴らして、老人はまた書斎に上がっていった。コウジとジークは顔を見合わせて、その口の端をつり上げて苦笑しあった。

尋問されたヨンスは、強面の騎士達に囲まれ、拷問まで示唆されると、あっさりと自分の罪を認めて白状したそうだ。

借金で首を回らなくなっていたところ、悪所にて金貨の入った袋と暖炉に仕掛けるための魔道具を渡されたという。成功した暁にはもう一つ同じ袋をやると言われ、それで引き受けたというんだから、とんだ小悪党だ。

ちなみにヨンスに金貨を渡した男は覆面をしていて、名前も素性を知らないという。同時に取り調べ受けた流しの記者もヨンスに、特ダネと引き替えに駄賃をくれと誘われたとだけという。

結局ヨンス単独の犯行で事件は片付けられた。

彼は貴族籍を剥奪のうえに、更正のための労働所送りとなったが、さていつ出て来られるのやら。

◇◆◇　◆◇◆　◇◆◇

そんな、おじさんのなんでもやります課は、今日も暇だ。

「コウジさん聞いてください。孤児院にいた子の就職先が決まったんです」

机に座るコウジに、マイアが嬉しそうに話す。

「そりゃよかったな」

「ええ、モロー伯爵様のお家でメイドや従僕見習いとして雇っていただけました」

モロー伯爵とはあの幽霊屋敷の頑固爺さんのことだ。意外だと軽く目を見開いたコウジに、マイアは次の奉仕があるからと出て行った。

入れ替わりにやってきたのは黒い軍服。ジークだ。

その手にはボトルと、グラスが二つある。それを見てコウジは目を細めた。

「昼間から酒か？」

「あなたと私への贈り物だ」

「贈り物？」

「匿名でな。さっき届いた」

匿名とは怪しいが、ジークが迷いなくボトルの封を小さなナイフで切り、琥珀色の液体を注いだところから大丈夫なのだろう。

一口飲めば、芳醇な香りと強い酒特有の熱がするりと喉を通る。

「美味い」

「ああ、このラムはモロー伯爵の領地の名産だ」

「相変わらず頑固で意地っ張りな爺さんだな」

ジークに冷めた茶を引っかけた詫びか、切り捨てたとはいえ、身内の起こした騒動の詫びなのかわからないが、匿名というところがあの爺さんらしい。

「ああ、一口飲んじまったが」

コウジがグラスをかかげると、ジークも分かったのか、グラスを寄せてきた。

「あなたの初仕事の成功を祝って」

「まあ、とりあえずは成功なのか？」

重ねたグラスがチンと鳴った。

ハッピーエンドのその先へ ―
ファンタジックなボーイズラブ小説レーベル

アンダルシュノベルズ
&arche NOVELS

ひたむきで獰猛な
狼からの執愛

ウサ耳おっさん剣士は狼王子の求婚から逃げられない!

志麻友紀 ／著
星名あんじ／イラスト

最弱の種族と名高い兎獣人として、ひっそりと生きてきたスノゥ。しかしなぜか、国を救う勇者一行に選ばれた挙句、狼獣人の王子・ノクトに引きずり込まれ、旅に出ることに。旅の中では、最悪に見えていたノクトの優しさを感じ、意外にも順風満帆――と思っていたところ、ノクトが一人で自身を慰めているのに出くわしてしまう。ついつい出来心からノクトの『手伝い』をしてやった結果、なぜかプロポーズにまで行きついて!? スパダリで愛の重たい狼獣人×無頼だけどお人好しな兎獣人の極上ファンタジーBLここに開幕!

詳しくは公式サイトにてご確認ください。
https://andarche.alphapolis.co.jp
異世界BLサイト“アンダルシュ”
新刊、既刊情報、投稿漫画、X(旧Twitter)など、BL情報が満載!

ハッピーエンドのその先へ ー
ファンタジックなボーイズラブ小説レーベル

アンダルシュノベルズ

&arche NOVELS

最強な将軍の
溺愛全開!!

小悪魔令息は、色気だだ漏れ将軍閣下と仲良くなりたい。

古堂すいう／著

逆月酒乱／イラスト

小悪魔令息のエリスには思い人がいる。それは彼の住む国オリシヲンの将軍、シモン。パーティーでの振る舞いは色気に満ちあふれ、剣を振るい汗を流す姿は鼻血が出そうなほど魅力的。シモンが大好きすぎて抱かれたいとさえ思っているが、長年の片思いのせいで拗らせてしまい、素直になれないでいた。そんなエリスだが、最近考えることがある。——シモンを慕うのに、ふさわしい人間でありたい。これまでサボっていた剣技大会に本気になろうとしたら、なぜかそのタイミングでシモンとの距離がぐっと近づいて——!?

詳しくは公式サイトにてご確認ください。
https://andarche.alphapolis.co.jp

異世界BLサイト“アンダルシュ”
新刊、既刊情報、投稿漫画、X（旧Twitter）など、BL情報が満載!

ハッピーエンドのその先へ ー
ファンタジックなボーイズラブ小説レーベル

&arche NOVELS

アンダルシュノベルズ

永遠に解けない
魂の契り

恒久の月

Tempp ／著
笠井あゆみ／イラスト

前漢時代、旅芸人の子供であった李延年は国を脅かす匈奴に挑む武帝に憧れを抱く。そして、己の貧しく過酷な境遇から弟妹を逃がすために、自ら宦官となり後宮に入った。身一つしか持たぬ彼はその生来の美貌、詩と舞の才で帝の目に留まる。だが、帝は延年の不思議な魅力に惹かれ、延年もまた武帝を慕っていたが、二人の想いは重ならない。やがて、武帝の寵臣と見なされた延年は嫉妬により害され、舞えなくなった。彼は、やむなく自分の代わりとして妹を武帝に紹介し、彼女は帝の寵愛を受けるようになるが——!?

詳しくは公式サイトにてご確認ください。
https://andarche.alphapolis.co.jp

異世界BLサイト"アンダルシュ"
新刊、既刊情報、投稿漫画、X(旧Twitter)など、BL情報が満載!

ハッピーエンドのその先へ ー
ファンタジックなボーイズラブ小説レーベル

アンダルシュノベルズ
&arche NOVELS

転生した公爵令息の
愛されほのぼのライフ！

最推しの義兄を愛でるため、長生きします！ 1〜4

朝陽天満　／著
カズアキ／イラスト

転生したら、前世の最推しがまさかの義兄になっていた。でも、もしかして俺って義兄が笑顔を失う原因じゃなかったっけ……？　過酷な未来を思い出した少年・アルバは、義兄であるオルシスの笑顔を失わないため、そして彼を愛で続けるために長生きする方法を模索し始める。薬探しに義父の更生、それから義兄を褒めまくること！　そんな風に兄様大好きなアルバが必死になって駆け回っていると、運命は次第に好転していき——？　WEB大注目の愛されボーイズライフが、書き下ろし番外編と共に待望の書籍化！

詳しくは公式サイトにてご確認ください。
https://andarche.alphapolis.co.jp

異世界BLサイト“アンダルシュ”
新刊、既刊情報、投稿漫画、X（旧Twitter）など、BL情報が満載！

この作品に対する皆様のご意見・ご感想をお待ちしております。
おハガキ・お手紙は以下の宛先にお送りください。

【宛先】
〒150-6019 東京都渋谷区恵比寿 4-20-3 恵比寿ｶﾞｰﾃﾞﾝﾌﾟﾚｲｽﾀﾜｰ 19F
（株）アルファポリス　書籍感想係

メールフォームでのご意見・ご感想は右のＱＲコードから、
あるいは以下のワードで検索をかけてください。

アルファポリス　書籍の感想　検索

ご感想はこちらから

本書は、「アルファポリス」（https://www.alphapolis.co.jp/）に掲載されていたものを、
改題・加筆・改稿のうえ、書籍化したものです。

どうも魔法少女《まほうしょうじょ》(おじさん)です。
～異世界《いせかい》で運命《うんめい》の王子《おうじ》に溺愛《できあい》されてます～

志麻友紀（しま ゆき）

2024年 6月 20日初版発行

編集ー古屋日菜子・森 順子
編集長ー倉持真理
発行者ー梶本雄介
発行所ー株式会社アルファポリス
〒150-6019 東京都渋谷区恵比寿4-20-3 恵比寿ｶﾞｰﾃﾞﾝﾌﾟﾚｲｽﾀﾜｰ19F
TEL 03-6277-1601（営業） 03-6277-1602（編集）
URL https://www.alphapolis.co.jp/
発売元ー株式会社星雲社（共同出版社・流通責任出版社）
〒112-0005 東京都文京区水道1-3-30
TEL 03-3868-3275
装丁・本文イラストー小野浜こわし
装丁デザインーAFTERGLOW
（レーベルフォーマットデザインー円と球）
印刷ー中央精版印刷株式会社

価格はカバーに表示されてあります。
落丁乱丁の場合はアルファポリスまでご連絡ください。
送料は小社負担でお取り替えします。
©Yuki Shima 2024.Printed in Japan
ISBN978-4-434-34034-5 C0093